邊荒傳說

黃易◎著

〈卷十〉

新人間 153

邊荒傳說

【卷十◆目錄】

〈卷十〉

第一章◆絕地求生

第一章 絕地求生

劉裕和宋悲風忽見謝琰的熱情和親切，完全出乎他們意料外，兩人正如丈二金剛，摸不著頭腦之際，仍是一身官服的謝琰已挽起兩人臂膀，把兩人帶回偏廳裏，欣然道：「你們見過韞姊嗎？」此時八個親衛始擁進廳內，分立各方，可見謝琰得知兩人在廳內，一馬當先趕進來，把其他人拋在後方。

宋悲風像首次認識謝琰般呆瞪著他，在謝家這麼多年，他還是首次得到謝琰如此善待。劉裕朝謝混瞧去，後者一臉驚訝神色，看來連他也不明白老爹爲何如此重視兩人，神情非常尷尬。劉裕心感快意，目光落到劉毅身上，只見這位同鄉兼戰友垂下頭去，避過自己的目光。登時心中一動，湧起不安的感覺，意會到這小子是廳內除謝琰本人外，唯一明白謝琰爲何改變態度的人。

宋悲風狠瞪謝混一眼後，答道：「我們仍未向大小姐請安。」

謝琰此時才放開挽著兩人的手，正要說話，謝混忙道：「韞姑母已就寢。」

謝琰露出錯愕神色，顯然是曉得謝混在撒謊，偏又不能揭破他。遂放開挽著兩人的手，轉向宋悲風道：「明早見韞姊吧！我有些事和小裕商量。」又向謝混道：「混兒給我好好款待宋叔。」說畢不容宋悲風答話，向劉裕微一點頭，逕自向偏廳後門走去，八名親衛高手連忙隨行。

劉裕向宋悲風傳了個無奈的眼色，再向劉毅打個招呼，不理謝混，追在謝琰身後去了。謝琰穿廊過院，直抵中園的忘官軒，著手下在門外把守，領劉裕入軒坐下，還親自煮茶待客。謝琰有一句沒一句地問他在鹽城的情況，劉裕一一答了，心中不妥當的感覺不住加深，隱隱猜到謝琰是有事求自己，否則以他一向的作風，絕對不會對他如此和顏悅色的。

敬過茶後，謝琰緩緩放下杯子，神色轉爲凝重，沉聲道：「我定要殺了劉牢之那奸賊。」

劉裕大吃一驚，失聲道：「甚麼？」任他如何猜想，仍想不到謝琰腦袋裏轉的是這個主意，心叫糟糕。在這一刻，他猛然醒悟劉毅因曾在旁煽風點火，所以神情如此古怪。

謝琰充滿怒火的眼睛朝他望來，狠狠道：「沒有大哥的提拔，這奸賊怎會有今天一日？想不到他竟是狼心狗肺的人，竟敢以下犯上，以卑鄙手段殺害王大人，又暗中勾結司馬道子父子，戕害同袍，我絕不容他如此作惡下去。」

劉裕更肯定是劉毅搞鬼。在某一程度上，他諒解劉毅急於爲何謙復仇的心態，可說是情有可原，但卻非常不明智。謝琰不但不是個軍事家，更絕非政治家，對兩方面都是一竅不通，遇上司馬道子這善於玩弄權術的陰謀家，備受擺布仍沒有絲毫自覺，還自以爲是建康高門大族的捍衛者。他的出發點不是爲了民眾的利益，而是要維持高門的利益和現狀。謝琰可以接受司馬王朝的禍國殃民，因爲司馬王朝與高門大族的利益息息相關，難以分割；可是卻接受不了劉牢之以布衣的出身，殺害高高在上的高門重臣王恭，因而令他對眼前國亡在即的形勢視若無睹，只求去劉牢之而後快。這樣做一方面可對憤怒的建康高門有所交代，大有清理門戶的意味；更希望除掉劉牢之後，他可以完全控制北府兵，承繼謝玄的不世功業。剎那之間，他完全掌握謝琰的心意，更明白謝琰因何對他改變態度。

謝琰要利用他，甚至犧牲他。這個念頭剛在腦海中形成，謝琰的聲音傳入他耳中道：「我要你替我殺死劉牢之。在這事上，除小裕外，實不作第二人想。你不但武功高強，且是能接近劉牢之的人，我相信小裕必可將此事辦妥。」

劉裕頭腦一陣模糊，那是因失望而來的沮喪感覺，令他感到心力交瘁。過去的所有努力求存、艱苦奮鬥，都盡付東流，只能夾在劉牢之和謝琰權力鬥爭的隙縫裏苟延殘喘，任何一方都可把他壓成碎粉。他更感到失去了奮鬥的力量，只留下怨憤。不論自己做了多麼了不起的事，在謝琰眼中，他仍徹頭徹尾地是個奴才，是一枚可犧牲的棋子。他記起謝玄的忠告，就是在掌握實權前，千萬不要插手謝家的事，可是到此刻他才眞正掌握到謝玄這個忠告背後的用心良苦。這次到建康來，他是要投靠謝琰，助謝琰平定天師軍之亂，結果卻得到這樣的對待。他聽到自己軟弱的聲音答道：「劉牢之是絕不會讓我有刺殺他的機會，我根本沒法下手。」

謝琰沉聲道：「只你一人之力，當然沒法成功。幸而北府兵中，不乏支持你的人，像劉牢之寵信的何無忌，便是站在小裕一方的人，所以只要你肯想辦法，謀定後動，並非全無機會。只要去掉劉牢之，北府兵的控制權會立即落入我們手裏，那時朝廷也要看我的臉色行事。」

劉裕幾乎想立刻狠揍劉毅一頓，他怎可以把自己和何無忌的關係洩漏給謝琰？倏忽間他清醒過來，雖然清楚明白以謝琰的個性和自恃身分，絕聽不進他區區一個布衣小將的逆耳忠言，但爲了報答謝家的大恩，仍不得不向他痛陳利害。迎上謝琰正注視著他的目光，劉裕捕捉到閃過的不耐煩神色，暗嘆一口氣，語重心長的道：「刺史大人有沒有想過假如劉牢之在建康遇刺身亡，北府兵會出現怎樣的情況呢？」

謝琰終按捺不住心中的不高興，皺眉道：「當然想過每一種可能性，這方面不用你擔心，只要你依我的吩咐行事，一切自有我去擔當。我們謝家在北府兵內，仍有足夠的威信，足以鎭著想借機滋事之徒。」

劉裕心忖你一向高高在上，如何可以俯察北府兵的軍情。所謂謝家的威望，只是謝安和謝玄的威望，對謝琰只是愛屋及烏，事實上北府兵內由上至下，沒有人當謝琰是個人物。這番心裏的話當然不可說出來。正容道：「刺史大人當然是思慮周詳，不過刺史大人有沒有想過，在劉牢之和何謙之間，司馬道子爲何選劉牢之而放棄與他關係密切的何謙呢？」

謝琰臉色一沉，幾乎光火，又勉強把情緒強壓下去，但仍忍不住提高了聲調，顯示出失去了耐性，不悅的道：「這還不簡單，論實力，是劉牢之比何謙強，何況只要成功拉攏劉牢之，王恭和桓玄的聯盟立即實力大減，而事後亦證明於司馬道子當時的情況來說，他的選擇是正確的。」

劉裕平心靜氣的道：「假如我眞的成功刺殺劉牢之，大人下一步怎麼走呢？」

謝琰沉聲道：「當然是全力討伐天師軍。」

劉裕心中苦笑，謝琰的想法實在太天眞了。道：「司馬道子會這麼好應付嗎？這將是他整頓北府兵千載一時的良機。一方面他可以借此置我於死地，株連所有與我有關係的人，來個斬草除根；另一方面他可以提拔劉牢之派系的將領作北府兵的統領，甚或直接委任他的兒子掌管北府兵，如此我們豈非弄巧反拙？」

謝琰顯然沒有爲他的生死設想過，呆了一呆，才道：「當我軍權在握，哪輪得到司馬道子胡作妄爲，更何況他還要倚仗我去應付天師軍。」

劉裕道：「在北府兵內，劉牢之從來都是玄帥之下的第二號人物，淝水之戰後他的權力更鞏固，所以玄帥不得不因應形勢把兵權交卸給他。劉牢之比之何謙更工於心計，他絕非有勇無謀之輩，這正是司馬道子不得不捨棄何謙的原因。這次他到建康來，不會不防司馬道子一手，兼且有何謙的前車之鑑，對他自己的安全應作出了最妥善的安排。假如他在建康遇上不測之禍，由他嫡系將領把持的廣陵，必會起兵造反爲他復仇，値此天師軍作亂之時，我們大晉先來個內訌，並不明智。」心忖現在的自己，等於代替了當日王國寶的位置，劉牢之變成何謙，司馬道子則換作謝琰，只是形勢卻迥然有異，因爲謝琰根本控制不了北府兵。

謝琰雙目噴出怒火，沉聲道：「說到底，你是不願去做這件事。」

劉裕盡最後的努力道：「我當然支持刺史大人，只不過眼前並非適當的時機。現在首要之務，是同心協力去應付勢力日趨龐大的天師軍，愈快平定禍亂，桓玄便無機可乘，待一切穩定後，我們才想辦法把劉牢之扳倒。」

謝琰冷笑道：「孫恩算甚麼東西，不過區區一個小毛賊，他比得上苻堅嗎？以苻堅的百萬大軍，還不是飲恨淝水？孫恩只是在找死。」

劉裕聽得大吃一驚，心想謝琰除了清談外，還懂甚麼呢？只聽他這番藐視孫恩的話，便知他不但輕敵，沉湎於淝水之戰的光輝裏，且不明白民情，不明白天師軍崛起的背後原因，不明白天師軍代表著民怨的大爆發。他大可欺騙謝琰，詐作答應他，只要拖延至北府兵大軍出征便成。可是他卻不願這般做。他曾向謝玄隱瞞自己的事，令他至今仍感內咎，所以不想再欺騙謝家的人。此時他更多了一件事要擔心，就是謝琰過於輕敵而招致敗亡。

劉裕頹然道：「小裕不是長他人的志氣，荒人曾和天師軍在邊荒集交手，天師軍絕非烏合之眾，徐道覆更是智勇雙全的明帥。這麼多支佔領邊荒集的侵略軍，只有他們能全身而退。」

「砰！」謝琰終於失去控制，一掌怒拍在身旁的小茶几上，聲色俱厲地喝道：「我現在只問你一句，不要再多說廢話。」茶杯被震得翻倒滾動，直轉至几子邊緣，只差分毫，便要掉到地上，大半杯的茶傾瀉几面。軒外守衛的親兵，有幾個已忍不住聞聲透窗窺進來。

劉裕心灰意冷的道：「希望大人你明白，我說一句你愛聽的話，只是稍費唇舌，並不困難，但只會誤導刺史大人。首先，在現今的情況下，根本不可能殺死劉牢之，何無忌是絕不會與外人合謀取他親舅之命。其次是如果不幸成功了，只會便宜了司馬道子，又或孫恩和桓玄，更非謝家之福。我劉裕並不是忘本的人，我願追隨大人，為大人效死命，平定孫恩的禍亂，那時挾平亂之威，做起其他事來自然會得心應手，請大人明察。」

縱使明知不會有用，劉裕仍把心中所想的說出來，但以謝琰的高傲自負，怎聽得進逆耳之言呢？果然謝琰氣得臉色發青，一字一句的緩緩道：「你給我滾，以後不准你踏入我謝家半步。」

紀千千從噩夢裏掙扎醒來，渾身冒汗。眼前漆黑一片，一時間她完全不曉得自己因何事在這裏，她不是在建康的雨枰台，有秦淮河溫柔的水浪聲伴她安眠嗎？為何她一覺醒來，彷如被妖術移轉到萬水千山外的陌生國度，茫然不知身處何地。紀千千不住喘息，意識逐漸凝聚，然後她記起燕飛，各種思維亦向她襲來，可是不論她想甚麼，例如尚有幾天便百日築基期滿；又或慕容垂攻破長子，親手斬殺慕容永；慕容寶的遠征盛樂，不論那一方面的事，都難以分散她狂湧而來的失敗感。她感到對不起燕飛，在過去的幾天，她根本沒法集中精神，依燕飛的指示築基修行，而被感到一切都沒有意義的沮喪支配了。窗外星月無光，夜空密布雲層，烏鴉淒切的哀啼聲從遠處傳來，益添心中的憂思。帶著秋意的涼風從窗外吹進來，只有睡在一角的小詩平和的呼吸聲令她稍覺安心。如果沒有慕容垂，她現在便應是安睡在燕飛懷裏，這個想法令她備覺孤寂，更使她身心受到巨大和無情的壓抑。

不！我絕不可以就這麼放棄。百日築基已成她的唯一希望，不論是否成功，她也要奮戰到底。紀千千把擾亂她思維的千頭萬緒慢慢收攏，逐漸平靜起來，壓下像烈火般焚燒她心靈的心魔。在這一刻，她記起燕飛傳她築基之術說過的話：氣有清濁，濁則壅塞有礙，清則通達無阻。自己現在的情況，該屬氣濁了。這個念頭升起，像明燈般照亮了她黑夜崎嶇的前路，紀千千集中心神，依燕飛之法「凝神入氣穴」，緩緩吐納呼吸，進入物我兩忘的修眞道境。連她自己也不知道，她已度過道家修練的一個小劫，否則將會前功盡廢。

「砰砰！」仍在床上思念著小白雁的高彥驚醒過來，連忙跳下榻子，取外袍穿上，經側門進入卓狂生的臥房，來到門前喝道：「誰？」

拍門的人道：「是我！快開門！」高彥聽出是龐義的聲音，忙把門拉開，罵道：「有甚麼事非要來打擾老子不可的？」

龐義伸手進來，劈胸抓著他的衣服，硬把他扯出房外去，喝道：「廢話少說，我們的辛大俠要投河自盡了！」

高彥失聲道：「甚麼？你在說笑吧！這裏又不是汪洋大海，怎淹得死人？」

龐義放開抓著他的手，領先沿廊道朝艙尾的出口走去，咕噥道：「少說兩句行嗎？我們的大俠醒來後便不理勸阻，硬要到船尾去，看他渾身哆嗦的發酒瘋樣子，誰敢保證他跳進河水裏可以再浮出來呢？」

高彥糊裏糊塗地嚷道：「如此救人如救火，老卓他們是白吃飯的嗎？」

龐義道：「他們仍在下棋，哪有空管其他事，你是邊荒遊的最高主持人，客人出了情況，不找你找誰？何況你和大俠最有交情，至少喝過酒談過心。」

兩人急步來到艙尾，沿木階朝下走去。高彥拍額苦笑道：「我好像是好欺負似的，所有麻煩事都推到老子身上來，要老子去解決。唉！我不幹了！」

龐義道：「你不幹誰幹呢？別忘記我本應在邊荒集風流快活，都是被你連累，所以才到這裏來聽你埋怨。」

兩人步出船艙，來到甲板上，往船尾瞧去，入目的情況令兩人不知是好氣還是好笑。辛俠義彎著身體立在船尾處，雙手抓著船欄，不住顫抖。六、七名荒人兄弟舉著火把，看守著他，防止他跳河。姚猛則在一旁苦口婆心的勸說，但似乎不起絲毫作用，辛俠義這傢伙只是死瞪著河水，不答他半句。高彥暗嘆一口氣，朝老傢伙辛大俠走去。

劉裕和宋悲風頭也不回地橫過廣場，朝大門走去的當兒，劉毅從後面追上，喚道：「宗兄請留步！」

劉裕止步立定，卻不回頭瞧他，平靜的道：「還有甚麼好說的？」宋悲風只好陪他停下來。

劉毅來到兩人面前，苦笑道：「怎會變成這樣子的？」

劉裕竟然露出一個笑容，平靜的道：「你該心中明白吧！」

劉毅苦惱的道：「萬事有商量，宗兄可否稍待片刻，讓我去和人人說話。」

劉裕淡淡道：「不用白費唇舌了，我還有一個忠告，就是請劉兄你好自為之，而你以後的事，一切再與我沒有半點關係。」

劉毅一震道：「大人究竟向宗兄說了些甚麼話？」

劉裕微笑道：「你不是要在這裏談論可令我們抄家滅族的事吧？」

劉毅錯愕道：「宗兄肯定是誤會了我，不如我們回府找個地方說話如何？」

宋悲風亦聽得吃一驚，直到此刻，他仍不曉得謝琰和劉裕間發生了甚麼事，只知劉裕氣沖沖的走進偏廳，不理謝混、劉毅他們，只吐出「我們走」一句話。他當然和劉裕共進退。

劉裕從容道：「是不是誤會都無所謂，現在我根本沒有心情和你說話，你回去吧！好好的想清楚，究竟該以大局為重，還是私人恩怨凌駕一切。」說畢向宋悲風使個眼色，兩人繞過劉毅，繼續朝大門走去。

劉毅追著勸道：「外面正行戒嚴令，宗兄何不待明天再走？」

劉裕應道：「大人叫我立即滾蛋，如果你是我，還有留下來的顏面嗎？」

劉毅一呆止步，然後道：「戒嚴的口令是天佑大晉，國運昌隆。」

兩人此時已來到大門前，府衛慌忙推開大門，讓兩人通過。踏足烏衣巷，華宅林立兩旁，在一個接一個的門燈映照下，這道建康城最著名的街道，就像一個永遠走不完的夢境。

宋悲風向劉裕問道：「二少爺眞的說過這般絕情的話？」

劉裕苦笑道：「他還喝令我永遠不准踏足他謝家半步。」

一隊巡兵迎面而來，兩人以口令作招呼，走出烏衣巷，把守巷口的兵士更肅立致敬，表示對兩人的尊重。

宋悲風嘆道：「他竟然說出這樣的絕情話，安公如泉下有知，肯定會很傷心。」

劉裕沉聲道：「他要我殺劉牢之，給我拒絕了。」

宋悲風愕然道：「竟有此事？」

劉裕道：「我很擔心他，他不但完全掌握不到現今的局勢，更完全不把孫恩放在眼裏，認爲天師軍只是不堪一擊的烏合之眾。誤判敵情是兵家大忌，會令他付出慘痛的代價。而劉牢之只會袖手旁觀，希望借孫恩之手，爲他鏟除刺史大人和原屬何謙派系的將領。」

兩人轉入靜如鬼域的大街，觸景生情，更添心內的荒涼之意。宋悲風止步道：「我明天找大小姐說說，只有她能改變二少爺的決定。」

劉裕停在他身旁，一邊是通往宮城的御街，另一邊則是建康最著名的浮橋——朱鵲橋。劉裕嘆道：「沒有用的，琰少爺自恃是淝水之戰碩果僅存的謝家功臣，再聽不進任何逆耳之言，何況大小姐根本受不起刺激，老哥你忍心她再添壓力和擔憂嗎？」

宋悲風道：「難道我們便這樣坐看謝家傾頽嗎？」

劉裕攤手道：「我們可以做甚麼呢？現在謝家的主事者是謝琰，他的決定就是謝家最後的決定。」

宋悲風頽然無語，好一會後低聲道：「你眼前有兩個選擇，左走是朱鵲橋，小裕可以離開建康，逃往邊荒集去，痛痛快快的過日子，再不用理南方的事，活得一天是一天。」

劉裕微笑道：「右轉又如何呢？」

宋悲風道：「那我們就到支遁大師的歸善寺借宿一晚，甚麼都不管的睡一大覺，明天醒來再想該怎麼辦。」

劉裕輕鬆的道：「那宋大哥究竟認爲我該左轉還是右轉呢？」

宋悲風訝然瞧他一眼，道：「若我是你，便往左轉，從此永不回來，因爲這是眼前唯一的生路。」

劉裕笑道：「宋大哥變得很快，剛才來時還斥責了我一頓，鼓勵小弟要視建康爲我的淝水，死守這道戰線，現在卻勸我有多遠逃多遠。」

宋悲風終忍不住道：「你爲何變得這麼從容，是否已決定再不蹚這渾水呢？」

劉裕雙目精光閃閃，平靜的道：「恰恰相反，我已決定留下來，奮戰到底，直至這偉大的都城，完全落入我的掌握裏。」

宋悲風一呆道：「你該曉得在現時的情況下，形勢對你是絕對的不利。城內最有權勢的兩個人，都誓要置你於死地。」

劉裕以行動表示決心，負手領先轉右而行，仰望夜空，呼出一口氣道：「這或許是我生命中最重要的一個決定，不過我已想好了，再不會走回頭路。天若要亡我劉裕，悉遵老天爺的意旨。我完全不曉得下一步該怎麼走，可是我會竭盡所能，向定好的目標邁進。留在這裏，日子不會好過，可是我曉得如果我躲到邊荒集苟且偷生，會更不快樂，且對不起擁護我的荒人兄弟，辜負了燕飛對我的期望。我試過一次眞的想當逃兵，還不夠嗎？」

高彥和龐義趕到辛俠義旁邊，尚未有機會說話，這個老傢伙猛地張口，向河水狂吐，一時船尾充滿令人聞之欲嘔的氣味，人人往外掩鼻避開去。辛俠義急促的喘息著。龐義和姚猛分別推了高彥一把，後者只好勉爲其難移近少許，試著勸道：「辛大俠你千萬別自尋短見，所謂好死不如歹活，沒有事情是解決不來的。」

辛俠義呆了一呆，似乎一時間仍未明白高彥說的話，站直身軀，別頭朝他瞧來，嚇得包括高彥在內的所有人，忙左閃右避，怕給他吐個正著，又或無辜被波及。辛俠義忽又弓著身軀，咳起來，然後沙啞著聲音辛苦的道：「眞痛苦，以後我都不喝酒了，你們給我把所有酒全倒進水裏去。」眾人聽得面面相覷，不過總算放下心來，知他無意尋死。

龐義試探道：「辛老不如回房休息吧！」

辛俠義倏地像蒼老了幾年般，淒然笑道：「辛老？我很老嗎？唉！的確老了，老驥伏櫪，志在千里之外，只恨白頭名將，有千里之志又如何呢？飛鳥盡，良弓藏，敵國滅，謀臣亡。現今皇上昏眊，奸佞當道，晉室將亂，大難即至，偏是我輩後繼無人，是天要亡大晉耶？」

眾人都沒法答他，卻對他有更深入的了解。比之硬闖上船時的他，眼前的辛俠義像是變了另一個人，再無復先前自命替天行道的大俠風範。酒醒了，他也從一個醉夢回到殘酷的現實裏，明白到自己只是微不足道的一個人，對當前局勢起不了絲毫的作用。

辛俠義搖頭嘆道：「想當年……」眾人無不心中叫苦，若他又要數十年前的從頭說起，豈非大家都要陪他在這裏吹風，不用睡覺。

幸好辛大俠忽又沉默下來，苦笑道：「還有甚麼好想呢？當年我擊劍任俠，快意恩仇，現在又落得個甚麼田地？」說畢掉轉頭來，面向呆瞪著他的眾人，勉強擠出點笑容，道：「你們知道我爲何賣田賣地也要籌足銀兩到邊荒去？」

高彥代各人茫然搖頭。辛俠義沒有道出原委，搖搖晃晃步履不穩地朝船艙走去，邊走邊唱道：「無名困螻蟻，有名世所疑。中庸難爲體，狂狷不及時。」歌聲隨他沒入艙門內。姚猛鬆了一口氣，打個手勢，著兩名兄弟追去好伺候他老人家上床就寢。一場鬧劇，終告結束。

高彥抓頭道：「誰明白他唱甚麼呢？」

卓狂生從三樓的艙廳傳話下來道：「高小子確實胸無點墨，連袁宏落魄江湖時作的著名〈詠史詩〉也不曉得，這首詩的意思是沒有名聲者會像螻蟻般被人踐踏，有了名聲又被人疑忌，中庸之道難以把握，過於極端則會被人唾棄。總言之是世途險惡，進退兩難，明白嗎？」

高彥沒好氣道：「這種詩不知也罷，老子更沒空去想。」

卓狂生道：「快滾上來，我們須研究一下如何分配艙房給明天的貴客，你當錢是那麼容易賺的嗎？」

劉裕坐在客房黑暗的角落，思潮起伏。寺院的寧靜，卻未能令他的心境也隨之安靜下來。如果他明天沒有應付司馬道子和劉牢之的對策，他將只餘束手待宰的命運。不論是司馬道子或劉牢之，都肯定有對付自己的全盤計畫。他們會如何處置自己呢？他最歡迎的是兩人借孫恩之手殺他，只要派他領軍，他便有可能重演鹽城之戰以少勝多。只恨這只是奢望，有了斬殺焦烈武的事件作前車之鑑，兩人絕不會這麼便宜他。劉牢之總不會愚蠢到派他去殺孫恩，不成功便治他以軍法。他們絕不是疏謀少略之人。事實上這次的情況比被派往鹽城打海賊更惡劣，當時至少他有行事的自由，更得到支持和助力，並非孤軍作戰。可是這次到建康來，他卻頗有手足被縛後給投進滿布惡獸的國度內，任人魚肉宰割的感受。失去了謝琰的支持，他亦再沒有保命的本錢，如不能破解這種死胡同般的局面，他是絕無倖免的機會。

他選擇了留下，不是有應付眼前劣勢的方法，而是清楚自己根本沒有回頭路，他的心境令他絕不肯因死亡的威脅而退縮。他必須重新融入大晉的建制內，在北府兵內站穩陣腳，如此只要捱至桓玄大舉東下，他的機會便來了。爲了報王淡眞的深仇，爲了所有支持自己的荒人和北府兵兄弟，他願意把小命拿出來狠賭一場，即使失敗，對人對己都可問心無愧。在這一刻，他深切體會到「置之死地而後生」這句老生常談。在謀殺自己一事上，司馬道子和劉牢之肯定衷誠合作，最直截了當莫如使自己陷於沒法逃走的絕地，然後以雷霆萬鈞的姿態加以搏殺，又或以卑鄙手段設法陷害他，再治以重罪。現在他是任由敵人擺布，身不由己，難道他可以不聽劉牢之命令嗎？所以今夜是他最後一個機會，如果想不出對抗的方法，明天向劉牢之報到後，他的命運再不由自己作主。有甚麼辦法呢？王弘的老爹王珣可以幫上忙嗎？唉！說到底不論王珣在建康朝廷如何有地位，始終是文臣，難以插手到被司馬道子和劉牢之掌握的軍政上。勞煩他只表示自己山窮水盡，再想不出更好的保命招數。支遁又如何呢？佛門在建康當然有很大的影響力，但於軍隊內的人事安排上卻是無能爲力。可是如果請支遁去向謝琰說項，能否令謝琰回心轉意？劉裕旋即放棄了這個想法，主要是因想起了謝琰逐他出謝府時的可憎嘴臉，人要活得有骨氣，嗟來之食不要也罷。且他更懷疑支遁對謝琰這剛愎自用的人影響力能有多大。

左思右想，仍苦無良策。劉裕心中湧起一股衝動，既然這樣不行，那樣也不行，不如到鄰房弄醒宋悲風，立即連夜離開建康，潛返廣陵，設法在北府兵內搞一場奪權的兵變，反過來討伐司馬道子和劉牢之。這是個非常具誘惑力的念頭，但劉裕卻知道只能在腦袋內打個轉，他是不會這樣做的。謝玄說的話他仍是記憶猶新，想成為將士肯為他賣命的主帥，他必須成為他們景仰的英雄，而不是於國家水深火熱的時刻，叛上造反，亂上加亂，徒添民眾的苦難。劉裕出身布衣，來自最低層的社會，比任何人更明白蟻民之苦。就在劉裕差點放棄，惟自聽天由命的一刻，他的腦筋又活躍起來。在建康最想殺他的兩個人分別是劉牢之和司馬道子，也是大晉除桓玄外最有權勢的兩個人，任何有效的方法，必須是針對這兩個人擬定。他們有甚麼破綻和弱點呢？劉牢之的唯一弱點，是表面必須裝作對他寵愛有加，所以在北府兵內他該是安全的。可是只要他隨便找個藉口，把自己借調予司馬道子，他將死無葬身之地。所以關鍵處仍在司馬道子，更令他心生懼意的是只一個陳公公，已教他應付不來。

司馬道子的陰謀手段層出不窮，於這方面他體會極深，除非他是眞命天子，否則必難逃司馬道子的毒手。唉！眞命天子？當假的「眞命天子」眞不容易，曉得實情的只會笑死。忽然腦際靈光一閃，想到一個人。劉裕猛地起立，深吸了一口氣。就像在絕對的黑暗和寒冷裏，看到一點亮光，感覺到一絲的溫暖。他伸手抓著連鞘放在几面的厚背刀，緩緩拿起來，同時整理腦海內的思緒，把厚背刀掛到背上去。他感到歷史在重複。當日面對來襲的荊州兩湖聯軍，因高彥的請求，引發他的靈機，想出破敵的全盤作戰大計，取得空前的成就，現在亦因想起這個人，使他在幾近無計可施的情況下，想出司馬道子和劉牢之一心殺死自己的緊密聯盟裏的一個破綻。此計是否可行，要老天爺方知曉，不過他必須一試。只要尚有一分希望，他便要嘗試。

王弘回到馬車上，神色古怪，湊近道：「果如劉兄所料，他答應與你秘密見面，眞令人想不到。」又憂心的道：「如果他立即通知他爹，布局殺你，如何是好呢？」

劉裕淡淡道：「司馬元顯是不會做令我看不起他的事。王兄不是說過他手下盡是建康的紈袴子弟嗎？司馬元顯用人不該這般低能，只因形勢所逼，不能不分些甜頭給圍繞在他身旁的狐群狗黨，否則他將失去高門的支持。因此他該比他爹更明白現時的形勢，更明白北府兵舉足輕重的作用。」稍頓續道：「告訴我，他答應前是怎樣的一副神態，你夜訪王府，有沒有引起注意？」

王弘道：「我和司馬元顯也算有交情，去找他只是平常事，何況琅琊王仍在宮內處理政事，該不會出問題。」然後又道：「他起先感到震驚，但一直不發一言，到我對他說現在朝廷的最大威脅，絕不是你，而是孫恩和桓玄，甚或劉牢之，他始動容，追問我爲何把劉牢之和桓玄、孫恩算在一起，我便說須直接問你，他才答應見你。劉兄眞厲害，你教我說的這句話，原來有這麼大的威力。」劉裕鬆了一口氣，能否說動司馬元顯尚是未知之數，但至少有一試的機會。

王弘道：「現在我必須立即離開，司馬元顯會派人來，驅車領劉兄到某處見他。劉兄事後可否到我家去，讓我可以安心。」

劉裕拍拍他肩頭，道：「多謝王兄幫我這個大忙，事後我不宜再到貴府，明早我會派人捎個口訊給王兄，我是不會有事的。」

王弘低聲道：「劉兄小心點，見情勢不對，立即逃走。」劉裕點頭答應，看著王弘退出車外，上馬離開。

片刻後，琅琊王府開門的聲音響起，有人越過街道，直抵馬車停泊處，登上御者的位置，揮鞭驅馬，馬車起行。御者沒說過半句話，他亦不作一聲。劉裕解下佩刀，擱在一旁，心中充滿感慨。他知道自己是在玩政治的遊戲，且他是被逼去參加這遊戲的。他情願眞刀眞槍的在沙場與敵爭雄鬥勝，可是如果他不使手段，他將永遠失去上戰場的機會。他和司馬道子雖然一直處於敵對的位置，事實上卻沒有甚麼解不開的私人恩怨，一切都是公事。不像與桓玄或劉牢之的仇怨，那是絕沒有轉圜的餘地。他視司馬元顯為可爭取的對象，不但因目前大家在利益上有可以磋商的地方，更因雙方曾在特殊的情況下短暫地並肩作戰。當時他清楚感覺到司馬元顯的確與他們同心協力，大家生出微妙的信任和感情。在那段經歷裏，他進一步了解司馬元顯的本質，並不像傳聞中的他那般惡劣，而司馬元顯亦對他們有深一層認識。正因這基礎，令他感到可以和司馬元顯說話。

馬車駛進一所宅院去。四周都是等候的人。司馬元顯的聲音響起道：「劉兄請下車。」

車門給拉開來，劉裕把刀留在車上，空手下車。司馬元顯亦沒有攜帶兵器，站在暗黑裏，笑道：「劉兄屢創奇蹟，確令人難以置信。」

劉裕環目掃視，四周圍著近二十人，無一不是高手的體魄神氣，且年紀均在二十至三十間，該是貼身保護司馬元顯的心腹近衛。劉裕淡淡道：「只是僥倖罷了！公子在大江力抗荊州聯軍，才是真的了不起。」

司馬元顯對他的話非常受落，且懂謙虛之道，答道：「劉兄休要誇獎我了！請！」其中一護衛燃亮手上燈籠，領頭步入打開的大門。劉裕隨那人登階入內，屋裏陳設簡單，沒有甚麼華麗的裝飾布置，只有數張地蓆和小几。

司馬元顯的聲音在入門處道：「放下燈籠，志雄你到門外等候，沒有我的命令，誰都不可以進來。」那被喚作志雄的呆了一呆，想要說話。司馬元顯不悅道：「快！」那人無奈的放下燈籠，轉身離開，大門關上，屋內只剩下他們兩個人。

司馬元顯從容在主蓆坐下，擺手示意道：「劉兄坐！」

劉裕在他右手側蓆坐下。兩人目光接觸，均不約而同生出古怪的感覺。

司馬元顯低聲道：「如果我爹曉得我在這裏密會劉兄，肯定會罵我個狗血淋頭。」

劉裕欣然道：「那公子爲何又肯見我呢？」

司馬元顯攤手道：「我自己也不明白，或許是因我們共患難過吧！我並非盲目服從我爹的人，可是我爹對劉兄的看法，我卻大致上同意。劉兄想見我，當然是認爲可以改變我對劉兄的看法，只是這點，已令我很想聽劉兄有甚麼說辭。」

劉裕微笑道：「我想不如倒過來，先聽公子對我的意見。大家直話直說，不用有任何避忌。」

司馬元顯點頭道：「好！便讓我實話實說，在北府兵和烏衣豪門中，均流傳一種說法，即是謝玄選了劉兄作他的繼承人，好完成他北伐統一南北的夢想，劉兄對此有何解釋呢？」

劉裕苦笑道：「我可以有甚麼解釋？玄帥派我到邊荒集把一封密函交到朱序手上，我爲他完成了任務，受他另眼相看，就是這樣。事實上玄帥雖有提點我，卻從沒有作出例如移交軍權又或破格提升的安排，玄帥臨終前我仍是個微不足道的小將，只因和荒人拉上關係，才使我的情況顯得特殊。玄帥有對其他人說過一句我劉裕是他的繼承人嗎？沒有！對嗎？玄帥去後，掌軍權的是劉牢之和何謙。其他人因懷念玄帥，又因不滿劉牢之的作爲，所以寄望於我，使劉牢之對我生出顧忌，逼我立下軍令狀到邊荒集送死。而我在邊荒集僥倖成功，不是我本事，只代表荒人不是省油燈。而最重要的是我只是一個盡忠職守的軍人，除執行上頭派下來的命令外，從沒有踰越軍人的本分。」

司馬元顯用心聽他說話，不時露出思索的神色，聽罷仍沒有出聲，只用銳利的目光打量他。劉裕心忖司馬元顯的確長大了，再不是以前那個只懂爭風吃醋、花天酒地的皇室貴冑。

好半晌後，司馬元顯嘆道：「我願意相信劉兄說出來的全是事實，可是劉兄有沒想過『一箭沉隱龍』的謠言，把劉兄置於非常不利的處境，縱然謠言確實是憑空揑造，可是只要愚民深信不疑，勢將動搖我大晉皇朝的管治。」

劉裕從容道：「於此朝廷風雨飄搖之時，如果因爲邊荒說書者一句附會誇大之言，而平白錯過撥亂反正的機會，是否因噎廢食呢？」

司馬元顯不悅道：「劉兄太高估自己了。大家打開天窗說亮話，現在是劉兄來求我，我不但看不到劉兄可以給我甚麼好處，還要冒被家父痛責之險。」

劉裕不慌不忙地答道：「坦白告訴我，劉牢之爲何沒法容我區區一個小將領？又爲何要在殺我一事上鬼鬼祟祟的，使盡卑鄙手段？他怕我甚麼呢？」司馬元顯立即語塞，只目光閃閃的瞪著他。

劉裕又道：「公子認爲劉牢之可靠嗎？」

司馬元顯沉聲道：「劉兄可知你現在說的，全是大逆不道的話？」

劉裕斷然道：「因爲我不想說廢話，更沒有時間說廢話。劉牢之背叛王恭，只因他害怕桓玄遠多於害怕琅琊王，並不代表他會對琅琊王和公子盡忠。兼且他對你們招募『樂屬』新兵，肯定有很大的戒心。假設公子和劉牢之易地而處，心中可以怎樣算計呢？」

司馬元顯怒道：「大膽！你竟敢離間我們。」

劉裕道：「我只是以事論事，如果公子沒有興趣聽下去，我可以立即滾蛋。」

司馬元顯苦笑道：「你和我都明白今晚的密會只是浪費大家的時間，即使我對劉兄的話深信不疑，家父仍不會與劉兄妥協的。」

劉裕道：「假設我的提議是他沒法子拒絕的，那又如何呢？」

司馬元顯動容道：「那我便要洗耳恭聽。」

劉裕道：「讓我先分析當前形勢如何？」

司馬元顯道：「劉兄請直言。」

劉裕道：「其實形勢已是清楚分明，四大勢力已經成形。荊州始終是桓玄獨尊之局，當孫恩大舉進攻建康，桓玄會乘機收拾楊佺期和殷仲堪，然後隔岸觀火，看著建康軍、北府兵和天師軍拚個三敗俱傷，然後以雷霆萬鈞之勢，揮軍東來，收拾殘局。」司馬元顯低頭深思，沒有說話。

劉裕道：「琅琊王當然明白桓玄的如意算盤，所以須保存實力，甚至擴軍，以應付荊州軍。而天師軍則交由北府兵應付，最好是兩敗俱傷，那便可一舉除去兩大心腹之患。」

司馬元顯欲言又止，不過終沒有反駁劉裕，只打手勢要他繼續說下去。劉裕道：「此著看似聰明，事實上錯得最厲害。好！我當你真的心想事成，清除了北府兵和天師軍，建康軍能獨力擋得住荊州軍嗎？」

司馬元顯揚眉道：「我敢保證我們不是沒有一拚之力，鹿死誰手，要在戰場上見個分明了。」

劉裕道：「現在就當我是桓玄，來與你紙上談兵如何？公子敢接戰嗎？」

司馬元顯大感興趣的笑道：「劉兄儘管放馬過來。」

劉裕猜到他因曾反覆研究過每種桓玄所能採取的戰略，所以在這方面極有信心，不怕自己能難倒他。欣然道：「我第一步是封鎖大江，使上游物資無法經水道運往建康，嚴重地影響建康人民的生活，更使百物騰貴，慢慢削弱建康軍民的鬥志和對朝廷的擁護之心。」

司馬元顯愕然道：「我倒沒想過這會影響軍民的士氣。」

劉裕暗嘆一口氣，這正是司馬道子父子最大的弱點，就是不知民間疾苦。只想到封鎖大江對他們本身沒有影響，卻沒想過最要吃苦的是民眾。劉裕道：「然後我會和聶天還聯手，攻佔建康外所有具戰略價值的城市，例如壽陽，只奪此一鎮已可更進一步截斷建康物資上的供應，令公子沒法得到優秀的胡馬作補充。」司馬元顯根本沒想過邊荒集在建康攻防戰上能起的作用，為之啞口無言。

劉裕道：「一年不成，兩年三年又如何？到所有外圍城市都落入我手裏，建康將變成一座孤城，還可以有甚麼作為呢？」

司馬元顯急促地喘了幾口氣，點頭道：「劉兄確實是懂兵法的人，這場戰若換了你來打，你會如何去應付桓玄呢？」

劉裕坦白道：「我也要束手無策，被桓玄壓著來打。沒有了北府兵，建康軍將失去依傍，再沒法擋著桓玄。」

司馬元顯道：「若有北府兵又如何？」

劉裕淡淡道：「那便要看北府兵是何人在主事。」

司馬元顯嘆道：「此正為關鍵所在，你憑甚麼令家父信任你呢？」

劉裕道：「在這種事情上，你根本不可以信任任何人，管他是至親骨肉又或朋友兄弟，這是一個誰強誰弱的問題。公子可以問琅琊王一句話，在劉牢之和我劉裕之間，誰比較容易受他控制呢？那一個選擇比較明智？」

司馬元顯定神看他好半晌後，沉聲道：「爲了令劉兄不再胡思亂想，我只好坦白告訴你，在家父心中，你已成爲我司馬氏王朝的最大威脅、南方最危險的人物。劉兄現在可以死心了吧！」

劉裕微笑道：「好！那便讓我們來預測殺掉鄙人後的情況。劉牢之絕不會與謝琰和何謙派系的將領衷誠合作，而只會擁兵自重，緊守以廣陵爲中心大江以北的重鎮，當謝琰一敗塗地，而孫恩則席捲建康東南沿海諸鎮，天師軍將大舉北上，在這樣的情況下，建康軍仍能置身事外嗎？這時會輪到劉牢之坐山觀虎，看著朝廷的力量被不住削弱，朝廷若要借劉牢之的力量爲建康解困，便不得不任他宰割，答應他所有無理的要求，這是必然的發展。劉牢之是有野心的人，不像我般只因一個謠言，而無辜地成爲朝廷的眼中釘。」

司馬元顯沉吟道：「劉兄完全不看好謝琰嗎？他並不是初上戰場的人，且曾在淝水之戰立下大功。」

劉裕淡淡道：「公子若把希望寄託在謝琰身上，我也無話可說。我只想提醒公子，天師軍現時的兵力在北府兵和建康軍兵力總和的一倍之上，領導他們的是雄材大略的孫恩和精通兵法的徐道覆，沒有一個是等閒之輩。」

司馬元顯吁一口氣道：「假如劉兄仍然健在，在如此形勢下，又可以起甚麼效用呢？」

劉裕心中暗喜，知道痛陳利害後，司馬元顯終於意動，否則不會有這幾句話。當然他不會把心意顯露出來，沉著的道：「那就要看琅琊王的安排，更要看當時的情況，只要琅琊王把原屬何謙派系的水師撥歸於我，我便有與天師軍周旋的本錢，更可以牽制劉牢之，對朝廷來說是有利無害。」

司馬元顯警戒的道：「劉兄對自己非常有信心。」

劉裕道：「只要桓玄仍在荊州虎視眈眈的一天，公子對我的疑忌都是不必要的。桓玄和玄帥一直勢不兩立，而我則被桓玄視爲玄帥的繼承人，桓玄欲去我而後快之心公子該知之甚詳，不須我多言。所以我和桓玄是沒有和解合作的可能。劉牢之則是另一回事，他曾與桓玄合作，兵脅朝廷，如不是琅琊王有回天手段，建康早落入桓玄手上。」

司馬元顯冷哼道：「讓桓玄這奸賊得逞，對劉牢之有何好處？」

劉裕應對如流地答道：「這要看劉牢之是否有野心的人，他故意放縱桓玄，讓荊州軍與建康軍正面硬撼，時機成熟時，便可充作勤王之師，到建康來收拾殘局，坐收漁人之利。這算不算是好處呢？」司馬元顯沉默下去。

劉裕續道：「所以在未來一段很長的時間內，我仍是公子一只有用的棋子，且絕不會對朝廷構成威脅。」

司馬元顯嘆道：「可是如果我們包庇劉兄，豈不是立即開罪劉牢之嗎？」

劉裕微笑道：「只要琅琊王認爲鄙人是可用之人，他當然懂得好好安排，不會令劉牢之起戒心。」

司馬元顯思量半晌，終於點頭道：「好吧！我會把劉兄的話一字不漏地轉告家父，讓他作決定。劉兄今夜在甚麼地方落腳呢？」

劉裕心中一陣感觸，暗忖眼前的變化，連他自己也從未想過。在形勢所逼下，只要有一線希望，他便不會放過機會。

劉裕返回歸善寺，宋悲風正坐在他房內，默默等候他。此時離天明尚有兩個時辰，他們都睡意全消。劉裕坐到宋悲風旁，道：「我離開時已特別小心，不弄出任何聲響，老哥是如何發覺我溜了出去的？」

宋悲風嘆道：「我當了安公的貼身保鏢近二十年，有些習慣是改不了的，其中之一是警覺性。你到哪裏去了？」

劉裕坦白答道：「我去找司馬元顯談判。」

宋悲風失聲道：「甚麼？」

劉裕道：「我透過王弘約他見面，由於我曾和他合作過應付郝長亨和徐道覆，所以勉強算是有點交情，更成爲對話的基礎。」

宋悲風聽得眉頭大皺，道：「這小子驕横放縱、心胸狹窄，且只是聽他爹的指令行事，找他不嫌浪廢時間嗎？」

劉裕知道宋悲風對司馬元顯印象惡劣，微笑道：「人是會變的，司馬元顯先是受辱於我們手上，接著又與桓玄在江上對撼，連番磨練，令他在各方面都成熟了。他再不是以前那個花花公子，而是懂得審時度勢的皇室領袖。我要先說服他，才可以由他向司馬道子傳話，痛陳利害。」

宋悲風搖頭道：「不論你說甚麼話，仍難打動司馬道子這個奸佞小人，他是不會改變對你的成見。」

劉裕道：「我並不是要改變司馬道子對我的看法，只是給他一個權衡利害的機會。對司馬道子來說，最重要的是如何維持他大晉的國運，其他都是次要的，包括我劉裕在內。」

宋悲風苦笑道：「可是你有沒有想過，如果你投向司馬道子，會令很多人失望。」

劉裕道：「微妙處正在這裏，一天劉牢之仍在，我們的關係都不會公開，我更不是要做司馬道子的走狗，司馬道子也不會改變殺我的心。我要做的事，與玄帥並沒有分別，玄帥於淝水迎戰苻堅，不是爲了司馬曜或司馬道子，而是爲漢族的存亡。我也是如此，不但要保住小命，還要爭取出戰天師軍的機會。劉牢之絕不會便宜我，可是只要司馬道子不是糊塗蟲，便該明白在某一段時間內，我是一只有用的棋子。」

宋悲風發呆半晌，點頭道：「我被你說服了，雖然仍感到有點難以接受。晉室始終是南方的正統，司馬道子不同意，你便沒法領兵出征。告訴我，如果司馬道子不接受你的提議，你又怎辦呢？」

劉裕道：「如果司馬道子冥頑至此，明早我便和你立即趕往廣陵，設法策動一場奪權的兵變，再擁兵自立，放手幹他娘的一個轟轟烈烈，總好過坐以待斃。」

宋悲風愕然道：「有可能成功嗎？」

劉裕苦笑道：「當然不容易，且有違安公和玄帥對我的期望，否則我何用去見司馬元顯呢？」

宋悲風諒解的道：「我明白了。」

劉裕道：「趁離天亮尚有時間，宋大哥回房休息吧。」

宋悲風道：「還睡得著嗎？你也該好好休息，明天誰都不曉得會發生甚麼事。」說畢起立朝房門走去。

劉裕道：「待會宋大哥聽到聲音，裝睡便成。」宋悲風愕然別頭朝他瞧來。劉裕平靜的道：「如果我所料無誤，司馬道子會親自來見我。」

慕容寶揭帳而出，慕容農、慕容精、苻謨、眭邃、封懿、史仇尼歸等一眾將領應召而至，齊集帳外。慕容寶著各人在帳外空地處圍著熊熊燃燒的篝火坐下，沉聲道：「剛與長城那方取得聯絡，平城和雁門已重入我們手上，父王大破長子，且親手斬殺慕容永。甚麼父王受重創，全是一派胡言。」眾將齊聲歡呼。

慕容農欣然道：「這定是拓跋珪那小賊爲令我們退兵散播的謠言。」

慕容寶雙目噴出仇恨的火燄，狠狠道：「不殺此獠，我絕不甘心。」

軍師眭邃道：「即使沒有謠言，乃是以退兵爲上策，膽怯的拓跋珪根本不敢與我們交戰，如果我們還在那裏等待，補給和士氣上都會出問題。」

慕容寶心中掠過強烈的悔意，暗忖如果依照慕容垂的吩咐，先取平城、雁門，再設立往盛樂的補給線，與拓跋珪打一場持久戰，便不致押後軍被殲，而他們則狼狽急竄的局面。回去後，他如何向慕容垂交代？自己仍能保得住得來不易的太子之位嗎？慕容垂的左右重臣一向對自己有微言，此番不正是證實了他們對自己的看法？不！定要把形勢扭轉過來。沉聲道：「我明白拓跋珪這個小子，他絕不放過這個機會，我敢肯定他正鍥而不捨的在後方追來。只要我們將計就計，定可以令他栽個大跟頭。」

慕容農眉頭深鎖的道：「現在我們人疲馬乏、軍心渙散、將士思歸，實不宜與敵人交鋒作戰。」眾將紛紛附和。過去的幾天，眞不易過。開始的兩天，還要黑夜行軍，又遇上連場雨暴，道路艱難。加上護後軍無影無蹤，構成了嚴重的心理威脅，令他們步步驚心，睡不安寧。到此刻包括諸將在內，都希望早日越過長城，返回中山。

慕容寶道：「如果我沒有猜錯，拓跋珪這小子肯定會在我們進入長城前，突襲我們。」

大將苻謨沉聲道：「我們首先須弄清楚拓跋珪在哪裏。」

慕容寶冷哼道：「拓跋珪當慣馬賊，此正爲他作馬賊的伎倆，我們根本不用理會他在哪裏，只要選擇易守難攻之處，布下陷阱，以身作餌，肯定他會上當。」

慕容農皺眉道：「知己知彼，百戰不殆。可是現在我們完全不曉得敵方情況，主動全在敵人手上，形勢對我們是絕對不利。」

慕容寶不悅道：「我們的兵力在拓跋珪三倍之上，怎用怕拓跋珪這個小賊？何況我已遣人知會王弟，著他親率軍隊出長城與我們在參合陂會合。要殺拓跋珪，這將是千載一時的大好機會。」慕容寶口中的王弟是慕容詳，慕容垂和慕容寶出征後，國都中山由他主事。

慕容農道：「參合陂？」

慕容寶點頭道：「參合陂將會是拓跋珪授首之地，此地南倚參合湖，長坡由西朝東往參合湖傾斜，易守難攻。」

此時眾將均知慕容寶心意已決，又知慕容詳會領兵來會合，解決了補給的問題，感到不是沒有一戰之力，只好同意。慕容寶雙目射出興奮的神色，道：「三天後我們到達參合陂，等候那小賊來自投羅網。」

慕容農搖頭道：「我們首先要弄清楚兩件事。第一件事是拓跋珪憑甚麼殲滅我們的護後部隊？到今夜仍沒有一個人來歸隊，告訴我們發生了甚麼事。」

史仇尼歸極得慕容寶寵信，兼且武功在眾將中稱冠，所以身分地位雖比不上在座諸將，仍可暢所欲言。道：「可見拓跋珪另有一軍埋伏在北岸某處，收到拓跋珪的指令後，配合渡河進攻的敵人主力部隊，兩面夾擊我軍，致令我們的後衛軍全軍覆沒，更逼得我們夜以繼日的朝東走。」他的猜想大致正確，只是沒想及在南岸的拓跋珪部隊只是虛張聲勢，並非主力所在。當夜拓跋珪使計故意讓慕容寶一方眼睜睜的瞧著他渡河往南岸去，正是要慕容寶生出這樣的錯覺。另一個猜錯的地方，是拓跋族的戰士不是埋伏在北岸某處，而是借烽煙傳信，從千里外數度換馬的急趕回來。

慕容精羞慚的垂頭，道：「是我辦事不力。」慕容精指揮探子隊，搜不到敵人隱藏的部隊，當然須負上責任。

慕容寶終找到替罪的人，冷哼道：「由現在開始，偵察敵情交由封將軍負責，最重要是掌握參合陂周圍二十里之內的情況，不可再重蹈覆轍。」封懿應喏領命。

慕容寶轉向慕容農道：「第二件事呢？」

慕容農直截了當的道：「拓跋珪和他的族人現今在哪裏呢？」眾人默然無語，顯是沒有人答得了他的問題。

史仇尼歸又開腔道：「拓跋珪如要攔途偷襲，不但不能落後太遠，還要在抵長城前繞到我們的前方去。如此若我們在參合陂結壘固守，將出乎他意料之外，令他進退兩難。那時當我們與長城來的我軍會合，拓跋珪若還不識時務立刻退兵，將是自尋死路。」

眾將無不聽得精神大振。慕容寶終得到眾人肯定他殫思竭慮想出來將計就計的戰術，大喜道：「尼歸之言有理。不論拓跋小賊如何精於馬賊的游擊戰術，總要現形，那將是他的末日來了。」

彈甲聲從園中傳來。正靜心等待的劉裕心中無驚無喜，把厚背刀掛到背上，推門閃身而出，剛好瞥見陳公公熟悉的背影，沒入園林暗黑處。這可能是一個「友好」的密會，也可能是一個殺他的陷阱。劉裕向宋悲風的房間打出個「勿要跟來」的手勢，追入園子裏去。陳公公在前方忽現忽隱，當穿過月洞門，眼前豁然開展，原來已抵達歸善寺寧靜的後園。歸善寺的後園在建康頗有名堂，名爲歸善園，園中有個形狀不規則的大蓮池，把所有停點連結起來，池水屈曲延伸，與幾座石山結合，取得山迴水轉，不盡源流的景面，又以架折橋橫跨水面，與池心的一座方形暖亭連接，在月照下沿湖遍植的老槐樹投影水面，營造出別有洞天的深遠意境。司馬道子一身便服打扮安然的坐在亭子裏，陳公公負手站在他身後。

劉裕心忖如一言不合，陳公公加上司馬道子，肯定自己沒命離開蓮池。這是司馬道子「收拾」自己的一個好機會，更是劉裕心甘情願拱手相贈的。此時他已沒有反悔退縮的可能，猛提一口眞氣，踏上架折橋，朝池中暖亭大步走去。

司馬道子微笑道：「劉將軍請坐！」

劉裕直抵石桌子的另一邊，垂首道：「卑職站在這裏便成。」

司馬道子重複道：「坐！」

劉裕明白司馬道子的心態，他並不視自己爲下屬，而只是一個有資格與他談判的對手，那種關係是江湖人的關係，沒有忠誠可言，有的只是利害關係。劉裕想通此點，輕鬆的坐下。想到經歷過多少風雨，度過多少考驗，才能於此時此地與這大晉皇朝最有實權的人物對坐說話，心中豈無感慨。

司馬道子銳利的眼神打量著他，忽然喝道：「劉裕你敢不敢立下毒誓，保證將來不與我司馬道子爲敵？」

劉裕心叫來了，只要自己稍有猶豫，他們兩人會立即出手，全力搏殺他。更由於他是坐著的姿態，怎也快不過站在司馬道子身後的陳公公，而位處於此一「絕地」，他的逃生術亦無所施其技。在來赴會前，他已想過每一種可能性，包括對方逼他立誓以示盡忠。坦白的說，司馬道子這句話對他來說已大有轉圜的餘地。

劉裕舉手立誓道：「我劉裕就此立誓，永不與琅琊王爲敵，如違此諾，教我劉裕不但家破人亡，且曝屍荒野，絕子絕孫。」

司馬道子嚴肅的表情舒緩下來，點頭道：「劉裕你確有誠意，我也感不枉此行了。」

陳公公微笑道：「劉將軍確有本領，到現在我仍不明白當日你是如何脫身的？」

劉裕苦笑著把當時脫身的辦法說出來，沒有半點隱瞞，以進一步表示誠意，解說完畢，三人間的氣氛大見融洽。

司馬道子道：「對劉牢之你有甚麼看法？」

劉裕沉聲道：「劉牢之只是個反覆的小人，他今天可以投靠王爺，明天也可以投靠桓玄。對他來說，最重要是保存實力，好成爲最後的勝利者。」

司馬道子平靜的聽著，忽又岔到另一話題道：「桓玄爲何要殺你呢？」

劉裕心忖司馬道子確不簡單，先後兩個問題看似風馬牛不相及，但卻可令自己沒法把擬好的答案循序道來。答道：「因爲他想做皇帝。怕我成爲愚民心中改朝換代的人，更害怕我背後的荒人力量，會使北府兵成爲阻他登位的最大障礙。」

司馬道子微笑道：「你很坦白，事實上你所說的任何一句話，也足構成叛亂的死罪。但我卻喜歡坦白的人。你告訴我吧！『一箭沉隱龍，正是火石天降時』這大逆不道的謠言，是否曾令你心中有妄想呢？」

劉裕發自眞心的苦笑道：「我不但沒有因此心生妄想，還爲此吃盡苦頭。我敢向王爺保證，如我曾有一絲歪想，教我死無葬身之地，我劉裕敢向青天立此誓。」

這是劉裕第二次向司馬道子立誓，前一誓是被逼的，現在此誓卻是自發的，因爲他清楚根本沒有天降火石這回事。於眼前的形勢下，他必須爭取司馬道子對他的信任，司馬道子是不是禍國殃民的大奸賊，並不是目前應考慮的事。最重要是爭取出戰孫恩的機會，而司馬道子更是他最後的機會。

司馬道子不眨眼的瞧著他，欣然點頭道：「好！說得好！現在我相信你眞的有誠意。」

劉裕暗抹一把冷汗，曉得這才算眞的過關。找上司馬道子，是困於絕境的兵行險著，一個不好，立即要陪上性命。

陳公公淡然道：「劉裕你的作用眞是這麼大嗎？」

劉裕從容道：「劉牢之爲何千方百計要置我於死地呢？當孫恩兵臨城下時，我願爲朝廷盡忠效死命。」

司馬道子答陳公公道：「如果小裕不是舉足輕重的人，我今天怎有閒情來和他說話？小裕的軍事才華和聲譽都是無可置疑的。所謂三軍易得，一將難求，值此朝廷用人之時，小裕正是我夢寐以求的猛將。」

劉裕暗鬆一口氣，只從司馬道子對自己改變稱呼，便知這奸賊接受了他的提議。當然他們的良好關係是有時限性的，但正如他向司馬元顯說過的話，在劉牢之和他之間，自是以劉裕較易控制和擺布。在正常的情況下，即使他能取劉牢之的位置代之，仍遠沒法和當年的謝玄相比，所以司馬道子根本不怕他能有何作為。

司馬道子沉聲道：「明天你先到石頭城和劉牢之打個招呼，他安排你做甚麼，你便做甚麼，千萬莫要和他爭執，明白嗎？」

劉裕點頭應是，曉得終把逆勢扭轉過來，於建康爭取得生存的空間。這就是政治了。

〈卷十〉

第二章◆新的起點

第二章 新的起點

一騎快馬，在黑暗裏穿林過野，卻沒有發出應有的緊密蹄聲，加上騎士全身黑衣，馬兒亦是純黑的，彷如融入黑夜裏的幽靈騎士，到人間來勾活人的魂魄。當騎士衝上一座小丘的斜坡，坡頂忽然冒出兩個身穿夜行勁服的人，其中之一還彎弓搭箭，瞄準騎士。那騎士也是了得，見狀曉得不妙，竟從馬背彈起，凌空一個觔斗，投往左方。「錚！」弓弦震響，勁箭疾射而出，時間角度均拿捏得無懈可擊，箭才離弦，眨眼已射入仍在空中翻滾那騎士的肩頭，濺起血花。騎士慘哼一聲，被利箭的驚人力道帶得變成往後拋跌，「蓬」的一聲掉在草地上。射箭者閃電衝前，往墜地的騎士掠去，另一人則攔在馬兒前方，到馬兒衝至身前，才往旁閃開，再施過手法，竟一把抓著仍在往前疾衝的戰馬的轡索，並借戰馬疾衝之力，就那麼飛上馬背，坐個四平八穩。馬兒受驚下跳嗁狂嘶，又人立而起，卻沒法把馬背上的人甩掉，到馳下另一邊山坡，已被背上的人安撫控制，繞過小丘馳返騎士倒臥之處。

射箭者臉色凝重的站起來，看著臥地的騎士道：「死了！」

馬背上的人失聲道：「甚麼！」同時躍下馬來，竟然是燕飛。

射箭者正是拓跋珪，此時他眉頭深鎖，沉聲道：「是服毒自盡的。很厲害的毒藥，見血封喉。」目光轉到燕飛拉著的戰馬，讚道：「好馬！」

燕飛道：「此馬四蹄均包紮特別的皮革套，所以落地無聲。」

拓跋珪道：「這是燕國著名的幽靈使者，早上潛伏，晚上趕路，一般的探子，即使他們在眼前經過，只會以為自己眼花，幸好我們並不是一般的探子。」

燕飛道：「在他身上找到東西嗎？」

拓跋珪搖頭道：「除了一般的遠行裝備，你不會有任何發現。這是慕容垂想出來的方法，只靠口傳，如若遇敵不能脫身，便服毒殉死。我早防了他一手，想不到他內功如此高明，竟抵得住我箭上的真勁，仍能及時自盡。」

燕飛猶不甘心，搜索掛在馬兒背上的行囊。拓跋珪的目光落到騎士的靴子上，道：「靴子是新的。」

燕飛點頭道：「戰馬的狀態也很好，鞍子和蹄鐵亦是新的，看來只走過幾天的路。」

兩人同時一震，四目交觸。拓跋珪道：「此人該是來自平城，從平城快馬趕來正是六、七天的光景。」

燕飛皺眉道：「難道是慕容詳派來向慕容寶傳遞消息的人？」

拓跋珪蹲下去檢查死者的衣服武器，搖頭道：「慕容詳十天前才收復平城，且不曉得慕容寶會忽然撤往中山，兼且他們兩兄弟關係並不融洽，慕容詳一直覬覦老哥的太子之位，該不會這麼熱心千里迢迢的向慕容寶通風報信。」

燕飛道：「這麼說，此位不幸的仁兄該是慕容寶派出的騎士，到平城見過慕容詳後，現在帶著消息回來向慕容寶報告，慕容寶又再派他回平城向慕容詳傳達他的指示。」

拓跋珪道：「此人是當謠言傳入慕容寶之耳時派出的，所以比慕容寶早十天返回長城內，故有足夠時間來回往返。我早猜到慕容寶會有此著，所以派人封鎖長城外的荒野，卻截不著來去如風，最擅長隱蹤匿跡的幽靈使者。」

燕飛道：「幸好這次給我們截著他。」

拓跋珪搖頭道：「沒有用的，幽靈使者是三人一組，各自採取不同路線，我們截著其中一人，另兩人早已遠遁。」

燕飛皺眉道：「如此情況非常不妙。」

拓跋珪站起來，冷靜的道：「我們來分析情況。現在慕容寶已清楚有關他老爹的謠言，全是子虛烏有。以他的性格，當會暴跳如雷，殺我之心更烈，更不得不想到如何向慕容垂交代的嚴重問題。而唯一能扭轉他所處的劣勢的方法，就是設法反敗爲勝。」

燕飛目光投往腳下的幽靈使者，點頭道：「你的猜測應大致正確，此人正是帶著慕容寶的口信，要慕容詳配合他的作戰計畫。」

拓跋珪道：「最重要是小寶須得到慕容詳糧食上的補給支援，才有條件與我在長城外周旋。不過只要我們截斷平城到此的陸路交通，慕容寶將沒法和慕容詳建立聯繫，而慕容寶會發覺他的反攻大計，將是他的軍事生涯上最大的失著，也令燕國步向滅亡。」

燕飛問道：「慕容詳兵力如何？」

拓跋珪道：「在二至三萬人間，但由於怕盡起全軍後，被我乘虛而入攻陷平城和雁門，最多只能抽調一半兵力出城作戰。哈！這小子曾在我手上吃過大虧，我不信他不顧忌我，只要我們在城外虛張聲勢，我敢保證他在弄清楚情況前，不敢踏出長城半步。」

燕飛沉吟片刻，道：「我們須改變作戰計畫了。」

拓跋珪露出思索的神色，好一會後迎上燕飛的目光，道：「小寶現在已清楚我們要在途中突襲他，所以我們的部隊再非奇兵，一旦讓他取得能固守的據點，安營立寨，援軍又源源不絕從長城開來，我們將優勢盡失。」

燕飛點頭同意，道：「唯一致勝之道，就是先一步猜中小寶挑選的據點，在那裏設局埋伏，你道小寶會挑哪裏呢？」

拓跋珪道：「對長城外的形勢地理，燕人遠比不上我們這些曾長期在這區域生活過的人，所以小寶選的地方，須符合幾個條件。」

燕飛道：「第一個條件當然是離長城不遠，否則將難與長城內的燕軍互相呼應。」

拓跋珪接口道：「其次是也不應離此太遠，因為小寶的大軍已人困馬乏，疲不能興，亟須好好休息回氣。」

燕飛道：「第三個條件是此地要水草茂盛，且易守難攻，對嗎？」

拓跋珪哈哈笑道：「最後此處肯定大有名堂，慕容詳一聽便明白，不用先派人去苦苦找尋。啊！」

兩人同時一震，四目交擊。拓跋珪喘著氣道：「肯定是參合陂，不但有水有草，且地勢利守不利攻，離這裏是三天路程，離長城也只是四、五天的路程，不可能有更理想的地方。」

燕飛道：「我們埋葬此人，毀滅痕跡後，立即趕回去準備一切。」

拓跋珪仰天吐出一口氣，嘆道：「我的小寶啊！三天後的參合陂，將是你的埋骨之地。」

劉裕和宋悲風天未亮便離開歸善寺，到石頭城附近找了間食店吃早點。兩人在一角坐下，心情比昨晚離開謝府時好多了。

宋悲風道：「起始時，我對你去找司馬元顯說話心中頗不舒服，可是此刻坐在這裏，卻感到這是最聰明的做法，否則現在便是看著你去送死。當年即使以安公的學識見地，也不得不與想當皇帝的桓溫虛與委蛇，以柔制剛。現在的司馬道子，等於朝廷，你如與他對敵，根本難在建康立足。不過司馬道子此人自私自利，一切全由自身利益出發，如他認爲你失去利用價值，會毫不猶豫的殺害你。」

劉裕吃著包子，沉聲道：「如果謝琰旗開得勝，出乎我們意料外的大破天師軍，消息傳入司馬道子耳中的一刻，便是他下令殺我的時刻。對他，我怎會有不切實際的幻想呢？」

宋悲風嘆道：「唉！二少爺！我們對他眞的無能爲力嗎？我們怎能坐看他自尋死路？」

劉裕岔開道：「剛才有人跟蹤我們嗎？」

宋悲風道：「肯定沒有。」

劉裕道：「這是好事，代表司馬道子至少做足門面工夫，以表示對我的信任。」

宋悲風沉吟片晌，道：「小裕你坦白告訴我，是否心中惱火二少爺呢？」

劉裕苦笑道：「老哥要我坦白，我便坦白說吧！我眞的沒有怪他，只是爲他的愚蠢頑固痛心。可是他的事已輪不到我們去管，也沒有人能改變他的想法，包括大小姐在內。」

宋悲風沉默下去，雙目射出沉痛的神色。劉裕明白他的心情，對謝家宋悲風有深刻的感情，看著謝家毀於謝琰手上，當然非常難過不安。他也不知說甚麼話去安慰他。

宋悲風咬牙切齒的道：「我恨不得立即把劉牢之這忘恩負義的奸賊斬於劍下。」

劉裕忽然想起留在船上的裂石弓，當晚因被陳公公追殺，沒法及時取回何銳贈他的神弓，這一刻卻想到如果能以裂石弓在暗處餵劉牢之一箭，會是平生快事，旋又記起答應過何無忌放劉牢之一條生路的承諾，一時心中百般滋味。嘆道：「我到石頭城去後，可能有一段時間身不由己。宋大哥你必須低調行事，等候機會，如果情況不對勁，立即離開建康。」

宋悲風道：「你不用擔心，我剛才只是意氣之言，不能作準。我還想問你一句話，待會我去見王弘，除了要他對你夜訪司馬元顯一事保守秘密外，還有甚麼事可請他幫忙呢？」

劉裕道：「他對我最大的幫忙，就是不要爲我做任何事。可是其中情況，卻不用向他老爹隱瞞。王珣深諳朝政，該明白如何拿捏。」

宋悲風皺眉道：「照我看該把王珣也瞞著才對。」

劉裕思量半刻，點頭道：「宋大哥的看法有道理，但卻不可以瞞著王弘，否則他會感到我不當他是推心置腹的戰友。」

宋悲風道：「此事由我來拿捏分寸吧！我會比你更明白建康世家子弟的心態。」

劉裕道：「宋大哥不是說過可以利用安公遺留下來的影響力，在建康聯結一些有勢力的人嗎？」

宋悲風點頭道：「確是如此，不過到最後能爭取多少人站到我們一邊來，仍要試過方知曉。」

劉裕搖頭道：「這方面的事暫緩進行，最怕是傳入司馬道子耳內，會引起司馬道子的疑心。我現在最聰明的做法是韜光養晦，直至機會落入我的手上。」

宋悲風同意道：「我明白！」

劉裕道：「我還要和邊荒集建立聯繫，好清楚邊荒集的情況。司馬道子肯暫時容納我，其中一個原因是看到邊荒集可爲他帶來的好處，我們須好好的利用。」

宋悲風道：「這方面全無問題，文清小姐那邊有人長駐在這裏，可以用飛鴿傳書與邊荒集交換消息。」又道：「小裕有沒有口信須我通知文清小姐呢？」

劉裕心中倏地湧起千言萬語，卻又有不知從何說起的矛盾感覺，最後道：「告訴她我一切安好，劉牢之暫時奈何不了我，現在我只是等待領軍平亂的機會。」

宋悲風道：「這個包在我身上。」又猶豫的道：「你眞的沒有別的話說嗎？」

劉裕暗嘆一口氣，自己現在的心情，那容得下兒女私情？搖頭表示沒有了。宋悲風欲言又止，終沒有說出來。

劉裕道：「時間差不多了！我們分頭行事吧！」

宋悲風卻沒有動身的意思，沉聲道：「見過王弘後，我該不該到謝家見大小姐呢？」劉裕也爲他感到爲難。

宋悲風又嘆道：「你說吧！爲了安公，我怎能見死不救，坐看二少爺到戰場去送死？」

劉裕道：「你仍放不下這個想法，因爲你不是像我般親耳聽到二少爺昨晚說過的話。權力和榮耀是會令人盲目的，昨夜我最想向二少爺說的一句話，是問他爲何玄帥不把北府兵的兵權直接移交給他？以玄帥辭世前的威勢，玄帥是絕對可以辦到的，司馬道子亦不敢反對。可是兵權卻落入劉牢之手上。這句話我當然不敢說出口來。」宋悲風嘆了一口氣。

劉裕續道：「二少爺一向自視極高，玄帥去後，更認爲自己是南方的中流砥柱、淝水之戰的舊勛，現在忽然得到了北府兵的部分兵權，又負起討伐孫恩的重任，令他更目空一切，驕傲輕敵。所以即使是大小姐，也再難像以前般影響他。宋大哥是該去見大小姐的，不過卻須絕口不提二少爺的事，否則只會令大小姐更傷心。」

宋悲風道：「我明白你說的話，可是……」

劉裕道：「你當我不關心謝家嗎？只是因為玄帥，我可以為謝家作出任何犧牲。」脫口說出最後這句話時，劉裕心中升起一個疑問。他真的可以為謝家作出任何犧牲嗎？連他自己也不敢肯定。他可以為謝玄效死命，但沒有了謝玄的謝家又如何？眼前對他最重要的事，是攀上北府兵大統領之位，只有執掌北府兵，他才可以立下目標。在這一刻，他清楚感覺到目前與謝琰為首的謝家的疏離關係。

宋悲風澄清道：「我沒有這個意思，更清楚小裕你的處境。」又苦笑道：「二少爺真的全無勝望嗎？」

劉裕道：「二少爺的缺點，事實上也是建康高門名士的缺點，就是高高在上，只顧及高門大族的利益。他們不明白孫恩的叛亂為何能忽成燎原之勢的根源，只視孫恩是妖言惑眾的邪魔，追隨者只是被迷惑的愚民。實情當然不是如此簡單，天師軍的崛起如此迅速，表明了民怨極深。要真正的平亂，朝廷必須由根本做起，以息民憤。否則孫恩後尚有無數個孫恩，民亂並不是靠殺戮便能遏止的。」

宋悲風頹然道：「我們走吧！」

兩人結賬離開，踏足街上。這天天氣極佳，陽光普照，街上人來車往，繁盛如昔。令兩人很難聯想到剛過去的漫漫長夜，於一夜間竟有這麼多關係到生死存亡的變化，其重要性可以影響到南方漢族未來的命運。

宋悲風道：「希望一切可以有個新的開始。」

劉裕道：「對我來說，每天都是一個新的開始，是我餘生的第一天。哈！老哥珍重！」拍拍宋悲風的肩頭，逕自沿街去了。

宋悲風瞧著他的背影，心中泛起奇異的感覺。劉裕可以改變南方漢族的命運嗎？

壽陽城外碼頭上，吉時一到，鑼鼓爆竹聲中，在有「邊荒名士」之稱的卓狂生主持下，舉行了簡單隆重的命名儀式，爲樓船裝上雕寫「荒夢一號」的牌匾。邊荒遊不但振興了壽陽的經濟和旅業，更使壽陽成爲南方最令人矚目的城市，與邊荒集的關係得到大幅的改善。從這一刻開始，於壽陽人來說，邊荒再不是禁地險境，而是充滿希望的福地。壽陽城萬人空巷來參與邊荒遊的首航禮，唯獨胡彬因避嫌而留在城中的太守府內，缺席盛會。碼頭區擠滿歡呼喝采的人群，參與邊荒遊首航的旅客，在鳳老大的殷勤招呼和安排下，聚集在登船的跳板處，魚貫登船。高彥、姚猛、陰奇、方鴻生和一眾兄弟，在甲板處列隊歡迎，務要令客人有賓至如歸的感覺。

賓客以男性爲主，女客不到十五人，最引人注目的當然是香素君，不但因她面如凝脂，長得楚楚動人，且身段勻稱、儀態萬千，更因她背掛長劍，神情驕傲，彷佛視天下男子如無物。配上淡雅的勁服，予人高不可攀的感覺，才是最令人傾倒的地方。在三樓看台監控整個情況的慕容戰、拓跋儀和龐義等人，亦不由生出驚艷的感覺。她登上甲板後，只冷淡地向高彥等點頭打招呼，但已使得高彥等神搖魂蕩，差點忘記了站在這裏是幹甚麼的。亦步亦趨跟在她身後的正是那叫晁景的小子，此人長得一表人才，風流倜儻，如若玉樹臨風，一派世家名士的風範。作的是儒生打扮，可是脊直肩張、龍行虎步、雙目神藏不露，腰佩長劍，使人感到他能文能武，不是一般尋常江湖人物。

高彥等尚暈頭轉向的當兒，苗族小姑娘跟著顧胖子登船來了，她縱是遮掩了花容，只憑動人的體態身段，仍可像香素君般吸引所有人的注意。俗不可耐的顧胖子打躬作揖的和各人招呼，不知如何，眾人看在眼裏，卻分外感到他的可厭，高彥和姚猛更恨不得一腳把他踢下船去，只載苗族小美人到邊荒集去，好令她可以重新開始本該屬於她青春煥發的人生。苗族小美女一直低垂螓首，跟在顧胖子身後，在荒人兄弟引領下進入船艙，沒對高彥或姚猛瞄上一眼，使他們越發感到她是在顧胖子的淫威下苟且偷生，過著暗無天日的生活。看著她曼妙動人的背影，消失在船艙裏，兩人尚未回過神來，諂媚的笑聲在他們身前響起，幾乎吵聾了他們的耳朵。只見一個年紀只是二十出頭，頭大得與身體不成比例，形貌逗趣的小胖子，正滿面生春的向他們抱拳施禮。如果顧修是個醜陋的大胖子，這人便是個好看的小胖子。

姚猛道：「原來是談寶談公子，稍後有機會再談，我們站在這裏說話，會妨礙到其他人登船。」光聽姚猛這句話，便知他被談寶滔滔不絕的長篇大論煩個要死，所以毫不客氣，不待他開腔便先一步要他閉口。

談寶沒有半點覺得不好意思的神色，陪笑道：「好日子！好日子！今天確是大好的日子。天朗氣清，可見老天爺多麼照顧我們。這位定是高爺吧！我只想問一句話，下一班到邊荒集的觀光樓船何時啓程呢？」當他說「這位定是高爺吧」，眼中裝出滿眶崇慕的神色，卻只朝著姚猛看，顯然把姚猛當作了高彥。

姚猛愕然道：「誰告訴你我是高爺呢？」

談寶一呆道：「你不是高爺嗎？昨天你到客棧來和我們打招呼……」接著望向陰奇，續道：「這位先生不是介紹你為這次邊荒遊的主持人嗎？」

陰奇淡淡道：「是主持人之一，談公子聽漏了兩個字了！」又指著高彥道：「這位才是高爺。」談寶一臉孤疑的神色，瞪著高彥。

後面傳來一個雄壯的聲音，喝道：「兀那胖小子，要說話給老子滾到一邊去說，不要擋著王某人的路。」

高彥等循聲瞧去，只見說話的人仍擠在岸上等候登船的客人堆中，且比他身邊最高的人還要高上半個頭，彷如鶴立雞群。他長相粗豪，年紀接近三十，體形慓悍，背掛兵器，髮鬚蓬亂，一副不修邊幅的落魄模樣，但依然予人威勢十足、非等閒之輩的感覺。

陰奇喝下去道：「王鎮惡兄說得對！」一把扯著談寶到一旁說話去了。

高彥定神打量王鎮惡，他乃邊荒集的首席風媒，武功雖不算了得，眼力卻是一等一的，一眼便斷定此人武功高強，不在那香素君和晁景之下，也比任何人更像死士和刺客。

姚猛的聲音在他耳旁響起道：「高爺！這位是劉穆之劉先生。」

高彥往繼談寶之後，剛登上甲板的人瞧去，登時眼前一亮。劉穆之作文士打扮，肩掛包袱，手提小竹箱，外表看只像個尋常讀書人，年紀在三十五、六上下，留著一把美鬚。令人注目的不是他頗有出塵之姿、大有仙風道骨的頎長身形，而是從他一雙眼睛射出來從容和閃動著智慧的目光，使人感到他文弱的外表下隱藏著一股巨大的力量。他絕非像鳳翔所形容的只是個書不離手的書獃子。劉穆之瀟灑地向他們打招呼示好，隨另一荒人兄弟入艙去了。

此時陰奇搭著談寶的肩頭回來，著人引領他到指定的艙房，跟著移到高彥身旁，湊到他耳邊道：「談小子肯定是為避禍而參加邊荒遊的，所以比其他人更賣力巴結我們。」

客人繼續魚貫登船。到那王鎮惡登上甲板，陰奇、高彥和方鴻生也不由在暗中戒備著，防他忽然變身為發難的刺客，幸而王鎮惡只冷淡的打個招呼，逕自進艙去了。

最後一個上來的是卓狂生，笑道：「請高爺下令啓航。」高彥神氣的發出命令，荒夢一號在岸上群眾喝采聲中，啓碇開航。

高彥笑道：「談寶那小胖子眞糊塗，怎會把小姚當作是老子我，連誰最英明神武都分不清楚，如何拍馬屁？」

陰奇笑道：「不是他糊塗，而是我故意要他們張冠李戴，錯認姚猛為老哥你。」

姚猛吃一驚道：「你為何不早點對我說，讓我好有準備，如果被刺客把我當作是高小子幹掉，我豈非死都要當糊塗鬼？」

陰奇沒好氣道：「有我在你身旁，你又不是外強中乾，怕甚麼呢？」

卓狂生豎起拇指讚陰奇道：「好一招試金石，那我們是否須向客人澄清呢？」

陰奇道：「含混一些會更好……」忽然艙內傳來爭吵聲。五人口不敢言，心忖難道這批客人甫登船便發生爭執，也眞是太難伺候了。

仍未弄清楚是怎麼一回事前，那叫晁景的年輕高手氣沖沖的走出艙門，喝道：「誰是這條船的主持人？」

陰奇輕鬆答道：「這裏每一位都是負責人，晁公子有甚麼不滿的地方呢？」

晁景微一錯愕，似乎有點不知該向五人中那一個投訴而猶豫，接著怒哼道：「這是怎麼搞的？我早說過要住在香小姐隔鄰的艙房，現在不單不是兩房相鄰，還一個在天，一個在地，把我弄到最高的第三層去，她卻在最下的一層，這算甚麼？」

高彥陪笑道：「晁兄請息怒，你是向誰要求的呢？」

晁景目光投往高彥，露出殺氣，看來是不滿高彥客氣的反質詢，神色卻放鬆下來，顯示他回復了高手應有的冷靜，沉聲道：「是個姓鳳的人，你當我是胡說八道嗎？」

方鴻生幫腔道：「晁公子誤會了，高爺只是想弄清楚我方的人是否有疏忽而已！」

只從晁景把堂堂鳳老大稱爲「一個姓鳳的人」，可知他目空一切，不但不把壽陽的第一大幫放在眼裏，還不把荒人放在眼裏。卓狂生見慣場面，當然不會與他計較，微笑接口道：「敢問晁公子，鳳老大當時如何回應公子的特別要求呢？」

晁景雙目現出精芒，手按到掛在腰間佩劍的握柄去，眾人登時感到寒氣逼體而來，心中大是懍然，曉得此人武功之高，在他們估計之上。誰想得到來參加觀光遊的客人裏，竟有如此超卓的可怕劍手，且是一言不合，便要以武壓人。

姚猛乃夜窩族的頭號高手，本身一向是桀驁不馴之輩，怎受得這種氣，不過爲大局著想，不願船尚未離開潁口，就要見血光，勉強壓下性子，但已頗不客氣，冷笑道：「晁兄究竟是來要求換房，還是找碴的？」

晁景目光移往姚猛，精光閃閃，眾人都防備他出手之時，晁景的手離開佩劍，按捺著不悅道：「他說上船後自會有妥善的安排。」

眾人心忖鳳老大畢竟是老江湖，把這燙手山芋拋到他們這邊來。卓狂生等均感爲難，換房只是小事，問題會破壞他們保安上的安排，看這晁景專橫和不可一世的神態，一副不達目的不肯罷休的模樣，此事眞不知如何了局。

高彥嘻嘻笑道：「下層是專供單身女眷用的，由我們荒人姊妹伺候，如把晁兄安置到下層去，恐怕不太方便吧！嘿！我有個好提議，假設晁兄能說服香小姐，請她搬上三樓去，我們絕沒有異議，晁兄同意這解決的方法嗎？」眾人心中叫絕，暗忖高彥這小子確實有點小聰明，幾句話便把解決的責任回贈這個目中無人的臭小子。晁景呆了一呆，接著臉色陣紅陣白，欲言又止，忽然一個轉身，便這樣拂袖不顧，回艙去了。

卓狂生瞧著他的背影，嘆道：「我敢賭這小子參加邊荒遊，肯定是另有圖謀，否則不會這般忍氣。」眾人都頗有同感，但也無可奈何，只有走一步算一步好了。難不成把可疑的客人捉到艙底嚴刑逼供嗎？

石頭城位於石頭山西南麓，城周長七里一百步，城基以石頭山的天然岩石築砌而成，依山而建，西、北兩面臨江處盡是懸崖峭壁，固江為池，非常險要。城牆以磚疊築，厚重穩固，使石頭城成為建康西部有虎踞雄姿的臨江軍事要塞。於石頭城西端處，有一大塊突出的紫紅色礫岩，因風化剝落，形成坑窪斑點的岩面，彷如一個巨大的鬼臉，故石頭城又被戲稱為鬼臉城。城內設有「石頭倉」，儲存軍用物品。城內最高聳的是烽火台，是建康境內的烽火總台，由此沿上下游方向，於江岸險要處遍設烽火台。只要石頭城烽火一起，半天內可傳遍長江沿岸，直至江陵。

石頭城向為建康軍首都西面的第一重鎮和水師根據地，在一般情況下，建康朝廷絕不容許外鎮沾手石頭城。當日謝玄智取石頭城，便逼得司馬曜和司馬道子不得不一一答應謝玄的要求，只能坐看謝安從容離開建康到廣陵去。這次劉牢之強取石頭城以作北府兵駐紮之地，實觸犯了司馬氏朝廷的大忌。劉牢之不是不曉得這方面的問題，但總好過被司馬道子害死，再以謝琰來取代他。就是在這樣微妙的情況下，劉裕兵行險著，爭取到司馬道子父子暫時的支持。這種關係絕不會持久，而劉裕要的只是一個機會。這個機會來臨與否，還得看其他條件的配合，一切尚是未知之數。

沿江走來，劉裕看到停在石頭城碼頭處，近五十艘的北府兵水師戰船。可以想像若依計畫進行，北府大軍會分水陸兩路向南進軍。陸路部隊由謝琰指揮，直指會稽；水路由劉牢之主持，出大江，沿海岸南下，配合陸路部隊作戰。劉牢之肯這麼聽話嗎？自晉室南遷，晉室的內部問題一直懸而未決。於謝安主政之時，一直全力調和中央與地方的關係，由於桓沖性格溫和，所以荊揚之間亦能相安無事。到謝安和謝玄先後辭世，晉室失掉兩大支柱，加上司馬道子專權益甚，以致嬖佞用事，賄賂公行，政事更加紊亂，致孫恩乘機起事，北府雄兵亦落入劉牢之這野心家之手。南方究竟會變成怎樣的一個爛攤子，劉裕真的不敢想像，且有點懷疑自己即使能掌握北府兵的兵權，是否仍有回天之力。當然這條路漫長而艱困，但至少他現在爭得喘一口氣的空間，只看待會見到劉牢之時這傢伙有甚麼話說。司馬道子絕不會明言暫時擱置對付他劉裕的計畫，所以劉牢之將會千方百計的設法害死他，只看他是親自下手還是借別人之力去達到目標。他和劉牢之已到了水火不相容的境地，可以說劉裕他一天仍然在世，劉牢之北府大統領之位便坐不安穩。

想著想著，終到達石頭城。石頭城開有三門，南面二門，東面一門，西北臨江。劉裕循沿江驛道抵達東門，一隊馬隊從後而至，踢起漫天塵土。劉裕避往道旁，讓馬隊在身旁經過，看著他們旋風般馳進城門內去，內心不由泛起自己是局外人的孤獨感覺。剛馳過的騎士沒有一個是他認識的，他們顯然亦不知他劉裕是何許人也，或許這批人是剛招募的新兵吧！這想法令他對北府兵生出古怪的疏離感。在這種心情下，想及自己欲取劉牢之之位而代之，頓然變成脫離現實毫不實際的妄念狂想。劉裕暗嘆一口氣，收拾心情，朝石頭城東門走去。

門衛露出注意的神色。其中一人喝道：「止步！」劉裕立定報上官階名字。

忽然十多人從東門湧出來，領頭的小將大喝道：「來者眞的是劉裕？」

劉裕暗感不妥當，硬著頭皮道：「正是本人，有甚麼問題嗎？」

小將大喝道：「奉大統領之命，須把劉裕押送往大統領座前，劉裕你若識時務就不要反抗，否則大有苦頭吃。給我動手。」

劉裕看著門衛如狼似虎的朝他撲過來，心神劇震，心忖難道劉牢之竟敢如此公然來殺他，還是想逼他出刀子殺人，犯下叛亂之罪，教他永遠不能返回北府兵，只能畏罪逃往邊荒集。恨得牙都癢起來時，身體已給七、八把長短兵器抵著。劉裕微笑道：「兄弟手勁輕些兒，勿要弄出人命啊！」換了和司馬道子達成協議前，他幾肯定自己會揮刀反抗，現在卻不得不以小命去賭這一把，看劉牢之可以有甚麼藉口殺他？

劉裕雙手被粗牛筋反綁在背後，囚犯般被押到石頭城的太守府主堂。劉牢之坐於主堂北面台階上的主位，兩旁分別是心腹將領高素和竺謙之兩人。何無忌立於台階下，見到劉裕進來，面露憂色。直至此刻，劉裕仍不知劉牢之憑甚麼膽敢如此羞辱他，心中的憤怒是不用說了。

劉牢之見他進來，雙目射出淩厲神色，大喝道：「大膽劉裕，給我跪下。」

劉裕尙未決定應否下跪，押他進來的四名北府兵其中兩人，已毫不客氣伸腳踢在他膝彎處，劉裕只好跌跪地上，此時心中也不由有點後悔，如讓劉牢之就這麼把自己斬了，這一著便是大錯特錯。只恨後悔也沒有用，又掙不脫縛手的牛筋。劉裕平靜的道：「敢問統領大人，我劉裕犯了何罪呢？」

「砰！」劉牢之一掌拍在身旁几上，怒目圓瞪的瞧著劉裕，喝道：「告訴我，你何時回來，爲何不立即來見我？」

劉裕心中一震，暗忖難道給他知道了夜訪琅琊王府的事？硬著頭皮道：「昨夜我抵達建康，因戒嚴令執行在即，只好到謝府去盤桓一夜，到今早才來向統領大人請安問好，請大人見諒。」同時糊塗起來，不論劉牢之如何專橫，總不能因此治他以罪。何無忌噤若寒蟬，不敢說半句話。高素和竺謙之則一副幸災樂禍的表情，得意洋洋。

劉牢之露出一絲陰險的笑容，徐徐道：「就是這麼多嗎？你是否尚有別的事瞞著我呢？」

劉裕心叫糟糕，難道見司馬道子父子的事，竟被他知道了，否則怎會有這句話？此時心中悔意更濃，但已是錯恨難返。照道理劉牢之是不可能知道的，唯一的可能性是司馬道子出賣了自己。他還可以說甚麼呢？割下頭來不過碗口大的一個疤，豁了出去，堅定的道：「屬下怎敢呢？」

「砰！」劉牢之狠拍小几，戟指怒道：「大膽！竟敢對我說謊。鹽城有消息傳來，說你私吞了焦烈武多年來的財物，中飽私囊，還敢說沒有事瞞著我？」

劉裕先是一呆，接著整個人輕鬆起來，又心叫好險。此計確實非常毒，只要劉牢之一口咬定自己私吞了賊贓，他就是跳下黃河也洗不清嫌疑，如再於他身上栽贓嫁禍，搜出財物，更是證據確鑿，可令他百口莫辯，任何人都救不了他。這本是劉牢之想出來天衣無縫的毒計，幸好他昨夜說服了司馬道子，所以該可避過此劫。

劉裕故意裝出錯愕的神色，道：「統領大人明鑑，我劉裕可在此立誓，絕無此事。」

劉牢之冷笑道：「還要狡辯嗎？你來告訴我，破賊後為何要一個人躲到焦烈武藏身的海島去，不是為了焦烈武的財物又是為了甚麼呢？」

劉裕心忖這問題確實非常難答，只好道：「事情是這樣的，正因搜遍全島後，仍沒法找到賊贓藏處，我只好親到墳州搜索，此事有王弘為證。」

劉牢之冷然道：「那你的搜查有結果嗎？」

劉裕心中恨不得立即把他掐死，當然只能在心中想想快意一番，幸而心中恨意不是全沒有發洩的機會。把心一橫，昂然道：「我搜了幾天，仍然一無所獲，幸好琅琊王派來水師船，原來他們已從焦烈武的寵孌方玲處知悉賊贓藏處，故特來起出贓物。此事統領大人只須向琅琊王一方問一句話，便知我句句屬實，沒有半句是謊言。」

劉牢之聽得呆了起來，只懂瞪著他，一時不知如何繼續下去。高素和竺謙之則面面相覷，欲語無言。只有何無忌露出喜色，向他瞧來，與他交換了個眼色。

劉裕心中稱快。對劉牢之的憎恨，隨著時間不住增長，現在他最渴望的，就是要目睹劉牢之自食惡果的那一天。

劉牢之失了方寸，往高素望去。高素靈機一動的道：「如果劉將軍這番話屬實，劉將軍私吞財物之談便是他人惡意中傷之詞。」

竺謙之接口道：「此事是否如此，可向琅琊王查證。」

劉牢之望向劉裕，深吸一口氣道：「我現在去找琅琊王說話，如果他證實你所言不虛，我會還你一個清白，否則……哼！來人！給我把劉裕關入牢房，等待處置。」劉裕心忖這回能否繼續做人，就要看司馬道子了。

荒夢一號在兩艘雙頭船前後護航下，沿穎水北上，在明媚的晨光下，載著邊荒遊的賓客，朝邊荒不住前進。荒人對邊荒遊的旅客招呼周到，船上備有由龐義主理下弄出來的美味早點，賓客可選擇到艙廳享用，也可以由專人送入房間裏去，依隨客人的好惡。初抵邊荒，大部分賓客都被吸引到甲板上去，又或在艙廳內一邊品嘗雪澗香，一邊高談闊論，順道透過艙窗欣賞兩岸景致，也有人到艙房頂的平台登高望遠，各得其所，令樓船充盈閒適寫意的氣氛。辛俠義和香素君、晁景這對男女高手，卻自啓程後都沒有踏出房門半步，把自己關在房裏。顧胖子和那苗族姑娘在房中進膳後，也到艙廳去湊熱鬧，正如鳳老大所形容的，顧胖子和他新結交的商賈朋友說得口沫橫飛時，苗族姑娘只是坐在一旁，垂首無語。高彥和姚猛雖苦無與她說話的機會，但並不心焦，反正來日方長，總會有辦法的。

高彥走出艙門，正要找姚猛說話，卻見這小子被五名女客纏著，在指東說西。這五位女客雖比不上香素君的姿容，亦算略具姿色，看來也不是正經人家的女子，倒似是青樓的姊妹，結伴參團。高彥心忖說不定這些女客又把他當作是自己時，一隻手抓在他肩頭處。高彥嚇了一跳，原來是卓狂生。

卓狂生扯著他走到船欄旁，笑道：「我們的觀光團還不賴吧？只看他們興奮的模樣，便知我們的觀光團辦得多成功。」

高彥道：「你剛才是不是為你的說書館拉客？忽然出現在看台，一會後又在廳內捉人聊天。」

卓狂生笑道：「我是只顧私利的人嗎？老子我是在作初步的調查。」

高彥問道：「有甚麼好調查的？」

卓狂生道：「商場如戰場，也要知己知彼，生意才可愈做愈大，所以我私下明查暗訪，就是要弄清楚我們這四十五個團友，到邊荒集來的動機和目的。」

高彥點頭道：「算你對！他們究竟因何而參團呢？」

卓狂生道：「此團內大多數人，都有個共同的特點，就是一直盼望到邊荒集來，卻是苦無機會。所以我們的邊荒遊一出，他們立即報名參團，沒有絲毫猶豫，還覺得團費不算昂貴，至少比請保鏢山長水遠的護送到邊荒集划算得多，且不用冒上風險，還可以立即和我們建立友好的關係。」

高彥道：「有點道理！」

卓狂生續道：「像現在纏著姚猛的那五個風騷娘們，便是秦淮河的紅姑娘，剛爲自己贖了身，又怕戰亂會波及建康，故一直想到邊荒集去過新生活，做點小生意，甚至找個像樣點的男人成家，把建康忘掉。」

高彥道：「我還以爲她們想轉移賺錢的地方，到邊荒集重操舊業呢！」

卓狂生道：「開始時我也這般想，所以調查是必須的。」又朝三樓傳出一陣哄笑的艙廳瞧去，道：「像廳內正各自吹擂的商賈，他們都看中邊荒集這塊做生意的肥肉，希望可以分一杯羹，只是以前苦無門路，又被邊荒集胡漢雜處的強悍作風嚇怕了，因此忽然聞得安全上有絕對的保證，豈肯錯過良機，當然是立即參團，免得因落後他人一步失了商機。」

高彥愕然道：「那究竟有多少人是一心來觀光的？」

卓狂生道：「此團恐怕與其他團有基本上的分別，眞正來觀光的人少，另有目的的人佔大多數。」

高彥道：「像我們的香美人、那個目空一切姓晁的傢伙，又或只聽名字已八面威風的王鎭惡，他們要到邊荒集來，根本不用參團，你道他們又是爲了甚麼到邊荒集來呢？」

卓狂生聳肩道：「這要問老天爺才成，或許目的是要幹掉你這小子呢？」

高彥待要開口，王鎭惡神情落寞的步出艙口，朝他們走來，高彥忙把要說的話呑回肚子裏去。兩人還以爲王鎭惡是到甲板來逛逛，吸幾口穎水的河風，豈知王鎭惡這位在他們印象中愛孤獨的人，目光搜尋到他們後，竟舉步朝他們走過來，直抵兩人身前，面無表情的向高彥道：「請問這位是否有邊荒集首席風媒之稱的高彥高公子？」

高彥愕然道：「你怎曉得我是高彥？」

王鎭惡道：「你們和那個叫談寶的胖子在登船時的對話，我都聽在耳裏。」

高彥笑道：「王兄的耳功非常了得，我仍記得當時王兄在岸上，隔了近五、六丈，兼之吵聲震天，竟仍瞞不過王兄的靈耳。」

王鎭惡露出一個「這算甚麼呢」的表情，道：「高兄可否借一步說話？」

高彥立即生出戒心，向卓狂生瞧去。卓狂生微一頷首，表示會在旁監視，笑道：「王兄就在這裏和我們高爺說話好了。」說畢走往遠處去。

有卓狂生在旁照應，高彥心中稍安，暗忖只要自己有戒備，就算他驟然發難，自己怎都可擋他一招半式，那時便輪到他吃苦頭了。下意識的移開少許，問道：「王兄有甚麼疑難呢？」

王鎭惡目光投往穎水東岸，剛好看到了一個被祝融摧毀了的漁村頹垣敗瓦的殘景，吐一口氣道：「我想知道現時北方的情況，當然不會要高兄白說的，我可以付錢。」

高彥心中大樂，原來自己也可以借邊荒遊直接賺錢，不過看王鎮惡的模樣，絕不像多金之人，心中不由湧起同情之意，道：「王兄為何要知道北方的情況呢？」

王鎮惡不耐煩的道：「這個不用高兄勞神，只須告訴我北方的情況。」

高彥聽得心中不悅，正要拒絕，王鎮惡又露出抱歉的神色，嘆道：「高兄請勿見怪，我今天的心情很壞。」

高彥訝道：「王兄不是快快樂樂的到邊荒來旅遊觀光嗎？為何心情這般壞呢？」

王鎮惡低聲道：「請恕我有難言之隱，我願意付雙倍的酬金來買正確的消息。」

高彥道：「我高彥做生意一向公道，不會坐地起價，何況王兄是我們邊荒遊首航的貴賓。這樣吧！如果是一般的消息，我便免費告知。」

王鎮惡搖頭道：「我要知道一般的情況，也要機密的消息，特別是關於前秦現在的形勢。」

高彥道：「哈！你可問對人了，因為姚興那小子曾來攻打我們邊荒集，所以我們特別留意關中的情況，也順帶探聽了苻丕的事。」

王鎮惡雙目閃耀著希望，點頭道：「我最想知道的正是關中內的形勢。」

高彥道：「前秦的情況，可以用『百足之蟲，死而不僵』八個字來形容，前秦的勢力在關中根深柢固，所以苻堅雖死，關中豪強支持他兒子苻丕的人仍相當眾多，不過聽說苻丕膽怯畏戰，令支持他的人非常不滿。」又湊近少許低聲道：「最後兩句話，該算是機密情報吧？」

王鎮惡像沒聽到他說的話般，直愣愣的望著景色不住變化的東岸，道：「前秦再沒有其他人嗎？」

高彥道：「還有一個『龍王』呂光，自稱涼州酒泉公，手下也有些兒郎，但怎是姚萇的對手呢？且他的據地偏處西陲，很難有大作爲。」

王鎭惡夢囈般的道：「姚萇……姚萇……」

高彥還以爲他想問姚萇的情況，道：「姚萇也不算是聰明的傢伙，爲何要殺苻堅呢？徒令其他人有藉口爲苻堅報仇去討伐他，無端端成爲眾矢之的。又在自顧不暇時，來侵犯我們邊荒集，弄得損兵折將而回。姚萇這蠢傢伙……」

王鎭惡截斷他道：「我明白姚萇這個人。」

高彥一呆道：「你明白他嗎？你怎能明白他？除非你認識他。」

王鎭惡頹然道：「以前的事，我不想提了。」

高彥瞪大眼睛看他，感到他定有難言之隱。道：「王兄勿要怪我多事，王兄如果想到北方闖一番事業，苻丕肯定不是理想的明主。照我看，王兄可考慮新近崛起的代主拓跋珪，這個人……」

王鎭惡雙目殺氣大盛，打斷他道：「不要提這個人。」高彥愕然以對。

王鎭惡心情激動的喘了幾口氣，然後道：「我該付多少錢？」

高彥到此刻仍未弄清楚他是怎樣的一個人，問這些事來幹甚麼，抓頭道：「算了吧！其實連苻丕怯戰也算不上甚麼機密情報。」

王鎭惡隨手從懷裏掏出一錠黃金，硬塞入高彥手裏，然後就那麼回艙去了。卓狂生來到仍在發呆的高彥身旁，笑道：「原來金子是這麼好賺的，眞後悔入錯行，大家都是憑三寸不爛之舌吧！」

高彥仍呆看手上黃澄澄的金子，咋舌道：「這傢伙眞豪爽！」接著向卓狂生道：「你聽到了！」

卓狂生指著自己耳朵，笑道：「怎瞞得過我這對眞正的靈耳。」

高彥道：「你道他想幹甚麼呢？」

卓狂生道：「他只是要借道經邊荒集到北方去，目的地是關中。」

高彥道：「照我看他該是個有錢的瘋子，現在關內比戰國時還要亂，他沒受過苦嗎？」

卓狂生沉吟道：「他多少和前秦政權有點關係，否則不會如此在意前秦的情況。」

高彥哂道：「他又不是氐人，前秦的興亡於他何干？」

卓狂生道：「這要待更深入的調查，說不定是說書的好材料呢！」話猶未已，艙內忽傳來兵刃交擊的激烈響聲。兩人互望一眼，同時往艙門搶去。

「開門！」獨坐牢房內，雙手仍反綁在背後的劉裕盤膝坐地，完全沒有任何反應，彷佛已化身為石頭。這場牢獄之災對他是一種不可饒恕的侮辱，他是不會忘記的。劉裕自問不是記仇的人，王淡眞的事當然是例外，可是他卻牢牢記住劉牢之對他所做的每一件事。何無忌大步走進來，凝望他好半晌，然後道：「關門！」「砰！」牢門在他身後關上。何無忌默默走到他身後，蹲下去，拔出匕首。劉裕心忖假如他一刀割破自己咽喉，肯定必死無疑。經過劉毅的事後，他感到很難完全地信任何無忌。如果他是來釋放自己，何用叫人關上牢門。鋒利的匕首挑上綁手的粗牛筋。劉裕雙手一鬆，恢復自由。

何無忌的聲音在身後低聲道：「司馬道子親口證實了你說的話，統領再沒有降罪於你的藉口，你隨時可以離開，可是我卻想趁這機會和你說幾句話。」

劉裕左右手互相搓揉，以舒筋絡，暗嘆一口氣，道：「你想說甚麼呢？」

何無忌仍蹲在他身後，把玩著匕首，沉聲道：「司馬道子的話令統領陣腳大亂，驚疑不定，告訴我，司馬道子為何要救你一命？」

劉裕聳肩道：「或許是因起出寶藏一事在鹽城是人盡皆知的事，司馬道子認為難以隻手遮天，所以說出事實。」

何無忌倏地移到他前方，迎上他的目光，咬牙切齒的道：「你在說謊，以司馬道子的專橫，縱然明知是事實，但為了害死你，有甚麼謊是他不敢撒的？」

劉裕淡淡道：「你收起匕首再說。」

何無忌氣得臉色發青，怒道：「你是否心中有愧，怕我殺了你？」

劉裕嘆道：「你給我冷靜點，這次輪到你來告訴我，假如司馬道子沒有為我說好話，我現在還有命在這裏聽你對我咆哮嗎？」

何無忌像洩了氣般，垂下匕首，茫然搖頭道：「我真不明白，怎會發展成這個樣子？統領瘋了，司馬道子瘋了，你也瘋了。」

劉裕接口道：「謝琰才真的發瘋。」何無忌一震往他望來，茫然的眼神逐漸聚焦。

劉裕平靜地問道：「我們仍是兄弟嗎？」

何無忌垂首無語，好一會頹然道：「我不知道。你和司馬道子間究竟發生了甚麼事。你難道不清楚司馬道子和玄帥是勢不兩立的嗎？」

劉裕道：「我當然清楚，事實上我和司馬道子仍是敵人，當我失去利用價值，司馬道子是第一個要殺我的人。」

何無忌的情緒穩定下來，藏起匕首，打量他道：「你憑甚麼和司馬道子作交易呢？」

劉裕答道：「憑的是事實。我向他痛陳利害，指出統領並沒有平亂之心，只是把謝琰推上戰場去送死。當天師軍兵鋒直指建康，統領會退守廣陵，那時朝廷將任由統領宰割。假如情況發展至那種田地，只有我可以在北府兵來制衡統領。」

何無忌不悅道：「你不要危言聳聽，統領不知多麼尊重刺史大人，過去數天一直和刺史大人研究平亂的策略，看大家如何配合。」又苦笑道：「不過我卻很難怪你，統領確有貶謫你之心，不但因為你的表現出色，更因你的『一箭沉隱龍』太過招搖，所以想和你畫清界線。」

劉裕明白何無忌的心態，這些日子來他一直追隨在劉牢之左右，兼之劉牢之是他的舅父，對他又信任有加，所以自然而然的向劉牢之靠近，而謝玄和自己對他的影響力則隨時間日漸減弱。

劉裕道：「統領不只是要和我畫清界線，而是一心要殺我。」

何無忌沒有反駁他這句話，沉聲道：「你為何不投向刺史大人，值此用人之時，你對他會很有用。」

劉裕道：「如他像你所說的，我何用與虎謀皮，找司馬道子談判？」

何無忌忽然又激動起來，狠狠道：「不要再騙我了。我不相信就憑你那幾句無中生有的話，可以打動司馬道子這大奸賊，他難道不清楚你是玄帥的繼承者嗎？只是這點，他已絕不肯放過你。」

劉裕輕輕道：「除了你外，誰真的曉得我是玄帥的繼承人呢？」何無忌為之啞口無言。

劉裕苦笑道：「你怎樣看我並不重要，你支持統領我也不會怪你，只希望你能為我保守秘密，在對曾經幫助我的兄弟一事上守口如瓶，我已感激不盡。」何無忌垂首無語。劉裕暗嘆一口氣，曉得他的心已轉向劉牢之，再不站在自己這一方，只是念著舊情和謝玄的遺命，所以仍對自己有幾分情意。

好一會後，何無忌點頭道：「你可以放心，我是不會出賣你的。」

劉裕心忖大家還有甚麼好說的，劉毅如此，何無忌也是如此，隨著劉牢之在北府兵內勢力日漸穩固，自己越發孤立無援。假如劉牢之聰明點，以大局爲重，和謝琰聯手平亂，縱然司馬道子全力支持他劉裕，仍難以取劉牢之而代之。不過他敢以項上人頭來保證，劉牢之絕不會這樣做。他根本不是這種人，否則謝玄不會捨他而取自己。平和的道：「我可以離開了嗎？」

何無忌仍不敢正視他，點頭道：「統領要立即見你。」

卓狂生和高彥尚未進入艙門，晁景已從廊道飛退而出，追著他的是一蓬劍光，驟雨般往他灑去，嚇得甲板上其他團客四處躲避，與姚猛聊天的姑娘們更尖叫起來，情況混亂。卓、高兩人被逼退到一旁，香素君從艙內追出來，腳踏奇步，手上長劍挽起朵朵劍花，毫不留情地續攻晁景。晁景卻只守不攻，見招拆招，似乎可以守穩陣腳，旋又被逼退兩步。「叮叮叮叮！」兩劍交擊之聲急如雨打芭蕉，沒停過片刻。高彥和卓狂生交換個眼色，都有無從阻攔之嘆。高彥自問身手比不上交戰雙方任何一人，去攔阻只是餵劍；卓狂生雖有把握穩勝其中一人，但插進去會變成雙方攻擊的同一目標，豈敢拿小命去博。香素君是打出眞火，一劍比一劍凌厲，晁景則愈擋愈辛苦，再退三步。艙廳和看台上的人都擠到這邊來看熱鬧，可是除動手的這對男女外，沒有人明白發生了甚麼事，爲甚麼他們會忽然動起手來。

正鬧得不可開交時，兩道人影從天而降，分別撲向兩人，強大的勁氣狂飆，往底下交手的男女壓下去。香素君和晁景毫無選擇的長劍改往上攻。從天而降的兩人就那麼以空手對劍，或拍或劈，指彈手撥，從容接著攻來的劍招。香素君和晁景同時後退。卓狂生乘機左右開弓，分向晁景和香素君各推一掌，大喝道：「停手！都是自己人。」「蓬！蓬！」香素君和晁景應掌退開，前者比後者更多退一步。從看台躍下來的正是慕容戰和拓跋儀，此時踏足甲板，慕容戰面向晁景，拓跋儀則對著香素君，把兩人分隔開來。

香素君仍是俏臉含恨，嗔怒道：「不要擋著我。」

拓跋儀張開雙手，灑然笑道：「香姑娘就當賣我們荒人一個人情，罷手好嗎？」

香素君似欲要繞過他，可是碰上拓跋儀亮閃閃的目光，忽又垂頭輕咬香唇，「錚」的一聲還劍入鞘。以拓跋儀的修養，也不由被她動人的神情惹起心中漣漪，竟看呆了。晁景的神情更古怪，剛才他顯然是不想動手的一方，有人來解圍該高興才對，哪知他不但變得呆若木雞，且臉上血色褪盡，變得色如鐵青，兩唇震顫，只知凝視著指向慕容戰的劍尖。

慕容戰不解道：「晁公子不是受了傷吧？」晁景欲語無言，這才默默收劍，但臉色仍是非常難看，頗像被判了極刑的犯人。

卓狂生向圍觀的各人呵呵笑道：「沒有事了！大家可以繼續喝酒談天，欣賞邊荒天下無雙的美景。」

香素君嬌喝道：「晁景！你聽著，如果你敢碰我的門，我就把你敲門的手斬下來。」說罷掉頭回艙去了。眾人還是首次聽到她的聲音，都有如聞天籟、繞耳不去的動人滋味。

姚猛這時來到高彥身旁，輕推他一把。高彥不解的朝姚猛瞧去，後者仰頦示意他朝上看。高彥忙往上張望，見到那苗族美人正憑窗下望，只可惜表情被重紗掩蓋，但足可令人生出異樣的感覺。

晁景仍呆立在那裏。慕容戰道：「晁公子沒事吧？」

晁景沉聲道：「閣下高姓大名？」

慕容戰一向好勇鬥狠慣了，聽得心中不悅，這種說話的方式和態度，通常用於江湖敵對的立場，不過由於他是邊荒遊的客人，只好忍了這口氣，但已臉色一沉，冷然道：「本人慕容戰，晁公子勿要忘了。」晁景忽然垂頭嘆了一口氣，鬥敗公雞似的垂頭喪氣回艙去了。

卓狂生來到拓跋儀身邊，低聲笑道：「儀爺又怎樣啦？」拓跋儀老臉一紅，曉得自己的神態落入卓狂生眼中，苦笑搖頭，向慕容戰打個招呼，一起回望台去。

劉牢之在石頭城太守府的公堂見劉裕，沒有其他人在旁，劉裕進堂後，親衛還掩上大門，在外面把守。劉裕雖恨不得把劉牢之來個車裂分屍，仍不得不依足軍中禮數，下跪高聲感謝劉牢之開恩。

劉牢之從坐蓆搶前扶他起來，歉然道：「是我不好，未弄清楚事情底細，便怪罪於你。這或許就是愛之深、責之切，小裕你勿要放在心上。」接著又把放在小几上的厚背刀拿起來，親自為他掛上。

劉裕心中暗罵，這傢伙確實愈來愈奸，學會玩建康權貴笑裏藏刀的政治遊戲，這回不知又要玩甚麼新的把戲。表面當然是一副非常受落、感激涕零的模樣，來個爾虞我詐的同台表演。劉牢之覺察到司馬道子對自己改變態度，心中會有怎麼樣的想法呢？不過可以肯定的是，劉牢之絕不會就此罷休，可是少了司馬道子的配合，殺自己的難度會以倍數遽增。以前他已奈何不了自己，現在更是無從下手，除非他劉裕犯下不可饒恕的錯誤。軍中最大的規條，是違抗軍令又或以下犯上，劉牢之能在這兩項罪名上向他劉裕使計嗎？

分主從坐好後，劉牢之微笑道：「小裕消了氣沒有呢？」

劉裕恭敬答道：「只是一場誤會，小裕不但沒有心存怨氣，還非常崇慕統領大人秉公辦事的作風。」

劉牢之欣然道：「眞高興小裕回來爲我效力，於此朝廷用人之際，正是男兒爲國效勞、建功立業的好時機。小裕心中有甚麼想法，儘管直說，看我可否讓你盡展所長？」

劉裕心忖任你如何巧言令色，最終目的仍是要置老子於死地，且殺害自己的心比任何時刻更急切，因爲司馬道子對自己的支持，令這奸賊有所警覺，愈感受自己在北府兵內對他權位的威脅。不過自己對劉牢之亦非全無利用的價值，劉牢之現在最恐懼的人，既不是孫恩，也不是司馬道子，更不是他劉裕，而是桓玄。因爲劉牢之清楚桓玄是怎樣的一個人，絕不會忘記劉牢之在最關鍵的時刻背叛他，致令桓玄功敗垂成，含恨退返江陵。劉牢之終爲晉將，不論如何威懾朝廷，仍須聽命晉室，如對天師軍的進犯完全袖手不理，實很難說得過去，亦難向手下將士交代。在這樣的情況下，自己便可以充當送死的先鋒卒。裝出感激神色，道：「小裕願追隨統領大人，討伐天師軍。」

劉牢之問道：「你曾在邊荒與天師軍周旋，對他們有甚麼看法？」

劉裕答道：「天師軍絕非烏合之眾，徐道覆更是難得的將才。其手下將領如謝鍼、陸環、許允之、周胄、張永等均是能征慣戰之人，兼且他們乃當地有名望的人，不但對該區瞭如指掌，又得當地群眾支持，不易對付。」

劉牢之點頭道：「你的看法很精到，這場仗確不易打。」又問道：「孫恩此人又如何呢？」

劉裕嘆道：「即使我們能盡殲天師軍，恐怕仍沒法殺死孫恩。此人不論道法武功，均臻出神入化的至境。唯一有可能殺他的人，只有燕飛，其他人都辦不到。」

劉裕故意乘機打出燕飛這張牌，是要增加自己可被利用的價值。孫恩乃天師軍至高無上的精神領袖，如能除去他，天師軍便會像彌勒教竺法慶被殺般，來個樹倒猢猻散。果然劉牢之露出深思的神色，皺眉道：「燕飛肯幫忙嗎？」

劉裕道：「謝家有大恩於燕飛，理該沒有問題。」

劉牢之沉吟片刻，嘆一口氣道：「我現在最擔心的是刺史大人。」

劉裕先是錯愕，接著恍然而悟，明白了劉牢之借刀殺人的手段。他是要自己和謝琰一起去送死。此時他不由想到謝琰昨夜將自己驅逐出謝府，實是間接幫了自己一個大忙，先是逼他不得不爭取司馬道子的支持，也令劉牢之的奸計無法得逞。

劉牢之續道：「刺史大人對天師軍非常輕視，手下將領中只有朱序和小毅兩人有行軍作戰的經驗，遇上徐道覆會非常吃虧，所以極需有一個像小裕般熟悉敵情的人在旁提點。」

劉裕差點可把這番話代他說出來，心中暗笑，道：「只要統領大人吩咐下來，小裕赴湯蹈火，在所不辭。」

劉牢之大喜道：「如此就這麼決定了。」

劉裕心中冷笑，謝琰肯接納自己會是天下第一怪事。乘機問道：「出征前統領大人是否還有別的事要我去辦呢？」

劉牢之哪還和他計較，笑道：「你旅途辛苦了！理該盡量休息散心，何用操勞呢？」這幾句話等於給他完全的自由，不用留在軍中候命。劉裕怕他改變主意，連忙告退。

〈卷十〉

第三章◆英雄救美

第三章 英雄救美

劉裕離開石頭城，返回建康，有人從後面追上來，喚道：「小劉爺！」劉裕回頭張望，原來是軍中老朋友魏詠之，立即放慢腳步，讓他趕到身旁。

魏詠之身穿便服，但神情卻像裝上厚盔甲般的沉重，默默走了好一段路，道：「究竟發生了甚麼事？剛才何無忌找了我去，說明以後再不管你的事，我這才曉得你回來了，要找你時，你又剛離城，忙追上來。」

劉裕心中苦笑，何無忌倒夠爽快，說退便退，來個一刀兩斷。看來魏詠之仍不知道自己受辱一事。沉聲道：「此事一言難盡，我們找個地方坐下細說如何？」

魏詠之道：「現在是午膳時候，順道找個地方祭五臟廟好了！隨我來吧！」

劉裕讓他帶路，到附近一所食館坐下，點了東西，向魏詠之笑道：「你對建康相當熟悉呢！這家食館客人不多，是說話的好地方。」

魏詠之道：「從邊荒回廣陵後，大劉爺認爲我立了功，升我作副將，現在負責情報的工作，所以可以隨意溜到建康來，換了其他人，怎敢如此溜出來。」

此時夥計送上兩人點選的包子和麵條，他們邊吃邊談。劉裕把今早發生的事，一一道來，當劉裕說出何無忌因他與司馬道子拉上關係而決裂，魏詠之皺眉道：「何無忌這是食古不化，你和司馬道子互相利用，是不得已而爲之的一種手段，不這樣做立即完蛋大吉，他不去怪他的舅父，卻來怪你。」

劉裕心中稍感安慰，道：「這只是個藉口，說到底劉牢之是他的親人，這構成他心頭的重壓，不過他的確曾幫過我很大的忙，我是不會怪他的。」

魏詠之笑道：「小劉爺的確心胸廣闊。哈！我現在放下心事了，原本我和一眾兄弟都不知多麼擔心你會被大劉爺和司馬道子聯手害死。」

劉裕道：「軍中各兄弟情況如何？」

魏詠之欣然道：「支持你的人愈來愈多，老哥你屢創奇蹟，以二百多人大破焦烈武的戰績更是轟動整個北府兵，尤其有老手等人爲你廣爲散播，傳誦一時。現在軍中再沒有人懷疑你一箭沉隱龍是荒人誇大的言詞。反攻邊荒集的戰術，更是精采絕倫，恐怕玄帥復生，也不能做得比你更好。玄帥確具慧眼，沒有挑錯人。」

魏詠之的讚賞，令他頗感不好意思，岔開道：「孔老大情況如何？」

魏詠之道：「孔老大的生意當然是愈做愈大，你們半賣半送的大批優質戰馬，令他狠賺了一大筆，現今大劉爺也須看他的臉色做人。對你小劉爺孔老大更是讚不絕口，現在他把希望全寄託在你身上。」然後又道：「我和軍中支持你的兄弟全看你了！」

劉裕心忖難怪劉牢之這麼顧忌自己，軍內軍外爲自己說好話的人，肯定不是少數。忍不住問道：「你的所謂軍中有很多人支持我，指的是哪些人呢？」

魏詠之道：「除了是大劉爺嫡系的人馬，軍中由上至下，誰不看好你，莫不認爲你比大劉爺更有資格當統領。」

劉裕又記起謝玄那句話，就是要成為北府兵心中的英雄，這一步現在該算辦到了，但下一步怎麼走呢？

魏詠之冷哼道：「大劉爺與司馬道子聯手，先後殺害何將軍和王恭這兩件事是大錯特錯，使他失去軍心，引起廣泛的不滿。如他再害死你，我們不造反才怪。」接著笑道：「不過他怎害得死你這眞命天子呢？想借焦烈武的手，反給你割下他的賊頭。何無忌這小子眞蠢，開罪了老哥你，看他將來如何收場。」

劉裕受之有愧的苦笑道：「甚麼眞命天子，不要再說了！」

魏詠之認眞的道：「如果你不是眞命天子，今早這關怎麼可以大步闖過去。連司馬道子這奸賊也要幫你說好話，絕對是千古奇譚，你究竟憑甚麼說服他的？」

劉裕道：「憑的是利害關係。告訴我，劉毅那小子又是怎麼一回事，竟投靠了刺史大人？」

魏詠之嘆道：「劉毅和他何大將軍派系的將領，根本是中了大劉爺的奸計。北府兵負起平亂之責，須分配部隊歸於刺史大人旗下，大劉爺便來個順水推舟，把原屬何大將軍的將士撥歸刺史大人。唉！誰都知道刺史大人目空一切，卻又不懂兵法，劉毅那小子在戰場上亦不算甚麼人物，遇上人多勢眾的天師軍，不吃虧才怪。這是大劉爺另一招借刀殺人的毒計。你說吧！大劉爺是怎樣一副德行呢？」

劉裕點頭道：「你看得很透徹。幸好有朱大將軍作琰爺的輔將，可以起一定的作用。」

魏詠之嗤之以鼻道：「當年淝水之戰，早領教過謝琰的作風，從來都是一意孤行，忠言逆耳。除了玄帥，誰的話他聽得入耳？比起玄帥，謝琰是差了十萬八千里。朱序又如何？更不見有何了得之處，否則便不用被苻堅活捉去了。」

劉裕聽得心中一呆，他對朱序當然很有好感，自然而然地對他各方面的能力都看高一線。此刻被魏詠之赤裸裸地揭露眞相，心中湧起古怪的感覺，醒悟到感情和理智，在冷酷無情的戰場上，必須分開來，不可以讓感情用事，那對人對己都是災難。

魏詠之嘆道：「唯一能助琰爺保持淝水之戰聲威的，只有小劉爺你一人，而他竟把你驅逐離府，對他還可以抱著甚麼希望呢？」

劉裕道：「不論統領有甚麼借刀殺人之心，他總不能袖手旁觀，任由琰爺獨力去應付天師軍吧？統領有甚麼打算？」

魏詠之道：「根據擬定的計畫，北府兵分兩路攻打天師軍，琰爺率兵三萬，渡過太湖直撲會稽；統領則率兵五萬，從海路先攻海鹽，與會稽遙相呼應，再直搗天師軍的大本營翁州，以瓦解天師軍的鬥志。」

劉裕點頭道：「這個作戰計畫，表面上聽來不錯。天師軍的缺點是擴展太速，以致兵力分散，只要我們集中兵力猛攻他們一兩個據點，應可辦得到的。」

魏詠之嘆道：「問題是對方的主帥徐道覆乃出色的兵法家，觀乎他兩奪會稽，便知他善用謀略。現在北府兵的將領裏，不把你計算在內，統領外便要數孫爺。統領如有平亂之心，便應以孫爺輔助刺史大人，如此兩支部隊才可產生互相呼應的效果。但你看孫爺因與你的關係受到牽連，被閒置在廣陵，可知統領的眞正心意。」接著又破口罵道：「換了我是徐道覆，也知避強取弱的道理，集中兵力以雷霆萬鈞之勢一舉擊破琰爺的部隊。他奶奶的，那時還有甚麼好打？我們北府兵會像個跌斷了一條腿的人，能安返廣陵已是不幸中的大幸。」

劉裕從魏詠之處明白到現在軍中瀰漫著不滿的情緒，將士對劉牢之失望，更看不起不懂兵法只知清談的謝琰。如此士氣低落，正是戰敗的先兆。這種形勢對他有利也有弊，弊處當然是士無鬥志，人心不齊。好處卻是令北府兵的中下層將士更把希望寄託在他劉裕身上。

魏詠之大發牢騷道：「他娘的！美其名是互相呼應，事實上卻是各自孤軍深入敵境，在這種情況下，作統帥的一個錯誤決定會令全軍陷於萬劫不覆之地。琰爺懂甚麼呢？他根本不把天師軍放在眼裏，凡輕敵者必急於求勝，正犯了兵家大忌。可憐劉毅那小子還以為鴻鵠將至，可以在戰場上大顯身手，蓋過你的光芒。不要說我講他的是非，這小子一向大言不慚，有一回我和他喝酒，他竟說『恨不遇劉邦、項羽，與之爭中原！』。」

劉裕淡淡道：「統領說要把我推薦給琰爺。」

魏詠之呆了一呆，然後失聲道：「甚麼？」

劉裕道：「他只是要我作陪葬品吧！」

魏詠之鬆了一口氣道：「都說你是真命天子，否則怎會這麼巧的，昨夜你才和琰爺決裂。」

劉裕道：「不要抬舉我，我怎有和他決裂的資格，充其量只是被逐出家門的奴才。」

魏詠之吁一口氣，攤手道：「告訴我，現在該怎麼辦？你怎麼都不可以看著玄帥花了畢生心血建立的北府勁旅，就這麼敗在劉牢之和謝琰手上。」只看他直呼兩人之名，可知他對兩人再沒有絲毫敬意。

劉裕嘆道：「除了靜候時機，我們可以有其他辦法嗎？」魏詠之頹然搖頭。

劉裕心忖自己想當領袖，無論如何都要有點表現，而不能像魏詠之般一籌莫展。思索片刻，道：「這個時機並非遙不可及，當討賊無功，遠征軍倉皇撤退，而天師軍則揮兵北上，大舉進犯建康，我們的機會便來了。」

魏詠之精神一振，道：「對！那時司馬道子保著建康要緊，怎還有空計較何人擊退孫恩？」又皺眉道：「但問題是即使司馬道子委你以重任，你手上還有可用之兵嗎？這是巧婦難爲無米之炊呢！」

劉裕微笑道：「只要形勢緊急到司馬道子都不得不和我衷誠合作，我便有辦法。」

魏詠之嘆道：「到天師軍兵臨城下，這奸賊才肯和你衷誠合作，不嫌太遲嗎？何況北府兵仍是劉牢之主事，他絕不容你有機會掌握兵權的。」

劉裕道：「我可以在司馬元顯身上下點工夫。」

魏詠之愕然道：「你在說笑？」

劉裕道：「我和司馬元顯的關係頗爲微妙，司馬元顯也比他老爹容易說話。今天我在這裏說的話必須嚴守秘密，除孫爺和孔老大外，不可以向其他人透露。」

魏詠之點頭道：「我明白。」

劉裕道：「若有甚麼緊急的事，我們可以江湖手法聯絡。」兩人商量好聯絡的方法後，各自離開。

午膳過後，艙廳從吵聲震耳、鬧烘烘的情況回復平靜，大部分人都返回艙房休息，也有賓客到上面看台聊天，或到甲板散步，只剩下兩桌客人。其中一桌擠滿了人，包括談寶、顧修和他的苗族小姑娘，布商商雄和他的情婦柳如絲，另加四個商賈，眾人正意猶未盡，大談生意經。苗族小姑娘一如以往，垂頭默坐一旁，沒有說半句話。反是柳如絲不住發出銀鈴般的笑聲，間中說兩句奉承的話，逗得各人不知多麼高興。柳如絲姿色一般，但聲音悅耳動聽，又深諳男人的脾性，兼之體態動人，難怪商雄對她如斯眷戀，與她同遊邊荒集。這正是邊荒遊其中一個無與倫比的吸引力。換過在以前的情況下，任何人到邊荒集來，都要考慮道路安全的問題，還要擔心在無法無天的邊荒集遇上蠻不講理、一切以武力來解決的強徒。在這種情況下，想攜美而來眞是提都別提。

賓客飲飽食醉後，輪到荒人進膳，卓狂生、高彥、姚猛、慕容戰、陰奇、方鴻生、拓跋儀在另一邊靠窗的一桌圍坐，享受由龐義巧手弄出的精美小菜，人人吃得讚不絕口。那叫劉穆之的書生則獨坐一角，捧書細讀，看得入神，對廳內其他人不聞不問的樣子。艙廳的氣氛寧和而融洽，充滿午後懶洋洋的感覺。有外人在場，卓狂生等當然不會說密話，高彥和姚猛都不住拿眼去瞄顧胖子身旁的小姑娘，只恨直到此刻仍沒有接近她的好機會。顧胖子把她看得太緊了。

陰奇忽然問道：「燕飛那邊有沒有新的消息？」

拓跋儀正凝望窗外，聞言像乍醒過來般，先搖頭，然後又點頭道：「該快見分曉。最後傳回來的消息，是慕容寶被困於五原，進退兩難。」

卓狂生笑道：「捱不下去便要撤軍，這次慕容寶有難了。」

慕容戰露出苦澀的表情，嘆了一口氣。在座諸人明白他的心事，是因慕容寶而聯想到慕容垂。早在起程到壽陽前，透過高彥的情報網，收到長子被破，慕容永戰死的壞消息。慕容戰頓時變成沒根的人，邊荒集也成爲他唯一安身立命之所，當然心裏不好受。

高彥道：「說些開心的事吧！在過去的一個月，從北方來的商旅不住增加，只要我們荒人肯爭氣，邊荒集很快會回復舊觀，像以前般熱鬧好玩。」

卓狂生忽然向他使個眼色，高彥警覺地住口，原來談寶朝他們走過來，先打躬作揖，然後眉開眼笑道：「請問諸位大哥大爺，船上有沒有不准小賭耍樂的規矩呢？」眾人從沒有想過這個問題，均感愕然。

方鴻生笑道：「我們邊荒集大小賭場不計其數，你到邊荒集後，怎麼賭都成。」

談寶道：「無奈大家賭癮發作，都想賭兩手來解悶兒。」

卓狂生道：「有甚麼事，問我們的高爺吧！只要他點頭便成。」

高彥心中暗罵卓狂生，總要自己來拿主意，偏偏自己是不愛拿主意的人。道：「我們不想把觀光船變成賭場，但若是只賭兩手該沒有問題。」

談寶歡呼一聲，離廳而去，不一會取來一副天九牌，在顧修等人歡樂聲中，由談寶做莊，賭個昏天暗地，大呼小叫，不知人間何世。眾人都被吵得失去談興，劉穆之則更古怪，任他們吵嚷，仍是毫不動容，沉迷於書本內。

卓狂生嘆道：「原來是個賭徒。」

姚猛狠狠道：「該把我們的賭仙請過來，贏得他們傾家蕩產，教他們以後都不用賭了。」

慕容戰低聲道：「談小子肯定是賭得太凶，欠下周身賭債，所以要躲到邊荒集來避難。」

「啊！」一聲嬌呼傳來，眾人愕然瞧去，只見苗族姑娘在位子上蜷縮著身體，雖然看不到她重紗後的玉容，卻予人非常痛苦的感覺。

顧胖子目光沒有離開賭牌片刻，不悅的喝道：「甚麼事？」

苗族姑娘以微弱聲音道：「我的肚子很痛。」

顧胖子沒看她半眼，喝道：「那你就回房去休息吧！」

眾人憐香惜玉之心大起，尤以高彥和姚猛兩人爲甚，前者向姚猛使個眼色，站起來道：「姑娘請稍坐片刻，我立即找人扶你回房去。」又向姚猛喝道：「還不去找我們的程大夫來爲姑娘治病。」姚猛心領神會地如飛去了。

劉裕在城內指定地點找到宋悲風留下的暗記，曉得他正在歸善寺內等候他，連忙趕去。兩人到歸善園內說話，防備隔牆有耳。

宋悲風聽罷劉裕今日在石頭城的遭遇，倒抽一口涼氣，道：「現在我更肯定你昨晚找司馬元顯是對的，否則你已含冤而死。誰猜得到劉牢之有此手段？你應付的方法更是精采，又可以測試司馬道子的心意。」

劉裕嘆道：「美中不足處卻是引起劉牢之的警覺，他定曾質問司馬道子與我現在的關係。」

宋悲風道：「司馬道子老奸巨猾，豈會這麼容易被劉牢之拿到把柄？他可以推說是爲劉牢之著想，堅稱尋到焦烈武寶藏一事在鹽城是人盡皆知的事，如劉牢之以此治你以重罪，只會招惹北府兵將們的反感。」

劉裕點頭道：「理該如此。王弘的反應如何呢？」

宋悲風道：「他很崇拜你，看來不論你做甚麼事，他也會義無反顧的支持你，所以他那方面你不用擔心。」又道：「他剛才來找我，說司馬元顯想再和你碰頭，地點是昨晚見你的地方，時間是申酉之交。」

劉裕欣然道：「我正想找他。」

宋悲風提醒道：「小心點！司馬道子是個反覆無常的小人。」

劉裕知他對司馬道子父子的印象難以在一、兩天內改變過來，點頭道：「我明白。劉牢之肯定是反覆無常的人，反而司馬道子會貫徹始終，萬事以鞏固司馬王朝政權爲目的。」

宋悲風道：「希望是這樣吧！」

劉裕道：「邊荒集有沒有消息？」

宋悲風道：「昨夜接到文清的飛鴿傳書，屠奉三正從壽陽趕來，這兩天會到建康。」

劉裕道：「荊州方面該有結果了。」

宋悲風皺眉道：「甚麼結果？」

劉裕答道：「是有關楊佺期和殷仲堪的意向，只要他們肯與荒人合作，對桓玄並非沒有一拚之力。」

宋悲風搖頭道：「聽說殷仲堪膽小如鼠，對桓玄更是畏之如虎，這樣的一個人，能有甚麼作爲？高門名士大多如此，有多少個像安公和大少爺般敢作敢爲？」

劉裕苦笑道：「希望這次沒被你說中吧！如被桓玄獨霸荊州，已非常難應付，桓玄加上聶天還，北府兵又在蠢人手上，建康軍豈是對手？」

宋悲風訝道：「荊州和兩湖聯軍不是多次在你手上吃大虧麼？爲何你反看好他們？」

劉裕道：「以前他們是吃虧在勞師遠征，鞭長莫及，兼少了點運氣。可是對攻打建康，他們已準備多年，計畫周詳，且有荊州作後盾，佔有上游之利，所以我很難樂觀。」

宋悲風也感到無話可說，沉吟片刻，道：「今早我見過幾個在建康有勢力的人，他們雖然對你推崇備至，但對是否該支持你卻感到猶豫，唉！」

劉裕毫不介懷道：「我明白，因爲我尚未成氣候，只是空有其名，所以他們想採觀望的態度。你說的有勢力，是指哪方面的勢力？」

宋悲風道：「他們不是地方幫會的龍頭老大，便是建康的富商巨賈。」

劉裕點頭表示明白，問道：「你今早到過烏衣巷見了大小姐嗎？」

宋悲風神色一黯，頹然道：「見過了！她的精神比我上次見她還要差，還問我關於二少爺遠征的事，看來她已知情況不妙。唉！我可以和她說甚麼呢？」

劉裕道：「還碰到甚麼人？」

宋悲風道：「我見到二少爺和謝混那小子，父子兩人對我態度非常冷淡。噢！差點忘記告訴你，孫小姐和我談了好一會，她說想見你呢！」孫小姐便是謝玄之女謝鍾秀。

劉裕奇道：「她想見我？」

宋悲風道：「我沒有答應她，想先問過你才看如何對她說。」

劉裕不解道：「她爲何想見我呢？難道……」

宋悲風悲戚的道：「可能是關於淡眞小姐的事。唉！孫小姐眞可憐，自玄帥辭世後，她沒有一天開心過。我本想提醒你絕不該去見她，可是想起她滿懷心事的樣子，這句話眞說不出口。」

劉裕想起王淡眞，一顆心像痙攣起來般痛苦不堪，道：「那你是想我去見她了。」

宋悲風道：「我可以爲她做的事已不多了，何況只是一個小小要求。」

劉裕道：「此事必須秘密進行，絕不能有半點風聲漏到謝琰耳中去。」

宋悲風道：「我會好好安排的。」

高彥離開艙房，在走廊遇上姚猛和剛從雙頭船過來的程蒼古。

姚猛焦急的道：「她怎樣了？」

高彥先向他暗使眼色，然後道：「她好多了！該沒事了！」

程蒼古沒好氣道：「那我須去看她嗎？」

高彥道：「程大夫既然大駕到了，當然可以順手為她把把脈，新病舊患一併醫治，以顯示我們邊荒集人才濟濟。」又向守在門外的兩位荒人姊妹道：「兩位姊姊陪程公進房吧！」程蒼古滿臉狐疑的瞪高彥兩眼，這才進房去了。

姚猛想跟進去，卻被高彥扯著，朝登上三樓的階梯走去。姚猛抗議道：「為何不讓我進去？」

高彥得意洋洋的道：「來日方長，你怕沒有見她的日子嗎？」

姚猛醒悟道：「她是假裝的，對嗎？」高彥搭著他的肩頭，上抵三樓，兩邊是艙房，廊道盡處便是艙廳的入口，顧胖子仍在賭個天昏地暗，不亦樂乎。

當姚猛以為他要回廳子去，高彥已摟著他推門進入他和卓狂生的艙房，這才放開摟著他的手道：「坐！隨便坐。」自己則一屁股坐在卓狂生的榻子上。

姚猛有點失魂落魄的坐在椅子上，道：「你的心情似乎很好。」

高彥道：「當然好！哈！你這小子真的是艷福不淺。」

姚猛一震道：「你看過她的真面目嗎？長得很標致！是嗎？」

高彥「啐啐」連聲的道：「看你一副色鬼的模樣。哼！她長得不標致便不幫她嗎？你算甚麼英雄好漢？」

見到姚猛一臉不快神色，知趣地改口道：「標致！當然是非常標致，幾乎比得上我的小白雁，有沉魚落雁之容、閉月羞花之貌。他奶奶的，確實我見猶憐。她還告訴我，一見你便知你是行俠仗義的好漢，對她的事必不會袖手，所以把求救的紙團塞了給你，只有我知道她揀錯了個色鬼——噢！不是！她揀對了人。」

姚猛聽得心癢癢的，狠狠道：「你再不說清楚點，我會動手揍人的。」

高彥笑得前仰後翻，好不開心，好一會才喘著氣道：「所以說當我的跑腿跟班絕錯不到哪裏去。忘了告訴你，她的芳名就叫小苗。」

姚猛念道：「小苗。」

高彥道：「這苗族小美人裝得真像，精明如老子都差些兒給她騙倒。當她躺下榻子，我把扶她回房的姊妹支開後，她竟立即坐起來問我是否是你的好朋友？」

姚猛飄飄然道：「早知應該讓你去找程蒼古，由我送她回房。你的娘，你是否硬把她的面紗揭開呢？」

高彥道：「我是正人君子，怎會做這種事？是她自願揭開的。」

姚猛懷疑的道：「你幹過甚麼事來？」

高彥道：「朋友妻，不可欺，老子甚麼都沒有做過。」

姚猛正要追問，「砰」的一聲，房門被大力推了開來。兩人駭然瞧去，原來是卓狂生。

卓狂生一副驚魂未定的樣子，拍著胸口道：「見到你們兩個在這裏，我放心了！」

高彥訝道：「你怎知我們在這裏？」

卓狂生關上房門，到高彥身旁坐下，道：「我正想撲到樓下去，聽到房內有人說話，便推門看看。」

姚猛不解道：「你去樓下幹甚麼？」

卓狂生開始打量兩人，淡淡道：「你們和那蒙面小美人去後，我忽然想到如果她是刺客，肯定高小子會小命不保，又想到醒悟得太遲，你說我該不該給嚇得差點魂飛魄散？」

高彥嗤之以鼻道：「你這傢伙是患了刺客狂想恐懼症，處處捕風捉影，這麼一位弱質纖纖、楚楚可憐的小姑娘，怎可能是殺人不眨眼的刺客？」

卓狂生道：「我最擔心就是你這種自以爲是想當然耳的態度，你最想不到會是刺客的人，就是最可怕的刺客。她的肚子痛得非常合時機，由登船到此刻，她一直和顧胖子形影不離，卻偏在顧胖子忘情賭博時嚷肚子痛，像是要找個離開顧胖子的機會，只是這點就令人起疑。」

高彥和姚猛當然明白卓狂生猜得準，只是苦於無法說出因由。高彥只好硬撐道：「她眞的是肚子痛得很厲害，該是水土不服，還說有點暈船，回房後她便乖乖的躺到榻子上去，老子也安然無事，肢體完整，這事實證明了她不是刺客，否則焉肯錯過如此良機？」卓狂生爲之語塞。

姚猛得意的道：「何況她並不是會家子，一個手無縛雞之力的小美人兒，怎樣做刺客呢？」

卓狂生忽然道：「你們兩個躲到房裏來說甚麼呢？」

姚猛不是慣撒謊的人，登時亂了手腳，胡言亂語的答道：「有甚麼呢？不過是閒聊吧！」

卓狂生眼神立轉銳利，冷笑道：「閒聊？」

高彥陪笑道：「因爲我無意中看到她下半截的臉龐，忍不住把小猛拉到這裏來告訴他。她不但整個人香噴噴的，肌膚更滑如凝脂，逗死人了！」

卓狂生悶哼道：「我再次警告你們，不要有任何非分之想。」

驀地在前方的雙頭船響起鐘聲，姚猛第一個跳起來探頭外望。這艙房裏的窗口並沒有像客房般裝上鐵枝，以作緊急的出入口。高彥也乘機探頭外望，兩人以手肘互撞一下，均爲瞞過卓狂生感到興奮。

卓狂生道：「不用看了！肯定是遇上荒夢二號。」話猶未已，雙頭船在旁駛過，兩艘船的兄弟互相問好歡叫。接著是荒夢二號和護後的雙頭船，負責邊荒遊第二炮的費二撇和呼雷方，還在看台上向他們招手，惹得姚猛和高彥兩個好事者大呼小叫，喧嘩震天。

荒夢二號的船隊過後，高彥乘機離開，道：「我去看老程是否眞能妙手回春。」

姚猛急於知道故事的下截，也追在他身後，道：「我陪你去！」卓狂生只有乾瞪眼，瞧著兩人離開。

高彥推開房門，談寶赫然立在門外，撲上來扯著他兩邊衣袖，搖晃著道：「高爺救我！」

高彥沒好氣道：「是否輸光了身家？不過我現在是窮光蛋一名，賒借免問。」

卓狂生警覺的站起來，問道：「甚麼事？」

談寶乘機從高彥和姚猛旁的空隙擠進房裏去，愁容滿面的道：「事情是這樣的，我自幼家貧，三歲喪父，娘也因爹的早逝鬱悶不樂，沒幾年也含恨而終，我只好賣身爲奴，爲人做牛做馬。唉！我的身世很淒涼啊！」三人呆瞧著他，同時心忖江湖騙棍見得多，但這個肯定是不入流的。

談寶又以哀求的語氣向高彥道：「高爺可否先把門關上，我說的話，不可傳進別人耳中去。」高彥無奈把門關上，姚猛則恨不得揍他一頓。

卓狂生淡淡道：「坐吧！不過你說甚麼都沒有用，我們的規矩是不理團客的私事。」

談寶忙坐下來，向高彥和姚猛道：「兩位爺兒也坐啊！」

高彥向卓狂生使個眼色，表示想和姚猛開溜。卓狂生微一搖頭，示意沒得商量，必須有苦分甘，有難齊當。高彥和姚猛拿他沒法，只好到他左右床邊坐下，面對這個小滑頭。

談寶道：「剛才經過的是不是另一艘觀光船？」卓狂生點頭表示他說對了。

談寶問道：「這艘觀光船何時從壽陽開出？」

姚猛只想速戰速決，答道：「明天！是不是有人在後面追著你呢？」

卓狂生打斷話頭道：「不可以問客人的私事。」

談寶苦著臉道：「那即是我還有一天的時間逃命。」

今次輪到高彥奇道：「你怎知追你的人參加了第二團？據聞接著的十多團都爆滿了，你……」

卓狂生喝止道：「高彥！」高彥只好閉口。

談寶臉上忽又換上笑容，欣然道：「好！好！大家不談私事，讓我們來作個交易，如何？」

卓狂生也失去耐性，皺眉道：「甚麼交易？」

談寶道：「我以十兩黃金爲賞，只要有人可送我越過邊荒，逃往北方避難去。不過必須在第二個觀光團抵達前起程。」

高彥笑道：「談財主原來這麼富有，你不怕我們見財起心嗎？」

談寶嚇了一跳，陪笑道：「誰都知道荒人最講規矩，絕不會見利忘義，我當然放心。」

姚猛道：「在邊荒僱保鏢是最容易不過的事，老哥你又肯出重金，哪怕沒有人效勞？」

談寶的肥臉立即堆滿哀求的神色，道：「可是我不知誰信得過呢？請各位大爺可憐我自幼孤苦無依，到今天這情況仍沒有改變過來，指點敝人一條明路。」

卓狂生道：「我們觀光遊的服務裏，似乎沒有包括這一項。」

談寶哭喪著臉孔道：「請各位大爺網開一面，幫我這個忙吧！我可以加付五兩黃金作中間的介紹費。」

卓狂生等三人都是囊空如洗，這麼容易賺的金子，錯過實在可惜，不由聞言心動。卓狂生點頭道：「你眞的很富有。北方這麼大，你要到哪裏去呢？」

談寶道：「當然是北方最太平的城市，小鎭也不拘。」三人聽得無以言對。

卓狂生大奇道：「看來你完全不清楚北方的情況，何來太平的樂土？我本以爲你在北方有投靠的人，你這樣到北方去，等於肥羊闖虎口，明白嗎？」

姚猛道：「現時天下最太平的地方，只有我們邊荒集。」

談寶打了個哆嗦，絕望地道：「那怎辦好呢？諸位大爺可以保護我嗎？我可以付錢的。」

卓狂生笑道：「在整個邊荒遊的行程裏，你都是安全的，直至我們把你送返壽陽，你仍有一天領先你的追兵。此事到此爲止，我們還有別的事要處理。」

高彥站在看台上，等得頗不耐煩，才見姚猛焦急地趕來，尚未有抱怨的機會，姚猛道：「不要怪我，老卓那瘋子看得我很緊，我敢賭他已看穿我們的事。」

高彥道：「管他的娘！我們是替天行道的好漢，自然該當仁不讓。」

姚猛道：「少說廢話，快入正題，給卓瘋子追上來我們又沒得說話了，小苗和顧胖子究竟是甚麼關係？」

高彥回頭瞥了一眼站在另一角呆望著西岸的王鎮惡，湊到他耳旁低聲道：「他們沒有任何關係。」

姚猛一呆道：「沒有任何關係？那他們爲何結伴參加邊荒遊？」

高彥沒好氣道：「我指的是男女關係，明白嗎？」

姚猛忽地推他一把，原來是王鎮惡朝他們走過來。兩人心中叫苦，憂心又被他打岔時，王鎮惡苦笑道：「我還是回房去吧！因爲不論你們如何壓低聲音，我都聽個一清二楚。唉！荒人畢竟是荒人，比其他南方的人有趣多了。」在兩人瞠目結舌下，逕自離去。

兩人相望一眼，均有點措手不及。姚猛道：「他不會洩漏這件事吧？」

高彥自我安慰道：「我剛才說了些甚麼？根本尚未入題，洩露出去也沒甚麼大不了的。何況這傢伙似君子多過像小人，該會守口如瓶，否則便會繼續裝蒜偷聽下文。」

姚猛沉吟道：「這傢伙恐怕比那晁景的手底更硬，是眞正的高手。」

高彥不耐煩的道：「高手也好！低手也好！我們只希望他能保密。嘿！你是否想繼續聽下去？」

姚猛投降道：「算我怕了你，可以長話短說嗎？」

高彥抓頭道：「剛才我說到哪裏？我忘記了。」

姚猛耐著性子道：「你說他們沒有任何男女的關係。」又皺眉道：「這是不合情理的，如果她像你說的那麼漂亮，顧胖子又和她朝夕相對，怎可能不動心？」

高彥故作神秘的低聲道：「因爲顧胖子只好男風，不愛女色。」

姚猛愕然道：「連這麼難以啓齒的事她也告訴了你，是否只是你猜的？」

高彥沒有半點愧色的道：「當然是我猜的，她和我說了不到十句話，你們就來了，何況兩位姊妹被我使計支開到門外去等你們，我也不好意思留在房內，萬一被誤會乘機偷香竊玉就糟了。像這麼一個動人的美人兒，只有這個解釋才合理。」

姚猛劈胸抓著他的衣服，道：「好了！現在你老老實實的把那幾句話從實招來，不要再拐彎抹角，盡說廢話。」

高彥道：「我只是想培養點氣氛。事情的經過是這樣的，兩位姊妹把她扶到榻子上休息後，我便把兩位姊妹請出房外，到剩下我們兩個人時，她忽然從床上坐起來，道：『高公子是他的好朋友？』」

姚猛道：「對！她不知道我是誰，只好這樣稱呼我。下一句呢？」

高彥道：「下一句是我說的。我說道：『噢！原來你假裝肚子痛，你是說姚猛吧！就是那個你把求救紙團塞進他手裏去的小子，只看他肯把那麼秘密的事告訴我，便知我和那小子是好兄弟，姑娘可以完全信任我，有甚麼事儘管說出來。』」

姚猛苦笑道：「難怪她沒時間說十句話了！所有說話的時間都給你這混蛋佔用了。」頹然放開抓著他的手。

高彥不滿他的指責，道：「不解釋清楚怎成？會貽誤時機的，我已說得非常精簡，沒有半句多餘話。」

姚猛不敢和他爭論，道：「好了！我眞的怕了你，下一句呢？」

高彥露出心神皆醉，回味不已的神情，道：「甚麼下一句，該是下一個動作，接著她掀起面紗，露出梨花帶雨的玉容，一雙會攝魄勾魂的美麗大眼睛，如泣如訴的直望入我心底裏去，同時香唇輕吐道：『救我！』」又嘆道：「坦白說，當時我眞的感到魂魄離開了軀體，連自己姓甚麼都忘掉，不知身在何處，更不曉人間何世。」

姚猛既心癢又怨恨，狠狠道：「我並不是來聽你當時的感受，快說下去，否則我宰了你這花心小子。」

高彥魂魄歸體般醒過來，道：「接著嘛！是了！接著她放下面紗，掩蓋了容顏，垂首輕輕道：『我叫小苗，可說是那胖子的貨物，他說要把我帶到邊荒集高價出售，小苗仍是清清白白的，你們若不救我，小苗也不想活了。』」

姚猛義憤塡膺的道：「原來那死胖子竟是人口販子，我要去找他算賬。」

高彥忙阻止道：「不要魯莽，對顧胖子我們當然不用客氣，不過卻不得不顧忌鐘樓議會的決定，還有是卓瘋子，在以前或今天的邊荒集，販賣人口只是平常事，在南方買賣奴僕更是每天不知有多少宗。顧胖子這招確實想得很絕，照我看他是從雲南的窮鄉僻壤，買來這無價寶，剛好遇上邊荒遊，想到在邊荒集脫手可以賣得較高的價錢，又有我們荒人親自爲他送貨，所以立即報團。像小苗這種青春煥發的絕色處子，去到邊荒集，所有紅姑娘都要靠邊站，說不定可以賣上百兩黃金。哈！顧胖子千算萬算，只算漏了我們荒人除江大小姐外，個個都是窮光蛋。」

姚猛有感而發的道：「來參加邊荒遊的人，究竟有多少個是眞爲觀光而來的呢？」

高彥道：「邊荒遊第一炮的旅客當然與其他報團的有點分別，不要發牢騷了！該想想如何營救我們的小美人，當然不可以用暴力，因為我們須保證顧胖子在邊荒的安全。」

姚猛道：「回邊荒集後，我有辦法令小苗忽然失蹤。」

高彥搖頭道：「這叫監守自盜，屆時搜捕我們的將是整個邊荒集的荒人兄弟。」

姚猛道：「這不成，那也不成，難道我們去籌銀兩為小苗贖身嗎？如被顧胖子洞燭機先，肯定會漫天要價。」

高彥道：「還有兩天才到邊荒集，讓我們兩兄弟好好想出個妥善的方法。畢竟邊荒集是我們的地頭，所有青樓老闆都是自己人，必要時請他們高抬貴手，不要接價，我們便可以一個便宜價錢，把她要回來。」

姚猛頹然道：「你倒說得輕鬆，邊荒集最大的青樓老闆是紅子春，這傢伙做起生意來是人性泯絕、六親不認的，見到小苗這可以為他賺大錢的奇貨，還肯和我們稱兄道弟嗎？他奶奶的！這傢伙只要拿些物業去費二撇處抵押，便有足夠的財力買下小苗。」

高彥嘆道：「眞令人頭痛，讓我們再好好想一想。」

劉裕在那民房的廳子待了片刻，司馬元顯依時赴約，把手下全留在屋外，負起守衛的任務。兩人坐好後，司馬元顯欣然道：「劉兄今早應付劉牢之的奇招很精采，我爹也讚賞你呢！最妙是我們可把與劉兄的關係推得一乾二淨，讓劉牢之看不破我們之間有秘密協議，只能疑神疑鬼。更令我們想不到的，是你已看破我們從方玲處知道賊贓的藏處。」

劉裕乘機道：「把方玲押送建康，正是卑職向王爺和公子表示的一點心意。」

司馬元顯豪氣的道：「劉兄不用自稱卑職，我們是以江湖平輩論交，只要劉兄是真心誠意為朝廷效命，是不用拘守上下之禮的。」

劉裕進一步明白司馬元顯，他對那回同舟共濟，應付「隱龍」的事，直到此刻仍在懷念回味。司馬元顯和司馬道子的不同處，是司馬元顯自上次事件後，有了實戰的經驗，因而了解敵人的優點和建康軍的缺點，且親身體驗到自身不足處，比他的老爹更掌握到實際的情況。加上手下沒有可用之人，所以他劉裕成了他的千里馬，又使他可以重享當時在大江並肩作戰的樂趣。司馬道子則是高高在上，不會對他劉裕生出感情，只會冷靜無情地去考慮利害關係，視他劉裕為一件工具，當劉裕失去利用價值時，棄之而不惜。他劉裕的表現愈出色，司馬道子殺他之心愈烈。只看司馬元顯急於見自己的樣子，便知他恨不得自己立即為他分憂，解決掉所有難題。他也不得不承認，司馬元顯不但令他改變了觀感，也令他好感遽增。說到底這該是燕飛的功勞，燕飛固然是充滿了魅力的人，可是他之所以能改變司馬元顯，改變雙方勢不兩立的情況，是燕飛以誠待人的態度，不把司馬元顯當作階下之囚，現在由劉裕得到了回報。

劉裕點頭道：「公子絕不用懷疑，我已向王爺宣誓永不與他為敵。」

司馬元顯道：「我明白燕飛和劉兄都是一言九鼎的人，所以我比我爹更放心。現今我爹讓我全權負責與劉兄合作之事，只要劉兄肯盡心盡力為朝廷效命，將來我絕不會薄待劉兄。」

劉裕暗鬆一口氣，和仍未被權力完全腐化的司馬元顯說話，當然比與老奸巨猾的司馬道子交手容易。司馬元顯畢竟年輕，體內流的仍是熱血。

司馬元顯續道：「我爹說劉兄可以請燕飛來對付孫恩，真的辦得到嗎？」

劉裕心中一動，道：「該沒有問題，只要公子點頭，我還可以請屠奉三來幫忙，讓我們大家又可以並肩作戰。」

司馬元顯的眼睛立即發亮，興奮的道：「那就最好了！劉兄可以放手去做。」

劉裕明白司馬元顯現在最需要的，是對前景繪出一幅美麗的圖畫；定下一個完整的南平孫恩、西抗桓玄、聶天還的大計。遂道：「現在最理想的，是謝琰和劉牢之兵到亂平，那桓玄便無所施其技，可是理想歸理想，我們必須作最壞的打算。」

司馬元顯臉容籠上陰霾，嘆道：「今早我曾向我爹提議，將南征軍的出發日期押後，重組大軍，改由劉兄指揮其中一軍，卻遭我爹斷然拒絕。他的分析很有道理，劉牢之是掌握北府兵大權的人，他肯交出部分兵力，是因爲對方是謝琰。而謝琰更是建康高門眾望所歸的人，若試圖去改變這安排，必會出亂子，未見其利先見其害。」

劉裕道：「王爺的決定是對的。」

司馬元顯虛心求教道：「最壞的情況會是如何呢？」

劉裕冷靜的道：「最壞的情況，就是當平亂軍分兩路南下時，兩方面都各自爲戰，卻被徐道覆清楚掌握到情況，誘敵深入，然後避強擊弱，以迅雷不及掩耳的手法，一舉擊潰指揮較弱的一軍，那時另一軍在欲救無從下，只好撤返北方，由攻轉守。」

他這番分析，是自己經反覆思量下作出認爲最精準的猜測，因爲這個猜測對司馬道子父子肯不肯重用自己，起著決定性的作用。試想如果將來平亂軍的情況，與他的預測背道而馳，司馬道子父子對他還有信心嗎？可是如果他所預料的形勢步步兌現，司馬道子父子將對他刮目相看，而在無可用之人的情況下，他會變成唯一的選擇，朝廷的救星。他敢說自己是建康現時最有資格作出這方面猜測的人，更勝劉牢之，因爲他不單了解劉牢之和謝琰，更了解徐道覆的手段。

司馬元顯色變道：「劉兄有把這番話向謝琰說嗎？」

劉裕苦笑道：「說過又如何？將在外，軍命有所不受，何況是謝琰？」

司馬元顯道：「如果劉兄所說的狀況發生，會是怎樣的一個局面呢？」

劉裕道：「暫時撇開這方面的情況發展，談談桓玄會如何利用這種形勢如何？」

司馬元顯道：「桓玄會乘機造反。」

劉裕道：「他的確會造反，但必須先收拾楊佺期和殷仲堪。當朝廷無暇理會荊州的事，他便可以放手而爲，爲奪權作準備。」

司馬元顯憂色重重，兩眉深鎖，思索起來，但顯然一籌莫展。劉裕道：「當平亂軍敗退北方，擁有過千大小戰船的天師軍，會從海路大舉北上，直接攻打建康附近的城池，取得據點，逐漸形成對建康的包圍，把建康孤立起來，在這樣的情況下，建康可以守多久呢？」

司馬元顯倒抽一口涼氣，道：「情況不至於如此惡劣吧？」

劉裕道：「我說的是最壞的情況，希望情況不會發展至那個田地，但我們是不得不作出最壞的猜測。」

司馬元顯道：「桓玄肯定不會支持我們。」

劉裕同意道：「這個當然，還會助天師軍一把，封鎖上游。」

司馬元顯道：「到時我們可以怎麼辦呢？」

劉裕費了這麼多唇舌，等的就是這句話，道：「就要看我們是否早有準備。」

司馬元顯一呆道：「我們現在可以幹甚麼？」

劉裕道：「於平亂軍敗退北撤之時，此消彼長下，要硬撼兵力達三十萬人，戰船過千艘的天師軍，無異以卵擊石。唯一之計，是待天師軍勞師動眾的北上攻打建康，把戰線無限拉長，洩了銳氣，然後我們以奇兵突襲天師軍的大後方，且威脅到他們的補給線，我們方有希望以少勝多，打垮天師軍。」

司馬元顯道：「這支部隊要多少人？」

劉裕道：「至少需一萬人，且須是能征慣戰的精銳部隊，否則難以對龐大的天師軍構成威脅。」

司馬元顯面露難色，皺眉道：「若出現劉兄說的情況，部隊必須留守建康，如何可以調動一萬精兵給劉兄呢？」

劉裕早猜到他有這句話，道：「廣陵現在有多少北府兵？」

司馬元顯道：「該不過二千人。」

劉裕道：「加上謝琰那邊撤回來的部隊又如何呢？」

司馬元顯道：「你不是要精兵嗎？敗兵何足言勇？」

劉裕道：「那就要看我對他們的號召力。」

司馬元顯道：「謝琰若戰敗，不論生死，你都難當主帥，更難的是過劉牢之那一關。」

劉裕知他已心動，微笑道：「劉牢之討賊無功，是待罪之身，哪還輪得到他說話？何況調動的並非轄屬於他的北府兵。」

司馬元顯道：「事關重大，我必須回去和我爹仔細商量。」

劉裕又教他如何直接聯絡自己的江湖手法，司馬元顯大感有趣，弄清楚後，匆匆離去。

荒夢一號在黃昏時分經過進入鳳凰湖的水道，卻是過而不停。在最早期的構想裏，鳳凰湖是邊荒遊其中一個景點，但是有人提出鳳凰湖乃是一個具有軍事價值的基地，不宜曝光，所以取消了這段行程。尚有半個時辰才是晚宴的時間，卓狂生、慕容戰和陰奇三人在艙廳閒聊，觀看穎水西岸落日的美景，閒適寫意。除他們之外，只有那叫劉穆之的名士面窗獨坐一角，捧讀了近兩個時辰的書本擱在膝上，陷入了沉思中。

陰奇道：「眞古怪，難道桓玄竟沒有派刺客來壞我們的好事？」

慕容戰笑道：「過了今晚再說吧！」

陰奇嘆道：「我以爲憑我們幾個老江湖，只要半天工夫，便可看破何人心懷不軌，豈知到此刻仍未能發現疑人。」

卓狂生道：「今晚對方更沒有可能動手，在白天睡足了的兄弟，會徹夜輪班扼守各處入口通道，誰稍有異動，會立遭無情的反擊。不是我誇口，以我們在船上的實力，即使孫恩親臨，也難以討好。」

慕容戰同意道：「說得好！我們怕過誰來呢？」三人都壓低聲音說話，以防被劉穆之聽到。

卓狂生道：「在這一團的團客裏，論武功，以王鎭惡、晁景和香素君最高明，其他人不是不諳武功，就是只略懂拳腳功夫的平庸之徒。這三個人的武功眞不賴，夠資格當刺客，但都不像是刺客。」

陰奇道：「對！自登船後，我們一直看緊他們，他們根本沒有下手的機會。」

慕容戰道：「我們的辛大俠又如何呢？他今日整天躲在房裏，沒有踏出過房門半步。」

卓狂生道：「如他不到大廳來進晚膳，我會到他的房間看看他。」

陰奇道：「我本有點懷疑那位苗族姑娘，可是老程說她眞的不懂武功。老程醫術武學均是一等一的高手，他的判斷當不會出錯。」

慕容戰道：「殺人的方法可以有很多種，不一定要武功高強才辦得到。」

陰奇笑道：「如她要下手，剛才她便有個最好的機會，可見刺客並不是她。」

慕容戰笑道：「我沒話可說了！」

卓狂生道：「或許只是我們杯弓蛇影，船上根本沒有刺客。」

陰奇道：「這是其中一個可能性，但我們不可以鬆懈下來，接著的兩天航程是風險最高的一段時間，到邊荒集後，刺客想找到高彥在哪裏都是道難題，何況邊荒集是我們的地頭。」

慕容戰道：「在邊荒集我一點也不擔心，因爲再難靠旁門左道的手法下手，只能靠眞功夫，而我們的高爺也不是省油燈，否則早給我宰了。」三人對視大笑。

劉穆之仍一動不動，彷似聽不到任何聲音。陰奇盯著他的背影，雙目射出懷疑的神色。慕容戰道：「他肯定不懂武功，只是手無縛雞之力的壞鬼書生。」

卓狂生搖頭道：「他絕不是壞鬼書生，只看他的耐性和鎭定功夫，我們三個都要甘拜下風，此人絕非平凡之輩。」

慕容戰雙目精光爍閃，沉聲道：「讓我過去探測他的斤兩。」

陰奇舉手阻止，道：「所謂一物治一物，故柔可制剛，要探他的斤兩，只有卓館主辦得到。否則如果他和你來個『之乎者也』，你如何應對？」

慕容戰失笑道：「說得對！請卓館主出馬。」

卓狂生早對劉穆之有強烈的好奇心，欣然答應，尚未出動，只因一時不如何開腔，方不致太過唐突。就在此時，香風吹來。三人訝然往入口瞧去，但見香素君氣沖沖的走進來，沒有瞥他們半眼的，來到中央的大桌子，背門坐下，神色冷漠。陰奇向慕容戰使個眼色，要他去伺候美人，看她是要茶還是要酒。自登船後，香素君還是首次光臨此處。慕容戰正要行動，晁景匆匆趕至，也是看都不看其他人，逕自在香素君對面坐下，目光灼灼的打量香素君。香素君別轉俏臉，瞧向窗外，故意不看他。三人見到他們的情形，更肯定鳳老大的說法，兩人是一雙鬧意氣的情侶。

晁景望了三人一眼，然後向香素君嘆道：「我們講和好嗎？」香素君冷漠地迎上他的目光，俏臉沒有半點表情。三人都沒有說話，靜觀其變。劉穆之當然更沒有反應，就像世上所有人都消失了，只剩下他一個人。

晁景又嘆一口氣道：「隨我回去吧！到邊荒集再沒有意思。」

香素君若無其事的淡淡道：「你自己回大巴山吧！我對你已經心死。」

晁景一雙銳目射出惱火的神色，道：「我做錯甚麼呢？難道男兒不該立志遠大嗎？我晁景練劍二十年，爲的是令我們巴山劍派名揚天下，這也算做錯嗎？」

卓狂生等三人你看我，我看你，各自搖頭表示沒有聽過巴山劍派，且愈聽愈糊塗，不明白到邊荒集去與名揚天下怎拉得上關係。兩人雖是針鋒相對，可是至少香素君已肯和晁景說話。

香素君仍是那麼萬念俱灰的冷淡道：「在你不顧我勸阻非要到邊荒集去，於你踏出山門的一刻，我和你便一刀兩斷，你的耳朵當時聾了嗎？」

晁景氣得臉都漲紅了，顯然是耐著性子，冷笑道：「你不要騙自己了，如果眞能一刀兩斷，你爲何一直追在我身後，直至抵達巴東？」巴東城是大江南岸的大城，北面是著名的大巴山。

香素君輕輕道：「我只是到巴東去，是你誤會了，這些事不該在公眾地方討論吧？」

「砰！」晁景顯然是一向對香素君霸道慣了，又或本身脾性不好、修養不足，受不住香素君冷淡的態度和言語，竟按捺不住心中的憤怒，受災的桌面立刻出現清晰的掌印。

香素君皺眉道：「你到此刻仍沒有長大，你以爲到處都可讓你像在大巴山般縱情放任，隨便撒野嗎？」

晁景指著她道：「你……你……」

香素君淡然道：「你你你！你甚麼的？我說過和你一刀兩斷便是一刀兩斷，你不顧而去時有想過我的感受嗎？我想得很清楚，以後你是你，我是我，大家再沒有任何瓜葛。」

晁景怒喝道：「閉嘴！」

卓狂生三人都聽得直搖頭，聽兩人的對答，香素君該是對晁景一往情深，且處處容忍遷就他，可是晁景卻要離開師門，往外闖以名揚天下，不理會香素君的苦苦哀求，終於令她由絕望變心死。至於因何兩人會參團到邊荒集去，則尚未能弄清楚。香素君怒瞪著他，但再沒有說話。兩人誰對誰錯，可謂見仁見智，但肯定的是晁景當時的決絕，傷透了香素君的心。在三人眼中，兩人確實非常登對，對他們弄至這種田地，也感可惜。

晁景鐵青著俊臉，狠狠道：「我再問你一句，你肯隨我回去嗎？」

三人心中暗嘆，這小子眞不懂溫柔，於此氣頭上的時刻，怎可以說這種充滿威逼意味的話。果然這下輪到香素君光火，怒道：「你聽好了，要走你自己走吧！我還要到邊荒集見識一下，瞧瞧眞正的男子漢是怎樣子的，是不是像你這般只會坐井觀天，自以爲是天下第一劍手，遇到挫折便哭著要回家從來不曾長大的小兒。我告訴你，我現在清清楚楚的告訴你，我對你再沒有任何感覺。我參團到邊荒集去，不是對你仍未死心，只是念在師兄妹之情，到邊荒集爲你收屍，明白了嗎？」

晁景猛地起立，目光朝三人射來，沉聲道：「我要登岸！」

陰奇皺眉道：「這不合規矩。」

香素君的聲音傳過來，充滿懇求的味道，道：「各位可否包容一下呢？只要把船靠近岸邊，他可以自行跳上去，當幫我一個忙好嗎？」

晁景額上立即青筋迸現，看著香素君大怒道：「你眞的不隨我回去？」

三人聽得心中好笑，晁景以爲自己使出撒手鐧，裝腔作勢要離開，香素君定會屈服。豈知香素君不知是眞的對他死心，還是看破他的虛實，且在他離開一事上求助鼓動。

香素君從容不迫地道：「登岸趁早，快天黑了！」

晁景氣得聲音也抖顫起來，道：「我問你最後一次，你要隨我回去嗎？」

「砰！」香素君一掌拍在桌子上，道：「滾！滾！滾！你立即給我滾，有多遠滾多遠。我和你一刀兩斷就是一刀兩斷。你晁景算甚麼人物？現在我已大徹大悟了。在大巴山你可以稱王稱霸，橫行無忌，我說的全是逆耳之言。我到邊荒集去，就是想看你要當天下第一劍手的夢何時醒覺。你愚蠢是你的事，恕我香素君沒有興趣奉陪。由今天開始，橋歸橋，路歸路，我與你再沒有任何關係，也不要再有半絲牽連。師尊已過世了，我對大巴山再沒有留戀，你立即給我滾蛋。」

卓狂生等恍然而悟，晁景此子在大巴山橫行霸道，香素君屢勸不聽，早令兩人間出現裂痕。而直接導致他們決裂的原因，是晁景聞得邊荒遊一事，遂立心報團，想到邊荒集去挑戰天下公認的第一劍手燕飛，好一戰成名。當然，晁景並不曉得燕飛此刻並不在邊荒集。剛才慕容戰空手接下了晁景的劍，所謂行家一出手，便知有沒有，晁景心知肚明不是慕容戰的敵手，所以開金口詢問慕容戰的名字，知道慕容戰雖不是燕飛，但武功已在他之上，對挑戰燕飛的滿腔熱血立即冷卻，清楚自己到邊荒集只是丟人現眼，遂萌退意，想勸服香素君隨他掉頭離開，卻給香素君斷然拒絕。現在香素君的心意清楚明白，就是和晁景的關係已告終結，覆水難收。

晁景再不吭氣，似欲言又止，忽然揮袖悻悻然往出口舉步而去。陰奇跳將起來，輕輕道：「我去幫香姑娘這個忙吧！」追在晁景背後去了。

香素君別過頭來向卓狂生和慕容戰嫣然一笑，低聲道：「謝謝！」霎時間，她本似與生俱來的冷漠，像霜雪在艷陽的照射下般融解了。劉穆之油然起立，離開艙廳。

歸善寺。劉裕與關心他的支遁大師談了片刻，宋悲風回來了，兩人遂到歸善園的亭子說話。此時太陽剛下山，陣陣涼風吹來，竟已令人感到秋意。劉裕先向他報告會見司馬元顯的經過，對宋悲風他是不會隱瞞的。

宋悲風訝道：「眞令人想不到，司馬元顯竟變得這麼通情達理，看來他的本質並不太壞，只因驕縱慣了。」

劉裕道：「說到底他只是爲自己著想，不過他終究沒有他老爹那麼多機心，會感情用事，比較像一個有血有肉的人。」

宋悲風道：「但皇族的人始終是皇族的人，爲了保持權位，翻臉起來是六親不認的。」

劉裕道：「這個我會小心的了，一天桓玄和孫恩未死，我和司馬元顯仍會有合作的需要。而他更可沖淡司馬道子對我的敵意。」

宋悲風道：「司馬道子是不會受人影響的，包括他的兒子在內。」

劉裕問道：「有沒有新的消息？」

宋悲風道：「今早有一艘船抵達建康，很有可能是乾歸和他的手下，不過他們報關後便駛離碼頭，不知到哪裏去了。」

劉裕訝道：「宋大哥仍這麼神通廣大嗎？連乾歸到建康來也瞞不過你的耳目？」

宋悲風道：「這是文清本事，也是因爲邊荒遊的關係。邊荒遊雖仍未能爲建康的幫會帶來龐大的利潤，但人人看好邊荒遊的前景，兼之南方戰雲密布，本地幫會誰不想透過邊荒集大發戰爭財？孔老大和鳳老大支持邊荒集，是人盡皆知的事，使邊荒集聲勢更盛，人人爭相效法，好分一杯羹。所以我們說一句話，本地的幫會都樂意幫忙。」

劉裕喜道：「還有另一個原因，就是對聶天還的恐懼。江海流一直本著以和爲貴的宗旨，聯結大江兩岸的幫會，所以得到各幫會的敬重。聶天還剛好相反，在兩湖形成一幫獨霸的局面。因此人人希望大江幫重振雄風，而不願聶天還的勢力擴展到下游來。」

宋悲風點頭道：「你這個分析很有見地。」

劉裕煩惱的道：「我該不該回石頭城過夜呢？」

宋悲風道：「不想回去就不要回去了。劉牢之親口批了你可以休勤，你該算是暫時回復自由身。」

劉裕道：「那我便暫時不返石頭城，唉，做人眞辛苦，一舉一動竟要怕有不良的後果。」

宋悲風笑道：「你是有天命在身的人，一切有老天爺在暗中安排。」

劉裕苦笑道：「連你也信卓狂生撈起嘴巴說的話？你該比任何人都明白甚麼天降火石是另有玄虛。」

宋悲風道：「不談這個了！你好像不把乾歸放在心上。」

劉裕道：「恰恰相反，我眼前最大的危機就是乾歸，此人的武功在我之上，且極工心計，不過只要老屠到來，我便不用怕他，還可以反擊。如能宰了他，對桓玄將是非常沉重的打擊。」

宋悲風道：「或許他已遠離建康，正在返回荊州的途上。」

劉裕道：「這是不可能的。爲桓玄辦事，無功而回是殺頭的大罪，故乾歸是不殺我誓不罷休。」

宋悲風同意道：「所以你今晚更不應回石頭城去，好令乾歸根本摸不著你在何處落腳。」

劉裕欣然道：「對！建康並不是江陵，他想找到我，還須一番工夫。」又道：「那我們今晚應不應外出呢？」

宋悲風笑道：「我已給你安排好節目。」

劉裕愕然道：「甚麼節目？」

宋悲風笑道：「就是隨我去夜會孫小姐。」

在夜色掩護下，拓跋族的大軍全速趕路，天空不見星月，厚雲低垂，從東北方向吹來的風愈颳愈大。燕飛和拓跋珪並騎飛馳，仍能在馬背上輕鬆對話。他們是在馬背上長大的孩子，騎馬便如走路呼吸般輕易自然。

拓跋珪道：「竟忽然颳起北風，照我看這幾天會繼續轉涼，對我們究竟是利還是弊呢？」

燕飛微笑道：「這方面你比我在行，你說吧！」

拓跋珪哈哈笑道：「當然是有百利而無一害。這場仗我不但要贏得漂亮，還要徹底的勝利。我本對該在何時發動攻擊猶豫不決，現在已可以立作決定。」

燕飛問道：「那該於何時施襲呢？」

拓跋珪眼睛閃耀著懾人的異采，在疾奔的戰馬馬背上朝他瞧來，沉聲道：「就是當燕軍進入參合陂範圍的一刻。」

燕飛道：「為何選擇這個時間？」

拓跋珪雙目芒光更盛，顯示內心興奮，道：「試想想看吧！未來的兩天愈趨寒冷，狂風不住從東北方吹來，不但會令燕人飽受風寒之苦，更會減慢他們行軍的速度。在希望早日到達參合陂以安營立寨的心態下，到最後一段路他們將不休息的兼程趕路，如此抵達參合陂時，燕人肯定形疲神困，又不得不立營以禦寒風，生火以造飯，此時燕人的作戰能力會大幅減弱，從訓練有素的雄師變成不堪一擊的疲兵。而我們則是嚴陣以待，養精蓄銳，勝負誰屬，也不用我再說了。」

燕飛道：「假設小寶先派部隊進駐，於參合陂周圍設置哨台，發覺敵人立即以烽煙示警又如何應付呢？」

拓跋珪微笑道：「他的先頭部隊可以比我們快嗎？照我看小寶的先頭部隊頂多比小寶快上半天或幾

個時辰，根本來不及搜索參合陂四周的山野，更想不到我們預先猜到他們立寨駐守的地點，而我們則已進入隨時可以發動的最佳攻擊位置。還有別的疑問嗎？」

燕飛欣然道：「這就是兵法上的料敵如神，佔敵機先了，沒有疑問了！」

拓跋珪大喝道：「兄弟們，我們到參合陂去。」周圍將士轟然回應。拓跋族戰士逆著狂風，全力催馬在黑夜的草原推進，方向從正東改爲略偏往南方，當明天的太陽升上中天，他們將會見到決定拓跋族存亡的美麗湖泊——參合湖。

「你們兩個小子在這裏搞甚麼鬼？」在船尾密商如何營救小苗的高彥和姚猛齊嚇了一大跳，回頭一看，原來是卓狂生。

高彥道：「你的輕功進步了，走到我們後方這麼近仍沒被老子察覺。」事實上他是作賊心虛，故插科打諢，以紓解心中的慌張，這也是高彥一貫的作風。

卓狂生盯著他道：「你們談甚麼事談得如此入神呢？可否立即說來聽聽？不要有絲毫猶豫，否則我會認爲你在說謊。高彥你這大話精閉嘴！小猛你來說吧！」

高彥張口正要指天說地，登時作不得聲。姚猛在這方面遠不及高彥的道行，霎時間哪想得到可令人入信的謊言，「咿咿哦哦」了半晌最終也說不出半句話來。卓狂生銳利凌厲的目光轉向高彥。

高彥攤手道：「每個人都有些不能說出口的秘密，你老哥是寫書的，當然比不寫書的人明白這道理。」

卓狂生道：「還要砌詞搪塞？只因這秘密與那苗族姑娘有關，才沒法說出口吧？」姚猛臉色一變，心叫完了。

高彥搖頭道：「哪有這回事？你疑心太重啦！唉！坦白告訴你吧！我和小猛想撮合你和那叫香素君的美人兒，橫豎她的前度情人已離船滾蛋，以你老哥的文采風流，當然可以乘虛而入，以解香美人旅途寂寞，慰藉她空虛的芳心。哈！我和小猛只是爲你好，這可是天賜良緣。你說吧！這種事小猛怎說得出口？大家都難爲情嘛！」姚猛也不由暗服高彥的急智，一招連消帶打，攻守兼備，以分卓狂生的心神。

卓狂生失笑道：「你這小子別的不見你這麼有本領，撒起謊來卻是口若懸河，最難得是毫無愧色。你高大少來告訴我吧！早先你們兩人躲在房內又是想撮合哪段姻緣呢？當時晃景尚未滾蛋啊！」

高彥幾乎語塞，忙道：「順便一併告訴你吧！免得你終日疑神疑鬼，我們當時正爲那五位女客籌謀設想，看看以她們有限的財力，除重投青樓行業外還可以幹甚麼活，這叫助人爲快樂之本。」

姚猛點頭道：「對！對！正是這樣，我的腦筋不及高少般靈光，又受人之託，所以請高少幫忙。」

卓狂生直截了當地問道：「先回答我一個問題，我們的苗族姑娘是否裝肚子痛？」

高彥道：「哪有這回事？你寫書寫瘋了，想像力像黃河大江的水般氾濫起來。」

卓狂生哈哈笑道：「還要說謊？老程說她根本沒事。」

高彥道：「老程也會斷錯症吧？」

卓狂生道：「還要狡辯？小猛你來說，究竟是怎麼一回事？我不要再聽高小子的胡言亂語。」姚猛爲難的瞥高彥一眼，後者狠瞪著他，要他堅持下去。

卓狂生嘆道：「我是在爲你們著想。記得老屠說過的話嗎？最佳的刺客，就是最精於偽裝的人，好令你失去戒心。而在所有騙術中，最厲害的正是美人計，可以傾國傾城，屢試不爽。」接著又來軟的，溫和的道：「大家是兄弟，我又不是不近人情的人，如果可以坦誠道出你們的問題，我覺得是有道理的話，或許可以站在你們這一方呢？」

姚猛首先意動，向高彥道：「告訴他吧！」

高彥虧心道：「你這小子眞沒用，給他幾句花言巧語便供了出來，以後老子再不管你的事。」

卓狂生笑道：「小猛是爲你的小命著想，你該感激他才對。」

高彥氣道：「我要感激他？現在是我爲他奔走出力還是他爲我？這件事根本是衝著他而來的，我只是仗義幫他的忙。」

卓狂生愕然道：「究竟是甚麼事？」姚猛頹然道出眞相。

卓狂生的臉色越聽越沉重，聽罷皺眉道：「有沒有可能那苗女像談寶般誤會小猛你是高彥呢？」再向姚猛問道：「陰奇當時是怎樣向客人介紹你？」

姚猛道：「當時他大聲宣布我是邊荒遊的主持人，特來向客人打個招呼。」

卓狂生道：「這就對了，我們宣揚邊荒遊的文書裏，全是以高小子的名義發出的，加上小猛你與高小子年紀接近，又換上漢服，被誤會了是高小子絕不稀奇。」

高彥道：「這有甚麼問題？小苗只是向主持人求救。」

卓狂生嘆道：「都說你這小子涉世未深，不知人間險惡。小苗的情況處處透露出不合情理的況味，偏是你視而不見，聽而不聞。首先是她臉掛重紗，已足令人生出好奇心，特別是像你和小猛般血氣方剛的小子。假如她眞如你所說的有配得起她曼妙身形的漂亮容顏，那她便是萬中無一的美女，怎會輕易落在顧胖子手上，還要千山萬水帶她到邊荒集賣個好價錢？」

姚猛道：「因爲只有在邊荒集，才有眞正公平的交易嘛！」

卓狂生道：「我不想再和你們兩個蠢蛋作無謂的辯論，此事愈想愈不對勁，來吧！」掉頭朝船艙走去。兩人追在左右兩旁。

姚猛道：「到哪裏去？」

卓狂生道：「當然是去找顧胖子。」

高彥駭然道：「這樣豈非壞了小猛的好事？你說過會站在我們這一邊的。」

姚猛以哀求的語調道：「只要你肯裝沒聽過我剛才說的話，我已感激不盡。」

卓狂生腳步不停地進入船艙，朝另一端登上二樓的階梯走去，眉頭深鎖的應道：「我是那種人嗎？我現在是去和顧胖子直接對話，摸清他的底子。」

高彥怒道：「你眞是不近人情，這麼去找顧胖子，擺明把小苗向我們求救的事抖出來。如果小苗是刺客，我現在還有命嗎？用你的瘋腦袋想想，他們無拳無勇，殺了我後如何脫身？世上沒有這麼多死士吧？」

卓狂生在階梯前倏地立定，害得兩人衝過了頭，見到卓狂生的神色，都嚇了一跳。卓狂生的臉色變得很難看，盯著高彥道：「你有沒有異樣或不尋常的感覺？」

高彥沒好氣的道：「當然有！我差點給你氣死了。」

卓狂生沉聲道：「我不是和你說笑的。今天的賭局，雖然由談寶來求我們批准，發起人卻正是顧胖子。當小苗叫肚子痛時，他的神情更古怪，一副沉迷賭博、其他事一概不理的模樣，這是不合情理的。想想吧！他一直把小苗看得這麼緊，又不讓其他人看到她的臉孔，在在顯示他看重小苗，怎麼忽然來個大轉變，不單讓小苗有接觸外人的機會，還是年輕的小子？」兩人聽得啞口無言。

卓狂生瞪著高彥道：「我眞怕你已著了道兒。」

高彥終於吃驚道：「不會吧？我沒有甚麼特別的感覺。」

卓狂生舉步登樓，向把守階梯的兩個荒人兄弟問道：「顧胖子在房內嗎？」

其中一人答道：「顧胖子和那苗女晚膳回來後，再沒有踏出房門半步。」包括卓狂生在內，都舒了一口氣。

高彥低聲道：「還要找他嗎？」

卓狂生沉吟半晌，道：「這個當然，你們在外面等我，一切由我去處理。」

高彥嘆道：「眞怕你把事情弄砸。」

卓狂生失去和他說話的興趣，逕自來到顧胖子的艙門外，敲門道：「顧爺在嗎？鄙人有事求教。」

房內沒有半點聲息。姚猛道：「或許已上床就寢，聽不到敲門聲。」卓狂生加重力道敲門，仍是沒有反應。

高彥把耳朵貼到門上去，詫然叫道：「裏面沒有人。」

卓狂生的臉色變得更難看，舉掌拍在門上。艙門劇震一下，竟發出金屬鳴音，堅厚的木門文風不動。

姚猛道：「他們上了鐵門閂。」

卓狂生退後一步，喝道：「拿破門的工具來！」

〈卷十〉

第四章◆救命眞氣

第四章 救命真氣

宋悲風偕劉裕來到朱雀橋畔的秦淮河段，一艘快艇從下游駛至，操舟的是兩個年輕漢子，看來是幫會人物。宋悲風向劉裕打個招呼，領頭躍往小艇去，劉裕連忙跟隨，與宋悲風坐到艇頭，河風陣陣吹來，衣袂拂揚。兩漢顯然受過吩咐，只點頭爲禮，沒有說話，默默撐艇。在星月下，小艇輕鬆地在河面滑行，悄無聲息。劉裕不曉得宋悲風要帶他到哪裏去見謝鍾秀，更不知這位高門貴女爲何要見他。在這一刻，他生出奇異的感覺，似乎命運再不由他選擇左右，一切由老天爺安排。他不知自己爲何有這種想法，或許是因秦淮河令他憶起那次與燕飛和高彥去見紀千千的舊事， 個約會，卻徹底改變了他和燕飛與紀千千的命運。

宋悲風深吸了一口河風，靠近他道：「他們是建康幫王元德王老人的手下兄弟，可以完全信賴。」

劉裕尚是首次聽到建康幫之名，更不要說甚麼王元德，不過能讓宋悲風信任，王元德該是個人物。宋悲風掃視遠近河面，續道：「只有在秦淮河，才可以輕易地撇下跟蹤我們的人。原本歸善寺是個見面的好地方，卻怕瞞不過敵人的耳目，我們倒沒有甚麼，但如孫小姐見你的事傳了開去，便可大可小。」

劉裕心中苦笑。誰是敵人呢？可以是劉牢之、司馬道子、乾歸，甚至任何人，例如謝琰或劉毅，在現今的情況下，敵我的界限再不分明，連他也有點弄不清楚了。

宋悲風嘆道：「或許你根本不該見孫小姐，我是否做錯了呢？」

劉裕愕然道：「那我們要不要掉頭走呢？」

小艇忽然掉頭，沿西南岸順流而下，如果有船艇在後面跟蹤，當會措手不及，因爲若隨他們掉頭，肯定難避過他們的視線。只是這麼簡單的一著，可見划艇者熟悉這方面的門道。

宋悲風凄然道：「我現在最擔心的不是大小姐，而是孫小姐，她瘦了很多，神情落落寡歡，一副滿懷心事的樣子，你很難憑當年的記憶去想像她今天的樣子，甚至會懷疑是否同一個人。」

劉裕問道：「孫小姐今年有多大了？」

宋悲風答道：「上個月剛足十七歲。她的婚嫁也是一樁煩事，令人更爲她擔心。」

劉裕不想知道她的婚姻問題，且不願知道她的任何事，一直以來，謝鍾秀在他的心中是高高在上，比之王淡眞更難生出親近之心，也比王淡眞更高不可攀。她爲甚麼要見他呢？

江文清和程蒼古聞訊從雙頭船趕過來，樓船上一片風聲鶴唳的緊張情況，客人均被請求留在房內，所有荒人兄弟姊妹全體出動，遍搜全船。江、程兩人進入艙房，首先注意到的是封閉艙窗的鐵枝被割斷了三支，開出一個可容人穿過的空隙，其次是靠窗處的地面遺下一堆衣物和七、八塊棉花狀的東西，驟看似是一張棉皮被分割成一塊塊。高彥和姚猛面如死灰坐在一邊床上，另一邊的床坐著卓狂生、龐義和陰奇，三人均面露凝重神色。慕容戰立在艙窗旁，呆瞧著外面黑暗的河岸；拓跋儀則環抱雙手站在門旁，神情有點無可奈何。

江文清道：「這是不可能的。」

方鴻生此時進入房內，搖頭道：「我敢肯定顧胖子和苗女均已離船。」

慕容戰把手上拿著的鐵枝遞給江文清，苦笑道：「的確不可能，但卻是鐵一般的事實，他們不但瞞過我們監聽者的耳朵，神不知鬼不覺的割斷三條鐵枝，還趁黑借水遁走，這次我們是栽到陰溝裏了。」

卓狂生目光投往高彥，嘆道：「這傢伙肯定著了道兒。」所有人的目光全集中到高彥身上，令他更是渾身不自在。程蒼古來到高彥身旁坐下，要他伸出手腕，然後伸出三指爲他把脈。

陰奇頹然道：「顧胖子不但不是胖子，且是深藏不露的高手，竟有本領瞞過我們這些老江湖。」

卓狂生搖頭道：「這是不可能的，只要他練過武功，總有蛛絲馬跡可尋，最瞞不過人的是他的眼神。」

江文清擔心的瞧著高彥，道：「是否眞的中了毒？」她的話說出了所有人的心事，顧胖子和小苗功成才會身退，所以可肯定現在表面看來全無異樣的高彥已著了敵人的道兒。

高彥憤然道：「她眞的沒對我動過半根指頭，我更不是省油燈，她如何向我下毒呢？」

卓狂生怒道：「你這蠢材老老實實的告訴我，那苗女有沒有向你投懷送抱？」

爲他把脈的程蒼古眉頭緊皺，不住搖頭。高彥色變道：「賭仙你勿要嚇我，我是不可能被人下毒的。」

程蒼古道：「你的脈象很奇怪，表面沒有甚麼異常之處，可是每跳十多下，便會稍作停頓，給人若斷若續的感覺。」

高彥駭然把手收回去，倒抽一口涼氣道：「都說不要嚇我了。」

卓狂生喝道：「你還未答我的問題？」

高彥跳將起來，光火道：「還要我說多少遍？我說沒有便沒有。我承認是給那妖女騙了，可是我只是一心爲小猛出力，完全不是爲了自己，怎會去佔那妖女的便宜？」

慕容戰冷然道：「如果敵人沒有得手，怎會匆匆離開？」

陰奇道：「小彥你冷靜點，看看老程有沒有辦法爲你解毒？」

高彥捧頭道：「我眞的沒有事，咦！」眾人齊吃一驚，猛瞪著他。高彥露出一個驚駭的表情，雙目充滿懼色。

拓跋儀沉聲道：「高彥你是否妄動眞氣？」

高彥望著拓跋儀，接著全身顫抖起來，張開口待要說話，卻結結巴巴說不出話來，眾人都注意到他的舌頭不但變大了，還轉作紫黑色，情景可怖至極。程蒼古從床上跳起來，往他撲去。高彥往後便倒，眼珠上吊，卻不是應有的白色，亦是紫黑色。程蒼古接著高彥時，卓狂生亦從另一邊搶過來，伸手掰著他的嘴巴，不讓他合上嘴，以免咬斷舌頭。整個艙房大亂起來，人人心中泛起徹底失敗的感覺。高彥肯定是著了敵人的道兒，且是見所未見，聞所未聞，要運動體內眞氣才會引發的慢性劇毒。到把高彥放平榻子上，高彥已失去知覺，氣若游絲，只剩下半條人命。其毒性之烈，即使是程蒼古這個大行家，亦驚惶失措。眾人圍在榻子旁，看著程蒼古檢視高彥的情況。

姚猛焦急的道：「還有救嗎？」

程蒼古心痛的道：「我從未見過這麼厲害的毒，數息內已蔓延到全身經脈，小彥這次是完蛋了。」

卓狂生悲愴的道：「不！他是不會死的。」

江文清熱淚泉湧，顫聲道：「古叔想想辦法吧！」

程蒼古嘆道：「若有一線機會，我都會盡力而爲，可是這種劇毒專攻經脈，放血解毒的方法根本派不上用場，一般的解毒藥物更是全不生效，這回恐怕大羅金仙降世，也救不回他的小命。」

卓狂生拿起高彥的手腕，淒然道：「小子你千萬要撐著，不可以就這麼一命嗚呼，小白雁正在趕來會你的路上，你是不可以就這麼走了的。」高彥似是聽到他說的話，眼皮抖動了一下。眾人生出希望。

方鴻生俯身貼在他胸口，接著「嘩」的一聲哭了出來，悲號道：「他的心跳快停了！」

姚猛湊到他的耳邊嚷道：「高彥你要振作呵！」接著也忍不住流出苦淚。

卓狂生長嘆道：「平時只覺得你這小子是個大麻煩，到此刻才知道沒有你這小子在旁叫嚷，滿口胡言，人生是多麼沒趣。」眾人都心有同感，更感悲痛。

拓跋儀沉聲道：「他還可以撐多久？」

程蒼古答道：「很難說，毒素現在已攻入心脈，他隨時會離開我們，且肯定捱不過今夜。」

眾人頹然無語，看著在生死邊緣掙扎的高彥，想起一刻前他仍是生龍活虎的模樣，對眼前的他更感難以接受。慕容戰雙目殺機大盛，狠狠道：「妖女究竟是如何下手的？」

蹲在床邊的姚猛抖了一下，似是記起了甚麼似的。眾人眼光落在他身上。陰奇道：「想到甚麼？快說出來。」

姚猛道：「高彥說過妖女曾揭開面紗讓他看，照高彥的描述，他當時看得失魂落魄……」

陰奇點頭道：「這肯定是一種高明的迷心術，妖女便趁高彥迷迷糊糊的一刻，對他下了毒手。」

卓狂生道：「這次高小子完了，我們的邊荒遊也完了。我卓狂生在此立誓，高小子這筆賬我定要爲他討回來。」

程蒼古忽然「咦」了一聲，又去探高彥的脈搏。人人屏息靜氣，看看能否有奇蹟出現。

姚猛忍不住問道：「怎麼樣？」

程蒼古露出無法置信的神色，道：「有轉機。」眾人說不出話來，呆看著他。

程蒼古道：「這更是沒有可能的，他的內氣竟能對入侵心脈的毒素作出天然的反擊，保住了心脈。」

方鴻生不解道：「這代表甚麼？」

程蒼古道：「這代表他體內的眞氣本身有抗毒保命的特性。」

拓跋儀道：「這是不可能的，高彥怎會有此本領？恐怕我也辦不到。」

卓狂生大喜如狂道：「有救了，救他的人是燕飛。」各人都聽得一頭霧水。

卓狂生解釋道：「是高小子親口告訴我的，燕飛曾多次爲他療傷，更爲他打通奇經異脈，令他在輕身功夫上大有改進。高彥的眞氣並沒有排毒的本事，但我們小燕飛的眞氣卻是神通廣大，能人所不能。」

程蒼古道：「這是唯一的解釋。哈！告訴各位一個天大的好消息，毒素的蔓延減緩下來了！高小子的眞氣亦開始凝聚。」

卓狂生大喜道：「這叫命不該絕，我的天書可以繼續寫下去了！」眾人由悲轉喜，輪流爲他把脈。

拓跋儀冷靜的道：「我們該怎麼辦？」他這句話聽來沒頭沒尾的，可是人人清楚明白他意之所指。

江文清道：「我們可以將計就計，讓敵人以爲高彥眞的中毒身亡了。」

卓狂生道：「好像不太妥當吧？難道叫高彥整天躲起來嗎？對我們的邊荒遊也不是太好吧！最糟是若小白雁也誤以爲高彥死了，便不會到邊荒來。」

姚猛擔心的問道：「高小子眞的可以醒過來嗎？」

程蒼古道：「要看今夜他的進展才可以肯定。」

慕容戰道：「不論情況如何，任敵人怎麼想，都想不到高彥竟有抗毒的本領，所以會以爲高彥死定了。」

卓狂生道：「其他事可以從長計議，我們先把高彥送回他的房內去。」

各人正要動手，一個荒人兄弟來報，賓客之一的劉穆之有急事求見。眾人無不生出戒心。慕容戰道：「老卓你去應付他。」

快艇往大江的方向駛去。劉裕愕然道：「我們究竟到哪裏去？」

宋悲風微笑道：「離約定的時間，尙有半個時辰，我想帶你去見工老大，他剛才派人傳口信給我，想與你碰面。」

劉裕也是奇怪，整個人輕鬆起來，仰望夜空道：「他或許是想看我究竟是從天上那一粒星宿誤墮紅塵吧！豈知我甚麼也不是，只是個像他一樣的凡夫俗子。」

宋悲風道：「我眞不明白你爲何對自己這麼沒有信心？坦白告訴你吧！我比任何人更相信你是眞命天子，因爲安公曾親口對我說過，你老哥絕非尋常的人，沒有人可阻擋你的運勢。」

劉裕想起王淡眞，心中一痛，暗忖這樣的運勢不要也罷！唉！我可否暫時把淡眞擱在一旁，暫且忘記她呢？那種噬心的痛楚，那種被仇恨烈火焚燒的感覺，已快超過他所能承擔。如果朔千黛此時在他身旁，他可肯定自己受不了她別具一格的誘惑力，因爲他須借助她來減輕心中的酸楚。他不住叫自己把對淡眞的記憶埋得深一點，卻總沒法辦得到。

宋悲風訝道：「你竟不相信我說的話嗎？」

劉裕知他誤會了，卻沒法說實話，只好道：「當你面對危險時，任何信念均難起作用，你會迷失在那一刻，將來變得渺不可測。就像我現在對將來充滿畏懼，我甚至有點怕去見孫小姐。」

宋悲風恍然道：「難怪剛才你聽到不用立即去見孫小姐，整個人輕鬆起來。唉！我明白的，若當年不是在烏衣巷碰到淡眞小姐，便不會有後來的事。」

劉裕心痛了一下，垂下頭去。宋悲風歉然道：「我不該勾起你的心事。」

劉裕此時卻在心底湧起另一個想法，假如沒有淡眞的仇恨驅策自己，他劉裕還能不能在眼前這種明知不可爲的情況下，仍盡全力掙扎求存呢？恐怕不會吧！他會設法把淡眞帶到邊荒集，做一個快樂的逃兵。冥冥中他感覺到令人悚懼的命運。不過他更清楚，如此的「醒覺」轉眼即逝，片刻後他又會忘情的投入現實中，在人海裏浮沉，像個遇溺的人般只知往水面掙扎，吸下一口的氣，把甚麼天命完全置諸腦後。難道有刀劍當胸刺來，他能堅信自己是眞命天子而不去擋嗎？難道因有謝安那幾句話，自己便不用努力奮鬥嗎？天意難測，未來永遠遙不可知。小艇緩緩靠往停在岸旁的一艘雙桅商船去。

卓狂生將劉穆之領到甲板上去，好讓弟兄們把高彥送返他們在三樓的艙房。到達船首處，卓狂生問道：「劉先生有甚麼急事要見我們呢？」

劉穆之道：「高公子是否出了事？」

卓狂生微一錯愕，用神打量了他幾眼，反問道：「劉先生爲何有此猜想？」

劉穆之訝道：「難道是我猜錯了，高公子竟安然無恙嗎？」

卓狂生心中暗懍，皺眉道：「劉先生猜到甚麼呢？」

劉穆之淡淡道：「請卓館主先告訴我，高公子是否中了慢性劇毒？」

卓狂生一呆道：「你眞是猜出來的嗎？」

劉穆之嘆道：「唉！我眞的猜對了！如此高公子將捱不過今夜，你們只可以爲他報仇。」

卓狂生道：「我也想向劉先生請教一個問題。」

劉穆之苦笑道：「卓館主在懷疑我了。」

卓狂生道：「我只是想先弄清楚劉先生爲何參加邊荒遊？」

劉穆之答道：「我是一心去看天穴的。看看是否確有其事，與傳聞是不是有出入，我須親眼看到才相信。」

卓狂生幾乎無詞以對，只好改問道：「劉先生怎能猜到高彥是中了慢性劇毒？」

劉穆之從容道：「因爲我猜到了顧修和以重紗覆臉的女子是甚麼人。唉！可惜我後知後覺，到你們破門進入他們的艙房，我才猜到他們眞正的身分，否則便可先一步警告你們。」

卓狂生憑直覺感到他字字眞誠，並沒有故弄玄虛，稍放下戒心，道：「他們究竟是甚麼人呢？劉先生又如何憑空猜到他們是誰？」

劉穆之沉聲道：「你聽過譙縱這個人嗎？」

卓狂生搖頭道：「譙縱是何方神聖？」

劉穆之道：「譙縱在巴蜀是無人不識之人，譙氏是巴蜀最有名望和勢力的大家族，自譙縱派人刺殺毛璩後，更獨霸成都，隱爲有實無名的成都之主。譙縱不但武功高強，且承其家傳，精通用毒。譙縱之父譙森，外號『毒仙人』，畢生精研毒學，譙縱得其眞傳，加上多年苦修，成就該已超越譙森。」

卓狂生開始有點眉目，問道：「劉兄怎會一下子便猜到顧修與譙縱有關係呢？」

劉穆之道：「首先我要說清楚毛璩是甚麼人。毛璩是巴蜀另一大族之主，也是蜀幫的龍頭老大，疏財仗義，極得當地人敬重，也是穩定巴蜀的主力。」

卓狂生點頭道：「一山不能藏二虎，譙縱要殺毛璩是江湖常見的事，有何特別之處呢？」

劉穆之道：「若卓館主曉得爲譙縱刺殺毛璩的人是乾歸，報酬是把愛女譙嫩玉許配給他作妻室，便明白我不得不提起此人背景的道理。」

卓狂生驚訝道：「乾歸！」

劉穆之點頭道：「正是乾歸。」又嘆道：「今午在艙廳內，那扮作苗女的女子忽然嚷肚子痛，我已心中起疑，不過當時見高公子神色興奮，以爲他和那女子暗中有來往，所以沒有在意。」

卓狂生奇道：「我還以爲先生你對身邊發生的事，一概不理呢？」

劉穆之苦澀一笑，道：「到出事後，我才猛然醒覺，那扮作苗女的肯定是譙嫩玉，只有她才有此本領，能瞞過你們荒人。」

卓狂生皺眉道：「可是譙嫩玉遠在巴蜀，怎來得及參團？」

劉穆之道：「如果譙嫩玉隨乾歸到江陵來向桓玄效力又如何呢？」

卓狂生瞧著他道：「劉先生怎會如此清楚有關譙縱和乾歸的事？又曉得乾歸成了桓玄的走狗？」

劉穆之雙目射出深刻的仇恨，緩緩道：「因爲毛璩被殺時，我是他府內食客之一。」

卓狂生仍是不解，沉吟道：「可是先生尚未確切掌握高彥的情況，卻能一下子猜到譙嫩玉身上，認定高彥是中了慢性劇毒。」

劉穆之道：「敢來你們荒人太歲頭上動土的，當是身手高強之輩，否則如何可以安然脫身？當日乾歸扮作落魄名士，來投靠有孟嘗之風的毛璩，亦正因他表面完全不像個懂得武功的人，令毛府上下對他完全沒有防範，故乾歸驟起發難，一擊成功。由此可知譙嫩玉必有一種可令人暫時散功的奇異藥物，因而可以瞞過你們。」

卓狂生聽得對他疑心大減，點頭道：「原來如此。」

劉穆之道：「這個叫顧修的，極可能是乾歸手下一個叫莫兂容的高手，此人精通易容改裝之術，扮甚麼似甚麼。幾方面加起來，使我想到他們眞正的身分。唉！可惜我……」

卓狂生疑心盡去，對他卻大增好感。伸手搭著他肩頭，朝船艙走去。低聲道：「先生透露的消息非常管用，令我們明白到底是怎麼回事，以後找人算賬也冤有頭債有主。哈！不知譙嫩玉還有甚麼絕技呢？」

劉穆之訝道：「這個我便不太清楚，只曉得譙嫩玉得譙縱眞傳，比之乾歸亦是所差無幾。咦！看來卓館主的心情不太差呢。」

卓狂生停下腳步，放開搭著他肩頭的手，微笑道：「原來先生眞的不懂武功。」

劉穆之苦笑道：「你不怕我也服下了譙家秘製的散功藥嗎？」

卓狂生欣然道：「在我有心查證下，如是借藥物克制內氣，怎瞞得過我？現在我帶你去見我的眾兄弟，讓你把剛才那番話覆述一遍。再告訴你一個好消息，高彥該死不了。」

劉穆之失聲道：「他沒有中毒嗎？」

卓狂生道：「此事留待見到高彥再說。恕我再多嘴問一句，劉先生看過天穴的奇景後，又有甚麼打算呢？」

劉穆之淡淡道：「那我便要認識劉裕這個人，看看他是否眞命天子了。」

見過建康幫的老大王元德後，劉裕的心情反更爲沉重，明白到前路的艱困。他猜到王元德代表著的是以前建康民間支持謝安的開明勢力，肯忽然見他一面，並不是改變了袖手旁觀、保持距離的態度，而只是想憑自己的眼力，看他劉裕是否可造之材。所以王元德表面雖然執禮甚恭，說盡讚美之詞，但卻沒有任何承諾，大家的談話亦有點不著邊際。於目前的情況來說，王元德採取觀望的態度是明智的，但卻不是劉裕所期待的。宋悲風的謹愼行事是有道理的，如被司馬道子曉得他密會王元德，就算無風亦會起浪，他之前便曾提醒過宋悲風此點。快艇沿江西去。

劉裕忍不住問道：「我們現在是否去見孫小姐？」

宋悲風點頭道：「孫小姐已到位於建康西南郊的小東山去，只有那裏才是最安全的會面地點，隨行的都是只忠於她的人，不虞消息會外洩。」

劉裕想不到見謝鍾秀一面竟這麼困難，幾想出口反悔，可是看著滿臉憂思的宋悲風，話怎麼也說不出口。過了秦淮河出大江的河口後，快艇泊岸，岸上早有兩匹快馬恭候他們。兩人改乘快馬，放蹄朝小東山的方向奔馳。

孫恩有一個疑懼。直到此刻，他仍不明白爲何在鎮荒崗之戰，燕飛竟沒有死去，反變得更強大了。孫恩很清楚自己的手段，當他重創燕飛令他墜落崗下，他肯定燕飛心脈已斷，誰也救不回他的小命，只可以盜走他屍身。可是燕飛卻活了下來，不但迅速復元，且不論精神武功，均有精進突破。以孫恩的博通天人之學，仍百思難解。孫恩站在岸旁一方大石上，面對著茫無邊際星空覆蓋下的汪洋。難道燕飛的道功，已臻殺不死的層次，能自續斷了的心脈，從死亡中復活過來？

離開會稽時，他仍有一點在意由他一手創立的天師軍的成敗，所以答應徐道覆會出手對付劉裕。可是當返回翁州後，潛修靜養，心神全集中到開啓仙門、破空而去的修行上，對這沒有意義的人間世，其中的得失成敗，再不能牽動他的心神，甚至索然無趣。眼前的一切只是生死間的幻象，不具任何永恆的意義。成又如何？敗又如何？不過如過眼雲煙、鏡花水月。可憐世人卻迷失在這個共同的大夢中，永遠無法甦醒過來，只有他和燕飛是例外。燕飛不但是他最大的勁敵，更是天下間唯一的知己。只有透過燕飛，他才可以掌握破空而去的道法。他和燕飛已變成命中注定的死敵，他們之間的第三次決戰是勢在必行。他們的決戰，再不局限於人世間的鬥爭仇殺，而是涉及出乎生死之外的終極目標。

宋悲風和劉裕從後院進入有「小東山」雅號的莊園，再由謝鍾秀的貼身愛婢帶路，來到一座小廳堂的門前。小婢低聲道：「小姐在廳內等待劉大人。」

劉裕問道：「該如何稱呼姊姊呢？」問了這句話，不由心中一痛。當年在廣陵，正是由這個小婢爲他穿針引線，得以私會王淡眞。他當時也有詢問她的名字，她卻拒絕說出來。時過境遷，這回再問她的芳名，已是在完全不同的情況和心情下。

小婢或許想起當年的事，微一錯愕後垂首輕輕答道：「劉大人喚我小殷吧！大人請進去，小姐等得心焦呢！」

劉裕朝宋悲風瞧去，後者拍拍他肩頭，道：「我爲你把風。」

劉裕很想掉頭走，無奈只能硬著頭皮跨檻進入小廳堂，小殷在後爲他悄悄把門關上前，叫道：「小姐！劉大人來了！」

劉裕早看到謝鍾秀，她一身黃色的便服裙褂，外加墨綠色的長披肩，垂下及膝，靜靜立在窗旁，呆看著外面茫茫的黑暗，似是完全聽不到開門聲和小殷的呼喚。她仍是那麼美麗和儀態萬千，可是劉裕卻感到她變成另一個人，再不是那天在烏衣巷謝府內，纏著謝玄撒嬌不知人間險惡的小女孩，而是歷經家門慘變，被迫面對沒得選擇的命運的美女。她好像在一夜之間長大了，只是那代價是她絕不願付出的。

劉裕以沉重的步伐和失落的心情，走近她身後半丈許處，施禮道：「末將劉裕，向孫小姐請安。」

謝鍾秀背對著他的香軀微一抖顫，然後淡淡道：「淡眞去了！」劉裕強忍內心的悲痛，想說話卻張口難言。

謝鍾秀像自言自語地平靜的道：「爺爺常說，人死了便一了百了，再不用理陽世的事，淡眞去了也好，生不如死的日子過來幹甚麼呢？」

劉裕忍著要奪眶而出的淚水。人死後眞是一了百了嗎？若淡眞死而有知，必會爲自己坎坷的命運嗟嘆。到此刻他仍是欲語無言。

謝鍾秀輕輕道：「淡眞是個很堅強的人，從來不肯屈服，敢愛敢恨，我眞的比不上她，是我害她的，我對不起你們。」

劉裕爲最後兩句話大感錯愕時，謝鍾秀倏地轉過嬌軀，面向著他，堅決的道：「你殺了我吧！」

謝鍾秀明顯消瘦了，但卻無損她秀麗的氣質，只是多了一股惹人憐愛的味道。過往的天眞被憂鬱替代，滿臉淚痕，本是明亮的一雙眸子像給蒙上一層水霧，默默控訴著人世間一切不公平的事。

劉裕有點手足無措的道：「孫小姐！唉！孫小姐！你不要說這種話，淡眞的死是因爲桓玄那狗賊，我定會手刃此獠，好爲淡眞洗刷她的恥辱。」

謝鍾秀前移兩步，在不到半尺的距離仰首凝望著他，秀目中淚珠打滾。淒然道：「劉裕呵！我錯了！」

劉裕糊塗起來，反略減心中的悲苦，道：「孫小姐勿要自責，這是誰也沒法挽回的事。」

謝鍾秀哭道：「你不明白，因爲你不曉得是我通知我爹，破壞了你們在廣陵私奔的計畫，如果我沒有告訴我爹，你們便可逃往邊荒集，淡眞也不用被那狗賊所辱，更不用服毒自盡。一切都是我不好，我是不該告訴我爹的。」

劉裕腦際轟然一震，整個人虛飄飄的難受至極點。竟然是謝鍾秀向謝玄告密。他一直沒有想過這方面的可能性，還以爲是宋悲風察覺到蛛絲馬跡，提醒謝玄。

謝鍾秀早泣不成聲，斷斷續續的道：「我禁不起……唉！禁不起……淡眞的苦苦哀求，安排你們見面。她……她沒告訴我會和你私奔的，只是……只是我愈想愈擔心，怕會弄出事來，所以告訴我爹。我眞的沒想過會變成這樣子的，我很後悔，如果當晚你們走了，淡眞便不用這麼慘。是我害死她，你殺了我吧！」說到這裏，謝鍾秀激動起來，伸出玉手，用力抓緊他襟口。

劉裕失魂落魄的反抓著她兩邊香肩，熱淚不受控制的泉湧而出，與她淚眼相對的淒然道：「孫小姐眞的不用自責，你並沒有做錯，我是不該當逃兵的。」

謝鍾秀傷心欲絕的哀號道：「不！是我害死她，我害死了自己最好的朋友。」

「嘩！」的一聲，謝鍾秀撲入他懷裏，痛哭起來。劉裕輕擁著她，感覺到她的身軀在懷裏顫抖著，淌下的苦淚濕透了他的衣襟，幾乎想仰天悲嘯，以宣洩心中一直難向人言的苦痛。他心中沒有半點怪責謝鍾秀的意思，在這個戰亂的年代裏，每一個人都是受害者。她和淡眞都是無辜的受害者，眞正罪魁禍首是桓玄和劉牢之。

劉裕低聲道：「不要哭了！一切已成爲過去，我們必須堅強起來，面對一切。我不會怪你，淡眞也不會怪你的。」

謝鍾秀在他懷內仰起俏臉，懷疑的道：「淡眞眞的不會怪我嗎？」

只從這句話，劉裕便可看出謝鍾秀的無助和備受內心歉疚蠶食的痛苦。還可以說甚麼話呢？只好安慰道：「這個當然，我們都不會怪你。」

謝鍾秀閉上秀眸，再滴下兩顆晶瑩如豆般大的淚珠。劉裕知是離開的時候了，這嬌貴的美女似乎因淡眞的事，而對他生出一種特別的依戀，所以他愈早離開愈好，因爲這是絕不能發展的一段情，在現時的情況下，更是他不能承受的負擔，否則後果不堪想像。

長子城。由於慕容永由太守府改建而成的皇宮，於慕容垂攻城時損毀嚴重，所以慕容垂徵用了城東本屬長子一位富商的華宅，作臨時的行宮。他知紀千千愛清靜，遂把位於後園一座獨立的小院讓她們主婢入住。

這晚紀千千心情極佳，不住的逗小詩談天說笑。談笑間，風娘來了，神色有點凝重地道：「皇上有請千千小姐。」

紀千千和小詩均感錯愕，她們有多天未見到慕容垂，現在他回來了，卻要於此本該登床就寢的時刻見紀千千，似乎事情有點不尋常。

紀千千蹙起黛眉道：「這麼晚了！」

風娘湊到她耳旁道：「小姐請勉爲其難吧！皇上一個時辰前回來，獨坐在中園的亭子內喝悶酒，一杯接一杯的，卻沒有人敢去勸他，看來皇上是滿懷心事，只有小姐能開解他。」

紀千千感受到風娘語氣裏透露的關心和善意，雖然風娘是令她失去自由的執行者，可是除此之外，風娘只像個慈祥的長輩，無微不至地照顧她的起居飲食。她往小詩瞧去，見小詩一臉茫然的神色，曉得小詩聽不到風娘對自己的耳語，微一點頭，起立道：「詩詩你早點休息吧！聽話，不用等我回來！」

小詩抗議道：「小詩等小姐回來，伺候小姐。」

紀千千微笑著隨風娘離開院子。踏上往大堂去的碎石小徑，走在前面的風娘嘆了一口氣。

紀千千訝道：「大娘爲何嘆息呢？是否此行會有危險？」

風娘道：「我從未見過皇上這麼喝酒的，不過小姐智慧聰明，該懂得如何應付。」

紀千千知她在點醒自己對慕容垂必須以柔制剛，心中感激。雖然很想問她關於燕飛的事，但終忍著沒有說出口來。她今夜精神極佳，令她有信心可以應付任何事。到後天，她便滿百日築基之期，經歷過前一陣子的低落後，她已振作起來，全心全意依燕飛教導的方法修行，最近的兩天更大有進展。想到快可以和情郎暗通心曲，令她充滿了鬥志，敢面對任何事。

宋悲風和劉裕坐在大江的南岸，看著江水滔滔不絕往東流去，都有點不想說話。此處位於建康上游，離建康有兩里之遙，林木茂密，對岸有個小村落，隱見燈火。

宋悲風忍不住道：「孫小姐因何事痛哭呢？」

劉裕心忖幸好他沒有窺看，否則見到謝鍾秀哭倒在他懷裏，不知會有何聯想？門第之分，令高門和寒門間重重阻隔，像自己這般的寒門，把一位高門的天之嬌女擁在懷中，是天大和不可原諒的罪行。即使開明如宋悲風，由於他曾長期伺候謝安，這方面的思想恐怕也是根深柢固，難以接受，何況對方更是謝鍾秀呢？苦笑道：「孫小姐認為自己須為淡眞小姐之死負責。」

說出這句話後，不由有點後悔。宋悲風未必曉得他與王淡眞意圖私奔的事，如果宋悲風追問下去，他如何答宋悲風呢？也禁不住回味著剛才輕擁著謝鍾秀的感覺。在某一方面，那比擁著王淡眞更有一種打破禁忌的激情，因為對他來說，謝鍾秀比王淡眞更是高不可攀。當然他對謝鍾秀沒有半點野心，更不表示他把對王淡眞的愛轉移到謝鍾秀身上，可是他曉得永遠不會忘記剛才那一段短暫的時光。果然宋悲風愕然道：「淡眞小姐的死和孫小姐有甚麼關係？」

劉裕此時後悔莫及，只好把私奔的事說出來。宋悲風聽罷久久說不出話來，好一會後才嘆道：「竟有此事！難怪小裕你如此悒鬱寡歡。」劉裕頹然無語。

宋悲風苦笑道：「若我早知此事，絕不會讓你去見孫小姐。」

劉裕暗嘆一口氣，道：「我以後再不會去見她。」

宋悲風道：「我並不擔心你，而是擔心孫小姐。她現在的情況，有點和淡眞小姐的情況相同。司馬元顯一直覬覦孫小姐的美色，而司馬元顯卻是孫小姐最討厭的人之一。不要看孫小姐平日循規蹈矩，事實上她是個大膽堅強的人，反叛性強，並不甘心屈從於家族的安排。只看她敢讓你和淡眞小姐秘密私會，可知她不受封建思想所囿的個性。」

劉裕記起他離開時謝鍾秀的眼神，不由暗暗心驚。從任何角度看，他現在都不應捲入兒女私情，尤其是貴爲建康高門第一嬌女的謝鍾秀。恐怕連支持自己的王弘亦難以接受。更何況他是沒可能作第二次私奔的。只好道：「孫小姐發洩了心中的情緒，便沒事了！」

宋悲風沉聲道：「若我可以選擇，我會設法讓你們一走了之，我怎忍看孫小姐含恨嫁入司馬家，重蹈娉婷小姐嫁給王國寶的覆轍。」

劉裕一震，往宋悲風瞧去。宋悲風仰望夜空，目泛淚光，淒然道：「安公和大少爺先後辭世，對孫小姐造成連續的嚴重打擊。大少爺之死更是她最難接受的。她現在心中渴望的，是把她從所有苦難拯救出來的英雄，而小裕你是她最崇拜的爹親手挑選的繼承人。以前她或許仍沒有把你放在心上，但現在嘛！捨你外還有誰能爲她帶來希望？」劉裕心叫不妙，謝鍾秀對他還有一種補償的心態，而自己因爲玄帥和淡眞的關係，又不能對她的苦況視若無睹。這回眞令人頭痛。

宋悲風大有感觸的道：「以王、謝二家爲代表的烏衣豪門，本爲北方的衣冠之族。可是自懷、愍二帝蒙塵，洛陽、長安相繼失陷，中原衣冠世族隨晉室南渡，在這片殘山剩水偏安下來，王、謝二家仍是頭號世族。只恨現在不論王家、謝家，都到了日落西山的時刻，呈現出江河日下之勢。」

劉裕斷然道：「只要一天有我劉裕在，我都會爲謝家的榮辱奮戰不懈。」

宋悲風搖首道：「大勢所趨，非任何人力能挽回。眼前謝家之弊，在於不得人，令謝家雅道相傳的家風，反成為謝家族人的負擔，難以與時並進。安公便曾多次向我說及這方面的事，且預知有眼前情況的出現，擔心會有謝家子弟，因不能及時自我調節以適應不住變化的世局，成為時代的犧牲品。唉！安公已不幸言中，且禍首正是他的親兒。」又瞧著劉裕，道：「你劉裕的崛起，正代表寒門勢力的振興。而當你成為掌權者後，再不能只從大少爺繼承人的角度去考慮，而是要由大局著眼。縱然你仍眷念謝家的舊情，可是當形勢發展到謝家成為你最大的政治障礙，將沒有人情可說。」

劉裕保證道：「宋大哥放心，我劉裕不會是這種無情無義的人。」

宋悲風道：「因為你仍不是在那個位置上。我最明白高門子弟的心態。讓我坦白告訴你吧！像謝混那種小子，他是永遠看不起我們的。不論我們如何全心全意為他好，在他眼中我們頂多是兩個有用的奴才。唉！我真的希望有一天可以看到他後悔莫及的可憐模樣。我很矛盾。」劉裕明白他的心情，卻找不到安慰他的話，謝家確實大禍臨頭，偏是沒有任何改變情況發展的方法。

宋悲風像記起久已遺忘的舊事般，徐徐道：「安公對大少爺一直非常器重，竭力栽培他，但從不對他疾言厲色。大少爺少年時也很有公子派頭，風流自賞，更像其他高門子弟般愛標新立異，例如有一段時間他總愛佩帶紫羅香袋，腰間還掖著一條花手巾。安公不喜歡他這種打扮，遂要大少爺以香袋花巾作賭注，贏了過來，當著大少爺面前一把火燒掉，大少爺明白了，從此不作這種打扮。」

劉裕很難想像謝玄如宋悲風所形容的花稍模樣，同時感受到謝家的家風，也更體會到宋悲風對以往謝家詩酒風流日子的懷念追憶，可惜美好的日子已一去不返，他們兩人除了坐看謝家崩頽，再沒有辦法。那種無奈令人有噬心的傷痛。

宋悲風沮喪的道：「我真的很矛盾。我既希望我們可以帶孫小姐遠走，又知這是絕不該做的事；我既想謝混受到嚴厲的教訓，又怕他消受不起。」

劉裕清楚他們之中必須有一個人清醒過來，否則說不定一時衝動下會釀成大錯。而這個人只能是他。他和宋悲風不同處，是他肩上有很多無形的重擔子，淡眞的恥恨、荒人的期望、北府兵兄弟對他的擁護，在在使他不能爲兒女私情而拋開一切。

劉裕沉聲道：「孫小姐可以適應邊荒集的生活嗎？她可以不顧及謝家的榮辱嗎？如她離開建康，會對大小姐有甚麼影響呢？」宋悲風聽得啞口無言。劉裕起立道：「我們回歸善寺吧！」

「坐！」紀千千迎上慕容垂的目光，暗吃一驚。她從未見過慕容垂這樣子的，原本澄明深邃的眼神滿布血絲，再不予她冷靜自持的感覺。幾乎想拔腳便跑，這當然是下下之策，她能避到哪裏去呢？難怪風娘警告她了。只好坐到他對面去。

慕容垂向風娘道：「沒事了！你可以回去休息。」風娘擔心地向紀千千使個眼色，離開中園。

慕容垂舉起酒壺，往紀千千身前的酒杯斟滿，然後微笑道：「這一杯祝千千青春常駐，玉體安康。」

紀千千只好和他對碰一杯，她酒量極佳，縱然是烈酒，十來杯也不會被灌醉，怕的只是對方。

慕容垂似乎沒有灌醉她的意圖，乾盡一杯後，定神瞧著她，嘆道：「千千仍視我慕容垂爲敵人嗎？」

紀千千感受到他心中的痛苦，知道慕容垂正處於非常不穩定的情緒裏，說錯一句話，極可能引發可怕的後果。他是否失去了耐性呢？淡淡道：「喝酒聊天，該是人生樂事，皇上不要說這些令人掃興的話好嗎？」

慕容垂微一錯愕，接著點頭道：「對！所謂飲酒作樂，作苦就太沒意思了，今晚你定要好好的陪我解悶兒。」

紀千千心叫不妙，慕容垂如飲酒致亂了性子，自己如何應付呢？只好道：「皇上剛大破慕容永，統一了慕容鮮卑族，該是心情開朗，爲何現在卻仍是心事重重的樣子呢？」

慕容垂狠狠盯著她，沉聲道：「心事？我的心事千千該比任何人更清楚，只要千千肯垂青於我慕容垂，天下間還有甚麼事可令我慕容垂放在心上？唉！千千明白我心中的痛苦嗎？我慕容垂一生縱橫無敵，就算登上皇位，完成統一大業，於我仍不算甚麼。只有千千肯對我傾心相許，才是這人世間最能令我心動的事。」

紀千千心叫糟糕，如果自己今夜不能引導慕容垂，令他將心底爆發的情緒朝另一方向宣洩，自己唯一保持清白的方法，便是自斷心脈，以死明志。不慌不忙的伸手提起酒壺，爲他和自己添酒，不是想慕容垂醉上加醉，而是要拖延時間去思索脫身的妙法。慕容垂目不轉睛的瞧著她。紀千千添滿他的杯子，見他的眼神射出狂亂的神色，徐徐的道：「我很久沒喝酒了！」說了這句話，不由憶起在邊荒集第一樓的藏酒窖，與燕飛共享一罈雪澗香的動人情景，禁不住暗嘆了一口氣。到爲自己斟酒時，從容道：「上一回喝酒是在秦淮河的雨枰台與乾爹齊賞夜色。乾爹是很了不起的人，隱就隱得瀟灑，仕就仕得顯赫；退隱時是風流名士，出仕時是風流宰相，一生風流，既未忘情天下，也沒有忘情山水，令其他所謂的名士，都要相形見絀。」

慕容垂想不到她忽然談起謝安，大感愕然，雙目首次出現思考的神情。紀千千暗鬆了一口氣，只要慕容垂肯動腦筋去想，理智便有機會控制情緒。她這番話非常巧妙，讓慕容垂明白自己欣賞的人不可以是下流的人。她故意提及謝安，正是對症下藥，令慕容垂從謝安逍遙自在的名士風範，反省自己目前的情況，懸崖勒馬。舉杯道：「讓千千敬皇上一杯，祝皇上永遠那麼英雄了得，豪情蓋天。」最後兩句更是厲害，若慕容垂不想令她因看錯人而失望，他今夜只好規規矩矩，不可以有任何逾越。

慕容垂舉起酒杯，看著杯中蕩漾的酒，竟發起呆來。紀千千肯定他是遇上不如意的事，借酒澆愁下，想趁著酒意解決他和自己間呈拉鋸狀態的關係。他受到甚麼挫折呢？會不會與燕郎和他的兄弟拓跋珪有關？

紀千千逕自把酒喝了，放下酒杯道：「這是今夜最後一杯。」

慕容垂往她瞧來，雙目射出羞慚的神色，頹然把尚未沾唇的一杯酒擱在石桌上，苦笑道：「我也喝夠了。」紀千千暗叫好險，知他回復平日的神志，一場危險成爲過去。

慕容垂仰首望天，平靜的道：「假若有一天我能生擒燕飛，千千和我的賭約是否仍然生效？」

紀千千心想我從沒有答應過甚麼，這只是你一廂情願的想法，同時心中大懍，因爲以慕容垂的性格作風，沒有點把握的事絕不會說出來。難道自己猜錯了，燕郎竟是處於下風，隨時有被生擒之險？嘆道：「皇上成功了再說吧。」

慕容垂往她望去，眼中的血絲已不翼而飛，只有精芒閃動，顯示出深不可測的功力。微笑道：「不論在情場或戰場上，有燕飛這樣的對手，的確是人生快事。自與燕飛邊荒一戰後，我每天都在天明前起來練武，睡前則靜坐潛修。我期待著與他的第二度交手，就像期待著千千終有一天被我的眞誠打動。」

紀千千只知呆瞧著他，一時說不出話來。慕容垂回復了平時的從容自信，油然道：「我走錯了一著，幸好這是可以補救的。昨天我剛與姚萇締結和約，同意互不侵犯，所以我在這裏的事可以暫告一段落。誰敢低估我慕容垂，都要付上他承受不起的慘痛代價。」

紀千千垂首道：「夜了！千千要回去了。」

荒夢一號於晨光中，在兩艘雙頭船前後護航下，繼續邊荒遊的旅程。樓船回復安寧，除少了三個人外，就像從沒有發生過任何事情。這次參團的客人，絕大部分是在江湖打滾的人，對這類事情是見怪不怪，更清楚閒事莫理的江湖生存之道。拓跋儀步出船艙，香素君的倩影映入眼簾。此姝當是剛起床便到船尾欣賞兩岸風光，秀髮披散香肩，任河風吹拂，有一種放任寫意的味道。拓跋儀生出奇異感覺，香素君因放棄了晁景，所以得回了自由，他不知自己為何會有這種想法，但卻清楚自己不會錯到哪裏去。香素君忽然回頭朝他瞧來，頷首點頭打個招呼，又轉過頭去。

拓跋儀不由心中一熱，比對起以往她對人冷漠的態度，這可算很大的轉變。尤其當她看自己時，雙目明亮起來，顯然對自己並非無動於衷，且是心有所感。自從奉拓跋珪之命到邊荒集來主理飛馬會後，他對男女之情非常淡薄，間中雖曾到青樓解悶，也只是逢場作戲，從沒把女子放在心上，一切以復國為重。可是不知為何，自昨天他攔截香素君，阻止她和晁景動干戈後，她的嬌容不住在心中浮現。想著想著，赫然發覺自己正朝這美女走過去，抵達她身旁。「昨晚睡得好嗎？」

香素君伸了個懶腰，淡淡道：「從未睡得這麼暢快香甜過，好像要討回以前睡魔欠我的債。」

拓跋儀一呆道：「睡魔？」

香素君輕撥拂在臉上的髮絲，慵懶的道：「主宰大白天的是神，黑夜由睡魔統治，否則怎來這麼多千奇百怪的夢？昨夜你們是否出事了，怎麼忽然這麼緊張？」

拓跋儀看著她動人的側臉線條，微笑道：「確實出了點事情，幸好我們還算勉強應付得來，不讓敵人得逞。」

香素君凝視後方的雙頭船，道：「你這人很謙虛呢！」

拓跋儀苦笑道：「你是第一個說我謙虛的人。」

香素君朝他瞥了一眼，抿嘴笑道：「還未請教你高姓大名呢？」

拓跋儀答道：「在下拓跋儀。」

香素君道：「你定是拓跋鮮卑的王族，對嗎？」

拓跋儀想起拓跋珪，心中湧起難以形容的情緒，道：「該算是吧！」

香素君興致盎然的道：「聽說燕飛的血統一半屬拓跋鮮卑，豈不和你是同族的人？」

拓跋儀點頭道：「燕飛是我的同族好兄弟，從小玩在一塊兒。」

香素君瞅他一眼道：「終於有一句話是肯定的了，而不是算是這樣，算是那樣。」

拓跋儀想不到香素君可以這般健談可愛，暗忖晁景眞是蠢蛋，爲了爭甚麼天下第一，錯過了她。不過人總是這樣的，得到了的事物便不放在心上。沒有了晁景這精神的枷鎖，香素君便像從囚籠釋放出來的彩雀，回復本色，享受生命。

香素君道：「說不出話來了！是否無言以對呢？」

拓跋儀啞然失笑道：「坦白說，我不是沒有話好說，而是開心得說不出話來。」

香素君不解道：「你爲何忽然開心起來？」

拓跋儀坦然道：「見到香姑娘再不用爲其他人煩惱，我當然感到喜悅。」

香素君俏臉微紅，顯是意料不到他說話這般直接，白他一眼，沒有說話。拓跋儀感到氣氛有點尷尬，不由有點後悔，心裏暗罵自己，眼前的漢女當然不像自己族中女子般開放，而是較爲含蓄害羞，看來自己已在她心中留下不良印象，還是打退堂鼓，以免言多必失。

拓跋儀索然的正想走開，香素君微啓香脣道：「這次不和你算言語輕薄的賬。告訴我，塞外的大草原是怎樣的呢？」拓跋儀感到一股暖流橫過心窩，倏忽間，一切都不同了，今天再不同於以往任何的一天，因爲生命忽然充實起來，除了眼前的美女外，其他的一切似再無關緊要。

卓狂生進入高彥的艙房，高彥仍然昏迷不醒。程蒼古、姚猛和陰奇正在床旁說話。

卓狂生向程蒼古道：「情況如何？」

程蒼古道：「肯定沒有事，毒素不住從指尖腳尖排出來，頂多再睡一天，保證可以醒過來，不會有任何後遺症。」

陰奇道：「燕飛這是甚麼武功？竟神妙如斯，連經他施過功的人也可以如此受惠，變成百毒不侵的人。」

卓狂生坐在床沿，手指撐開高彥的眼皮檢視情況，同意道：「燕飛一向關照高小子，不但曾爲他療傷，更爲他打通體內的經脈，令高小子脫胎換骨。燕飛是個神奇的人，到今天我仍摸不通他，他定有些事瞞著我們，看來我要設法向他來個大逼供。」

姚猛笑道：「天下間恐怕沒有人可以硬逼燕飛去做他不願意做的事。」

卓狂生道：「你這小子眞無知，難怪會陪高小子一起著道兒，高小子肯聽我的話此刻便不用受苦。

他奶奶的，我說過要憑武力對燕小子逼供嗎？我憑的是交情，否則我的天書不可能有個圓滿的交代。」

姚猛怕他繼續向自己發牢騷，連忙投降閉嘴。

陰奇道：「你們道船上是否仍有敵人留下的眼線，以證實高小子的生死呢？」

卓狂生道：「據劉穆之的猜測，譙家的人對用毒非常自信，該不會留下眼線，免被我們找到破綻。譙嫩玉雖然肯爲桓玄賣力，卻絕不願讓我們曉得是她下手，害她譙家結下我們這個強仇，我認爲劉穆之的分析很有道理。」

程蒼古道：「劉穆之這個人不簡單。」

卓狂生同意道：「他是個有識見、有學問和有智慧的人，只是一直懷才不遇，雖然不懂武功，可是只看他沉著冷靜的功夫，我們之中便沒有多少人及得上他。」

姚猛道：「他眞的是爲了看天穴而花這麼多錢參團嗎？」

卓狂生道：「我相信他。哈！老子看人是不會差到哪裏去的。至少看那妖女便看得很準，對吧？」

姚猛想不到這樣也給他抓到「教訓」的機會，只好再次閉嘴。

卓狂生啞然笑道：「你這小子！告訴你我爲何肯信他吧！現在整個南方有一種近乎絕望的氣氛，瀰漫於有識之士之間，對前景再不抱任何希望。可是『劉裕一箭沉隱龍，止是火石天降時』這兩句由老子發明的讖語，卻像把一顆石子投進一池死水裏，泛起希望的漣漪，不住擴散。哈！眞想不到我的話對南方竟可生出這樣的影響力，而劉穆之便因此而被吸引到邊荒來，以引證這兩句話的眞實性。昨夜我花了近一個時辰，向他詳述『一箭沉隱龍』的始末詳情，聽得他兩眼放光，讓他知道這兩句話，前一句絕不是胡謅的。」

程蒼古顯然對劉穆之不感興趣，岔開道：「照你這樣說，桓玄當會認為高小子已毒發身亡，起碼有一段時間不會再有針對高小子而來的行動。」

陰奇擔心的道：「桓玄自以為完成了聶天還的囑託，當然會立即將高彥的死訊知會聶天還，如此事傳入小白雁耳中，究竟是好是壞呢？」

姚猛忍不住道：「小白雁或許會為高彥大哭一場，然後從此把他忘記，唉！又或不會淌半滴眼淚，因為高彥這小子最愛吹牛皮，可能人家姑娘明明對他沒有意思，也說得人家對他情根深種、不能自拔，就像真的一樣。」

卓狂生嘆道：「只是高小子的事，已可看出我們荒人的改變，大家都關心他，希望他和小白雁有個完美的結局。唉！此事吉凶難料，只好希望老天爺仁慈一點。」

此時荒人兄弟來報，談寶要見高彥。卓狂生起立道：「讓我應付他，如果他仍不識相，我便把他轟下潁水。」

程蒼古提醒道：「小心他是譙嫩玉的人。」卓狂生點頭表示明白，離房去了。

燕飛閉目養神。在寒風下急趕一夜路後，人馬皆困乏不堪，可是為了能儘早趕到參合陂，他們只休息一個時辰，便繼續行程。

拓跋珪來到他身旁，蹲下道：「有個很壞的消息。」

倚樹坐著的燕飛睜開眼瞼，道：「希望不是太壞吧！」

拓跋珪道：「慕容寶減緩了行軍的速度，不但不在晚上趕路，昨天更只走了半天路。」

燕飛道：「這代表甚麼呢？」

拓跋珪道：「這代表小寶兒終於開竅，明白到只要能守穩參合陂，便可以立於不敗之地。所以盡量爭取休息的機會，讓人馬回氣，改採穩紮穩打的方法，免被我們攔途截擊。」

燕飛坐直虎軀，駭然道：「如此我們豈非優勢全失？在這樣的情況下，小寶兒會偵騎四出，步步爲營。一旦讓他發現我們的位置，我們將失奇兵之效。」

拓跋珪道：「我們仍有三方面的優勢。」

燕飛盯著他，道：「說吧！」

拓跋珪道：「首先是小寶兒不曉得我們猜到他的目的地不是在長城內，而是長城外的參合陂，只要他的探子沒有發現我們埋伏在參合陂四周，此仗我們必勝無疑。」

燕飛道：「如果小寶兒小心翼翼，我們是沒有可能避過他探子的耳目。」

拓跋珪嘆了一口氣，顯是心有同感。續道：「其次是小寶兒沒想過我們會比他領先超過兩天的路程。最後就是天氣愈來愈冷，風沙愈颷愈大，如果風向保持不變，佔上風發動攻擊的一方將會佔優勢。」

燕飛道：「問題在小寶兒寧願捱寒風，也不肯全速趕路。我們可否在途中順風施襲？」

拓跋珪道：「小寶兒把大軍分爲五軍，把輜重放在中間，所以跑得這麼慢。軍與軍之間又左右前後呼應，我們順風突襲，小勝可期，可是小寶兒兵力仍遠在我們之上，我們不但沒法擊潰敵人，反暴露了行蹤，參合陂殲敵之計再難生效。」

燕飛皺眉苦思片刻，道：「喚崔宏來，看看他有沒有辦法？」

拓跋珪吩咐在旁待命的親兵去找崔宏，然後道：「戰場上的樂趣正在這裏，千變萬化，勝敗只在一個意念之間。」

燕飛苦笑道：「戰場上有何樂趣可言？終日想著如何去殺人，又要恐懼被敵人殺死，晨興夜寐，苦不堪言。」

拓跋珪笑道：「我知道你有一顆仁心，可是對慕容垂那種人，你對他談仁說義有啥用？打仗確實辛苦，可是當勝利的果實來到你手上時，你會覺得任何代價都是值得的。」又道：「差點忘記問你，聯絡上了你的紀美人嗎？」

燕飛未及答他，崔宏來了，聽罷拓跋珪解釋清楚現時敵我的情況，他想也不想的隨口答道：「我們把慕容寶驅羊似的趕入陷阱便成。」

拓跋珪一呆道：「如何辦得到？」

崔宏道：「敵軍忽然遲緩下來，固有戰略上的考慮，主因仍在全軍疲不能興，不得不減速休息。不過天氣愈來愈冷，在寒風的折磨下，敵軍的戰鬥力將不斷被削弱，令我的計畫更有成功的可能。」

拓跋珪懷疑的道：「我要的是大勝而非小勝。」

崔宏道：「這個當然，此役將是扭轉整個局勢千載一時的良機，我們絕不可錯過，否則後果不堪想像。」

燕飛道：「然則你有甚麼妙計呢？」

崔宏道：「我的辦法很簡單，就是營造出我們銜尾窮追的假象，令敵人不得不急如喪家之犬的狂逃往參合陂，如此我們肯定可以得到全面徹底的勝利。」

拓跋珪道：「小寶兒怎麼說都是曾在戰場上打滾多年的人，這麼容易被騙嗎？」

崔宏有條不紊的答道：「這要分兩方面來說，在慕容寶心中，認定我們會在長城外伏擊他，他並不知我們早算準了要突襲的地點，所以才決定到參合陂設寨立營，再堅守陣地，好與東來的慕容詳會合，向我們展開反擊。而我們則大有理由於他們會合前發動攻擊，所以慕容寶不會懷疑我們只是虛張聲勢，其實眞正的設伏地點卻是參合陂。」

燕飛點頭道：「這個說法有道理。另一方面呢？」

崔宏道：「另一方面是敵軍的體力和士氣，敵人雖是人多勢眾，卻是外強中乾，軍心一亂，便再無還擊之力，且因目的地就在前方不遠，理所當然會拚命向參合陂逃竄，正落入我們的算計中。如果我們是惡狼，敵人就是急於回家的羊了。」

拓跋珪雙目亮起來，道：「軍心亂了，便再不受小寶兒控制，可是如何可以製造出我們銜尾窮追的假象？」

崔宏道：「只要給我三千人便成。」

拓跋珪皺眉道：「三千人？」

崔宏道：「我和這三千人會在附近密林隱藏起來，養精蓄銳。當慕容寶大軍經過時，我會先令五百人從後追趕，引起敵軍的慌亂，再把餘下的二千五百人分作四軍，左右突襲敵人後軍，只要擊垮他們的護後部隊，慌亂將會瘟疫般蔓延至敵人全軍，只懂往前逃竄。敵人更怕我們趁黑夜寒風於無險可守的平野施襲，不敢停留片刻。」

拓跋珪目光投向燕飛，沉聲道：「你認爲崔卿的辦法是否可行？」

燕飛點頭道：「我對崔兄有信心，他必可把此事辦得妥妥當當。」

拓跋珪道：「這裏離開參合陂只有兩天的馬程，換了我是慕容寶，在軍隊人心惶惶的情況下，也只好希望能儘早到參合陂去。」又仰天笑道：「而我早枕兵該處，等待他送上門來。好計！便依崔卿之言辦吧！」接著站起來道：「此事不容有失，我會給崔卿最好的將領和兵馬。」

燕飛道：「最好找道生作崔兄的副將。」拓跋珪點頭同意，因為手下諸將裏，以長孫道生和崔宏的關係最好。

崔宏從容道：「我另有一個提議，此事由道生將軍主持，我只作軍師，如此指揮上便不會有任何問題。」

事實上拓跋珪和燕飛都擔心在指揮上會出問題，因為崔宏新加入拓跋珪的陣營，仍未在軍中建立威信，且對拓跋族戰士的作戰方式和習慣，尚未有充分的了解。可是計畫由他構想出來，理所當然該讓他負責此事。如今聽他主動提出願當副手，當然歡迎。拓跋珪斷然道：「便如崔卿所請。」崔宏欣然領命。

〈卷十〉

第五章◆好戲在後

第五章 好戲在後

慕容戰步入艙廳，大部分客人都聚集在廳內，佔滿了所有桌子，正議論紛紛，見慕容戰進來，倏地靜下來，不問可知談的正是高彥遇害的事。慕容戰雙眼在廳內搜索，很快發覺談寶坐在辛俠義那一桌，正面帶得色，很明顯是這小子代表眾人要手段，故意說想求見高彥，借此測試他們的反應，從而證實高彥是否已一命嗚呼，而顧胖子和那小苗女則在得手後逃之夭夭。慕容戰雙目射出兩道像利刃般的目光，落在談寶身上。他這次是奉卓狂生之命而來，要好好教訓這小人，讓談寶曉得荒人是不好惹的。以硬碰硬，一向是慕容戰最擅長的戰略。

談寶避過他的目光，望向辛俠義，看來是心怯了，但慕容戰肯定這滑頭只是扮可憐。微笑道：「各位貴客，請聽小弟說幾句話。」艙廳更是靜至落針可聞。

慕容戰目光移離談寶，掃視全廳從容道：「你們不要瞎猜了！高彥確實被顧胖子和那苗女施巧計陷害，差點沒命，不過總算萬幸，其中的過程，精采絕倫。為彌補令各位受驚，表示我們荒人的歉意，今晚我們會送各位貴客一台說書，由我們邊荒的第一說書高手『邊荒名士』卓狂生主持，書目是〈高小子險中美人計〉，到時會把整個陰險的布局如實道出來，如果你們有興趣，今夜晚宴後可留下來，欣賞這台免費的說書。」眾人立即起鬨，有人甚至鼓掌。

這招當然是靠卓狂生的腦袋才想出來的，最厲害處是連消帶打，不但安撫了人心，把壞事變成好事，慘事變成鬧事，拉近主客的關係，更是對桓玄、聶天還公開的藐視和反擊，充滿荒人行事不羈的作風。只要這台說書傳揚開去，會令邊荒遊更有傳奇的況味。對卓狂生來說也是最佳的宣傳，令人感到他的說書與眾不同，說的是正在進行中尚未有結局的刺激故事，予人一種揭秘的興奮，不像其他說書的只說已過去的事。

慕容戰見到人人雀躍，哈哈一笑道：「此事暫告一段落，現在小弟要處理一些私務。談寶你隨我來。」

談寶立即臉色發青，勉強鎮定的道：「有甚麼事，在這裏談吧！」

慕容戰在邊荒集打滾多時，甚麼樣的人未見過？欣然道：「你要在這裏談，我便和你在這裏談，你不覺得羞愧便成。」

廳內又靜下來，只有辛俠義乾咳一聲，似要代談寶出頭說話。慕容戰看辛俠義和談寶不時互使眼色的情況，便知談寶求見高彥一事，這老傢伙也出了主意，豈容他有發言的機會，道：「談寶你可知自己已變成船上最麻煩的人？」

談寶苦笑道：「不會這麼嚴重吧？」

慕容戰雙目精光閃閃，盯著談寶帶著一抹笑意道：「你告訴我吧！我們須破門進入顧胖子的房間，又把高少抬返他的艙房內，人人曉得高少出了事，你卻偏要見高少，這算是甚麼呢？是來試探高少的生死嗎？你這樣做有何居心？」

談寶色變陪笑道：「慕容當家誤會了！我只是關心高爺吧！」

慕容戰淡淡道：「希望是這樣！我們荒人向來一諾千金，答應過的事會全心全力做得盡善盡美，希望大家能賓至如歸，享受邊荒遊的樂趣。不過如果談兄再諸多無理要求，想節外生枝破壞我們的邊荒遊，我們會依邊荒的規矩來解決。明白嗎？」

談寶垂頭道：「明白明白！這次算我談寶不對，請慕容當家大人有大量，原諒我愚昧無知，做錯了事。」

慕容戰心中暗罵他滑頭，見風轉舵，可是他既俯首認錯，還如何罵得下去，且殺雞儆猴的目的已達，只好不再理他，向各人笑道：「各位請繼續喝酒聊天，不要有任何拘束，我們荒人從來都是縱情放任，明天抵達邊荒集，各位會明白我這句話。」眾人齊聲哄鬧，均感刺激有趣，氣氛比高彥著了道兒前熱烈多了。慕容戰欣然離開。

慕容戰進入卓狂生的艙房，卓狂生、拓跋儀、姚猛、陰奇、程蒼古和龐義坐滿了床沿和椅子，姚猛更是坐在卓狂生寫天書的桌子上，正興致勃勃的談話，話題離不開桓玄、聶天還、乾歸、譙嫩玉和成都的譙家。慕容戰感受著大家團結一致的感人氣氛，這是在邊荒集兩度失陷前沒有人可以想像的。他一向不容易輕信別人，在此刻他卻感到可以毫無保留地信任房內每一個人，包括一向爲死敵的拓跋儀。同時他也感到拓跋儀有點異乎從前，一副心情開朗、滿面春風的模樣。自從到朔北見過拓跋珪回來後，拓跋儀已久未露歡容。

卓狂生目光往他射來，道：「效果如何？」

慕容戰倚在進入高彥房間的入口處，豎起拇指讚道：「效果一流。我還宣稱你老哥是邊荒第一說書高手，所以你今晚最好表演得精采一點，不要令我們荒人丟臉。」

卓狂生哂道：「我說書，你放心，包管人人聽得樂在其中，忘掉一切。哈！即使完全沒趣的事，也可以給我說得扣人心弦，何況是本身如此精采的事。」

忽然高彥房內傳出呻吟聲。眾人大喜如狂爭先恐後搶往鄰室，最快到達的是慕容戰，只見高彥擁被坐在床上，除了臉色比平常蒼白點外，一切如常。眾人把他團團圍著。

高彥雙目無神臉色茫然，訝然掃視各人，不解道：「你們幹甚麼這麼擠在這裏，發生了甚麼事？我的娘！我剛作了個非常古怪的夢。」

黃昏時分，劉裕返回石頭城，立即被召去見劉牢之。劉牢之在公堂內單獨接見他，分主從坐好後，劉牢之問道：「到建康後，琅琊有沒有召你去見他呢？」

劉裕心中不由有點同情劉牢之，他雖然佔了石頭城作駐軍之地，卻並不得志，且因此和司馬道子的關係更疏離，而建康高門對他猜疑更重。說到底就是劉牢之本身的威望，不論在軍內軍外，均不能服眾。而他殺王恭之事，更令他不論如何努力，仍難被建康高門接受。不過這種形勢對劉裕卻是有利無害，使劉牢之只懷疑司馬道子是借自己來牽制他，而沒有想過自己竟能與司馬道子父子訂立了秘密協議。

劉裕道：「琅琊王怎會紆尊降貴來見我這個小卒？」

劉牢之不悅道：「你只須答我是或否。」

劉裕知他心情極差，更明白他心情壞的原因，皆爲謝琰已拒絕了他的建議，令他對付自己的奸謀再次失敗，所以不但沒有動怒，且暗感快意。淡淡道：「沒有！」

劉牢之凝望他好片晌，然後沉聲道：「你和刺史大人之間發生過甚麼事？」

劉裕斬釘截鐵的道：「報告統領大人，沒有！」

劉牢之雙目閃過濃烈的殺機，似恨不得一口吞掉劉裕，沒有說話。劉裕雖然心中稱快，也知不宜太過開罪他。頹然道：「刺史大人一向不喜歡我，原因在他看不過我那手字，這是宋悲風告訴我的。」

劉牢之餘怒未消的道：「你爲何不早點告訴我？」

劉裕嘆道：「我也是剛曉得此事。」

劉牢之狠狠道：「恐怕我寫的字也難讓他看上眼。哼！高門大族裏除安公和玄帥外，再沒有肯實事求是、腳踏實地的人，事實會證明給所有人看，以字取人是多麼荒唐。」

劉裕道：「刺史大人是不是拒絕了我呢？」

劉牢之悶哼道：「他不但拒絕把你納入他的平亂軍，還要我約束你，以後不准你踏入他謝家半步。所以我才問你和他之間發生過甚麼不愉快的事？」

劉裕想不到謝琰竟做了這麼蠢的事，說出絕不該說的話，幾乎語塞，只好把責任推卸在劉毅身上。道：「刺史大人竟說出這番話，肯定是劉毅那小子在搞鬼。箇中原因，統領大人該明白吧！」回心一想，謝琰這番等於與他割斷關係的言詞，定會傳入司馬道子父子耳中，間接證明了甚麼謝玄繼承者實是子虛烏有。誰可以想到其中轉折。

劉牢之沉吟思索。劉裕乘機道：「劉裕願追隨統領大人，爲大晉效死。」

劉牢之朝他瞧來，道：「你須留在建康。」

劉裕故意露出愕然神色，心中已猜到是怎麼一回事。以司馬道子的老謀深算，當然不會讓劉牢之在他仍有利用價值下，有害死他的機會。

劉牢之道：「眞不明白司馬道子打甚麼主意？他指明要你留在建康，爲新軍向邊荒集買戰馬。此事根本不用勞煩你，透過孔老大去做便成。」劉裕沒有說話。

劉牢之忽然有點難以啓齒的問道：「玄帥生前對你說過有關你將來的事嗎？」

劉裕心中暗笑，謝琰現在對自己的態度，令劉牢之禁不住對傳說自己是謝玄繼承人的身分起疑，又不好意思直接明言，只好繞個彎來問他。劉裕苦笑道：「大人該比我更清楚玄帥，他只是愛提拔年輕人。我的情況特別點，皆因我和燕飛的交情，令我對荒人有一定的影響力。也不知是哪個人想害我，說我是玄帥指定的繼承人，事實上這全屬誤會。」

劉牢之顯然有點相信他的話，道：「這些年來你辛苦了，好好休息吧！只要你肯效忠於我，終有一天我會教你有立大功的機會。」

劉裕曉得他口不對心，只是在安撫自己。主要是司馬道子和謝琰循兩個相反方向改變了對自己的態度，因著形勢的變化，亦令劉牢之不得不改變對付自己的策略。劉牢之故意將他劉裕閒置一旁，是怕他乘機在北府兵豎立勢力，他也落得自由，可全力與乾歸周旋。應命告退。

高彥在船上到處亮相，安撫了眾遊客之心後，拉著卓狂生回房，道：「桓玄肯定當我死了，如他知會聶天還，對我是吉是凶呢？」

卓狂生道：「那我們便要活用劉爺那招『設身處地』了，換了你是聶天還，認爲你已毒發身亡，會怎麼辦呢？」

高彥道：「我是關己則亂，腦袋像不能操作似的。」

卓狂生道：「我只好代勞。首先我們假設你的小白雁到此時此刻仍未聽過邊荒遊的事。」

高彥道：「有可能嗎？我的小雁兒這麼玲瓏剔透，傳遍江湖的事怎瞞得過她呢？」

卓狂生道：「別人或許沒有辦法，但聶天還肯定可以辦得到。記得我以前提過的方法嗎？就是把她載往荒島，誰洩露邊荒遊一事誰便要五馬分屍，保證她聽不到邊荒遊這三個字。」

高彥道：「算你說對了！」

卓狂生道：「這是必然的手段，聶天還一邊瞞著小白雁，一邊請桓玄派人殺你。現在以為大功告成，下一步就是令小白雁對你死心。」

高彥緊張的道：「如何令她對我死心呢？」

卓狂生道：「當然是拿邊荒遊的宣傳資料給她看，讓她認為你出賣了她，再看她的反應。」

高彥道：「她會有怎樣的反應呢？」

卓狂生苦笑道：「有兩個可能性。」

高彥警覺的道：「你為何笑得如此曖昧？」

卓狂生頹然道：「因為不論她對你反應如何，恐怕都是不利於你。」

高彥色變道：「不要嚇我！」

卓狂生嘆道：「我哪來嚇你的心情？如果她愛你不夠深，反應不夠激烈，會認為你對她只是逢場作戲，掉個頭便拿你和她的故事去賺錢，根本不值得她再把你放在心上，那聶天還已達到目的，便不會提你的生死。」

高彥幾乎哭出來道：「都說你是在害我，我早說過你的蠢計是行不通的。」

卓狂生道：「冷靜點，不要只會怨天怨地的。沒有我的蠢計，你和小白雁根本沒有丰丁點機會。有了此計，你至少有五成機會可以引小白雁到邊荒來尋你晦氣，只不過誰想得到你這混小子中了美人計，讓人以爲你死定了，怪得誰來？要怪就怪你自己不聽我的忠言，竟還敢向我發脾氣。」

高彥苦喪著臉孔道：「另一個可能性呢？」

卓狂生撫鬚微笑道：「另一個可能性就是小姐她暴跳如雷，不顧聶天還阻止，要到邊荒來找你算情賬。」

高彥回復了點生機，道：「可是我已死了，她還有甚麼賬好算的？」

卓狂生道：「問題就出在這裏，聶天還於是告訴她，不用找你算賬，因爲已有人代勞。還把整個過程繪影繪聲的描述出來，有多麼不堪就說得多麼不堪，甚麼一見美女，便色迷心竅，想到人家房中佔便宜，結果踏進陷阱，中了慢性劇毒，諸如此類，令小白雁對你更是徹底失望，爲你掉半粒淚珠都是浪費。」

高彥臉上血色褪盡，呻吟道：「我眞的不是這樣啊！」瞥卓狂生一眼，見他仍在拈鬚微笑，洋洋自得。醒覺道：「你在騙我！小白雁不會相信老聶的誣衊之言的。」

卓狂生道：「這叫死無對證，小白雁憑甚麼不相信老聶的話？在她心中，你不是這種人是哪種人呢？別忘記從來你都是歡場常客，見到漂亮的女人，就難以把持。」

高彥茫然道：「可是我沒有死啊！」

卓狂生呵呵笑道：「精采處正在於此，老聶以爲小白雁死心了，再不封鎖一切外來的消息。而在這時，我那台說書〈高小子險中美人計〉，已傳遍大江，還傳到她小姐耳中，包括聶天還輸了賭約給燕飛，不能干涉你們往來的事在內。又曉得你並非見色起心，只是爲見色起心的朋友兩肋插刀，她會有何反應呢？」

高彥道：「她會有何反應？」

卓狂生苦笑道：「我已爲你盡了人事，她小姐有何反應，恐怕老天爺也想不到。你問我，我問誰呢？」高彥發起呆來。

卓狂生拍他肩頭道：「我早說過關鍵處在乎你在她芳心裏佔的地位，看她對你的愛是否足夠。如果她不是如你所說的這般愛你，你就算在她面前翻觔斗耍猴戲也難博她一笑。明白嗎？」高彥頹然無語。

劉裕返回歸善寺，喜出望外地見到屠奉三，後者欣然道：「你的情況我已大概掌握了，坦白說，你老哥是愈來愈有眞命天子的格局，斬殺焦烈武那一手當然漂亮，但更精采是利用司馬道子、劉牢之和桓玄間的矛盾，重新融入南方的政場，所以可以見災化災，逢困解困。」

宋悲風提議道：「我們到歸善園去，那裏說話比較方便。」

到歸善園的小亭坐下後，宋悲風道：「王弘和劉毅都分別來找過你。劉毅想和你見面，他明早會在修德巷的煮酒居等你。」

劉裕臉色一沉道：「大家還有甚麼話好說的？眞婆媽！」

屠奉三笑道：「這叫爾虞我詐，劉毅代表的是北府兵內原何謙的派系，其實力足可與劉牢之分庭抗禮，只要時機來臨，你可以把這派系的人收歸旗下，對你的成敗有決定性的作用。」

宋悲風點頭道：「奉三說得對，小裕你該往大處看。」

劉裕苦笑道：「你們是旁觀者清，我卻是身在局內，所以會感情用事，受教了！」

屠奉三道：「每個人都會為自己打算，這是人之常情，劉毅和何無忌如是，其他人如是。不過當他們認識到除了追隨你之外，再沒有出路，便只好乖乖回歸你旗下來。這始終是一個實力的問題，你自己或許尚未察覺，但事實上你已成為建康最有影響力的人，而你的力量是無形的，一旦顯現出來時，將如暴發的洪流，沒有人能阻擋你的聲勢。」

宋悲風點頭道：「今天支遁大師向我重申，建康的佛門已達成共識，會全力支持你。」

劉裕道：「不要太高估我，只是孫恩便令我非常頭痛。本來我也是信心十足，希望回建康後可以加入謝琰的陣營，領軍出征，可是謝琰卻令我好夢成空，現在只能在幾大權力中心的夾縫裏苟且求存，靜待收拾爛攤子的機會。而能成功的可能性是微乎其微。」

屠奉三道：「我卻有另一個看法，與謝琰決裂未必全是壞事，凶中藏吉。我們現在的目標是雄霸南方，愈少感情上的牽累，愈能放手而為，如果你因謝琰而成事，始終要被謝琰壓在下面，可是如果你能在眼前惡劣的形勢下，自強不息的冒出頭來，南方由上至下會對你有完全不同的看法，對你有利無害。」

宋悲風神色一黯，垂首不語。屠奉三雙目精光連閃，盯著宋悲風道：「謝家再不是謝安、謝玄在世時的謝家，等於已改朝換代，沒有值得宋大哥留戀之處。我們現今是要爭霸南方，然後北伐收復中原，在這過程裏，我們只能做有利爭霸的事，不可受婦人之仁又或私人感情牽制，致縛手縛腳。」

宋悲風頹然道：「明白了。」

屠奉三道：「我們必須積極準備，以應付遠征軍一旦兵敗，天師軍大舉北上的危急情況。我們與天師軍的戰爭，其實早在他們攻打邊荒集時已告展開，現在只是把戰場從邊荒集搬到建康來吧！」

宋悲風道：「如果遠征軍僥倖得勝又如何呢？」

屠奉三道：「那我們只好回邊荒集快快樂樂過日子好了。但讓我告訴你，宋大哥所說的事是永遠不會發生的，即使謝琰和劉牢之衷誠合作，仍不是徐道覆的對手。只有徐道覆攻陷會稽後，並不急於北上，便知他有全盤的策略，在佔盡地利下待敵人勞師遠征，然後一舉擊潰晉軍，這才趁勢北進。南方夠資格作徐道覆對手的，其中一個是桓玄，這還是因他有聶天還相助；另一個是我們劉爺，其他人怎成？」又道：「要殲滅天師軍，並不是幾場大戰可以決定的，而必須從不同層面入手，去削弱天師軍的力量。這是一場有強烈宗教色彩的角力，宗教更可以使人盲目。我們和天師軍的鬥爭，會是經年累月長期比拚，鬥智鬥力，勝負只有在一方完全崩潰後才見分曉。」

宋悲風動容道：「奉三非常有見地，安公也曾說過類似你剛才說的一番話。」

劉裕心忖屠奉三一到，整個情況都不同了，有他為自己籌謀獻策，大家有商有量，孤軍奮戰那種力有未逮的沮喪感覺登時一掃而空。開口道：「我要立即去辦一件事。」

屠奉三訝道：「甚麼事這麼重要？」

劉裕道：「我要立即知會司馬元顯，約他和你見個面，以表示我們對他的尊重，最好是說服他給你一官半職，讓你可以公然在建康活動。」

宋悲風讚道：「小裕想得周到，奉三甫抵建康立即去見司馬元顯，會令司馬元顯覺得你們有合作的誠意。」

屠奉三皺眉道：「你竟公然去找司馬元顯嗎？」

劉裕笑道：「當然不會如此招搖，我是以江湖手法通知他，約他在秘密地點見面。」

宋悲風欣然道：「如此可由我代勞，你們仍有很多事要仔細商量呢！」弄清楚了聯絡司馬元顯的方法後，宋悲風去了。

屠奉三看著宋悲風的背影消失在小路盡處，點頭道：「有宋悲風站在我們這一方，是如虎添翼。他不但是一等一的高手，更是建康通，在這裏不但人面廣，且因謝安的關係，孰悉建康高門權貴的情況。只是他靠向你，已足反映你是謝安屬意的人。所以只要你在對付天師軍一事上有建樹，建康高門會視你為救星，這種心態非常微妙，如何利用亦煞費思量，但你籠絡了王導之孫王弘，已是非常好的一個開始。」

劉裕道：「我是在誤打誤撞下與王弘變成肝膽相照的戰友，他是絕對可以信任的。」

屠奉三笑道：「這是老天爺的安排。換作任何情況，像王弘這種高門大族的子弟，根本不會把你放在眼裏。偏是在茫茫大海裏，你卻遇上了他，救他一命，還示範了南方頭號大將的風采，在他眼前勇戰焦烈武。加上謝玄繼承人的身分，甚麼『一箭沉隱龍』，哪由得他不視你為眞命天子？所以劉爺你再不用懷疑了，你必須相信自己確是眞命天子。想想當日你離開邊荒集時是怎樣一番情況，現在又是怎樣的情況。機會已來到我們手上，只看我們如何掌握。」

劉裕苦笑道：「眞命天子只可以拿來說說，對著敵人劈來的刀劍，連老爹姓甚名啥都忘掉了，哪有空去想自己是否眞命天子？」

屠奉三欣然道：「這就是命運。命運之手會在我們不覺察下暗中牽線。即使有九品觀人之術的謝安告訴你日後會飛黃騰達，你會因此袖手不去努力嗎？一切並沒有改變，你仍會照自己的性格才情去力爭上游。又如謝安告訴你可享高壽，你會以身試法從高崖躍下來看看會不會跌個粉身碎骨嗎？當然不會，這就是命運。未到你登上龍座的一刻，你仍會懷疑。」

劉裕嘆道：「你似乎眞的認爲有命運這回事。」

屠奉三道：「我是要增強你的信心。你現在別無選擇，必須拋開一切，直至成爲南方之主。既然這是唯一的生路，何不認定自己是天命所歸之人，這樣你辦起事來，會有完全不同的作風。」

劉裕不想再談論此事，岔開道：「你這次荊州之行有甚麼收穫？」

屠奉三道：「說得好聽點是成敗參半，事實上卻是徹底的失敗。問題出在殷仲堪身上，像他那種所謂的名士，清議時不可一世，像天地全被他踩在腳底下；可是面對現實，卻畏首畏尾，致坐失良機。」

劉裕的心向下一沉，道：「你見過殷仲堪嗎？」

屠奉三道：「我只見過楊佺期，他總算是曾領兵上戰場的人，比較明白我說的話。殷仲堪的情況是由他告訴我的。楊佺期已感應到危機，多次勸殷仲堪聯手對付桓玄，但殷仲堪卻畏桓玄如虎，只圖苟且偷生。」

劉裕訝道：「這會有甚麼後果？」

屠奉三道：「後果非常嚴重，以桓玄的作風，肯定會先發制人，且不發動則已，一發動必是雷霆萬鈞之勢，在短時間內殲滅殷仲堪和楊佺期。攻他們一個措手不及。」

劉裕道：「如此桓玄等於和晉室公然決裂了。」

屠奉三道：「晉室將會屋漏兼逢連夜雨，司馬道子正因看到這情況，故肯暫時容忍你，以你來牽制劉牢之。不過司馬道子仍看不到最重要的一點，就是即使劉牢之肯聽命於他，北府兵加上建康軍，仍不是桓玄和聶天還的對手。」

劉裕色變道：「眞有這般嚴重嗎？」

屠奉三道：「沒有人比我更清楚桓玄的實力，他不但佔有上游之利，且有富饒的巴蜀作強大的後盾，加上聶天還的戰船隊，而建康軍和北府兵又因與天師軍的戰爭致嚴重損耗，桓玄可憑大江的優勢，破竹般東下攻陷建康。由於桓玄本身是名門望族，能夠很容易的被建康高門接受，一旦佔據建康，他將可以爲所欲爲。」

劉裕駭然道：「如此我們的所有努力豈非盡付東流？」

屠奉三道：「我說的是最壞的情況。不過我們必須依據最壞的情況釐定對策，不致屆時手足無措。」

劉裕嘆道：「你的預測是最有可能發生的事，以現在的情況看，更是必然的發展。」

屠奉三微笑道：「這只是把邊荒集的情況搬到建康來，當然規模大上百倍，形勢更錯綜複雜，未到最後一刻，誰敢輕言得勝。」

劉裕道：「一旦建康失陷，桓玄將席捲整個南方，我們退往邊荒集後，將永無翻身的機會。」

屠奉三道：「這恰是最精采的地方。眼前的形勢，任你如何樂觀，也是一個絕局，我們是在絕局裏求生路，然後反擊，這也是你唯一登上南方之主寶座的途徑。」稍頓續道：「還記得你『一箭沉隱龍』前，憑高小子幾句話，擬定出整個破敵之策嗎？那一刻予我極大的震撼，亦是此戰奠定了你在荒人心中的地位。只有這麼瘋狂的主帥，才配作荒人的領袖。」

劉裕回味道：「當時我確有勝券在握的動人感覺。可是建康是南方最強大的堅城，反擊邊荒集那一套在此完全派不上用場。」

屠奉三道：「我太明白桓玄這個人了，他有軍事的長才，可是政治卻是他最弱的一環，給他得了建康又如何，只會弄得天怒人怨，在這樣的情況下，我們便有機會了。」

劉裕懷疑的道：「我們那時還有命嗎？」

屠奉三道：「此正關鍵所在。只要我們能在這絕局裏保住小命，而你成爲能鏟除桓玄的唯一希望，你將會得到整個南方的支持，就像得到荒人的支持那樣，創造出奇蹟。」

劉裕道：「桓玄絕不會放過我的，即使我躲到邊荒集，他仍會追殺到那裏去，不給我喘息的機會。」

屠奉三道：「誰說我們要躲到邊荒集去？如果我們避往邊荒集，這場南方爭霸之戰，我們會成爲輸家。」

劉裕不解道：「如給桓玄當了皇帝，南方豈有我們容身之所？」

屠奉三道：「我從眼前的情況開始說，你就會明白我的計畫。」

劉裕舒一口氣道：「幸好有你助我，否則我只能見一步走一步，摸著石頭過河。只是孫恩已令我非常頭痛，哪來閒情去想如何對付桓玄。」

屠奉三道：「首先你要在建康建立像你在邊荒集的威望，眼前便有大好良機，就是與天師軍之戰，我們必須掌握主動，不能待天師軍兵臨建康城下，才手忙腳亂的想辦法。」

劉裕道：「我們現在可以做甚麼？」

屠奉三道：「這方面可以交給我去辦，但須和司馬元顯合作。首先是建立一個龐大的情報網，以我的手下爲骨幹，鉅細無遺地掌握天師軍的兵力布置和虛實。其次是成立一支精兵，人數不用多，只二千人便足夠，他們會成爲你的班底，助你轉戰南方。」

劉裕道：「司馬道子肯定不容許我們這麼做。」

屠奉三道：「在一般的情況下，司馬道子當然不會如此不智。可是當天師軍大舉進犯，桓玄又蠢蠢欲動，司馬道子還有選擇嗎？」

劉裕皺眉道：「到時才倉卒組軍，不嫌太遲嗎？」

屠奉三笑道：「別人辦不到，但卻難不倒我們，這批人由我和大小姐的人組成，只要略加整合，便可成軍。平時是隱形的，只負責情報工作，以掩人耳目，當緊急時，便可以成爲你的子弟兵。」

劉裕同意道：「這確是個辦法。」

屠奉三道：「所以必須說服司馬元顯，在各方面給我們方便。在對抗天師軍的戰爭裏，任何人都可以吃敗仗，唯獨你絕不可以失手，如此你將可以建立無敵統帥的威名。」

劉裕道：「桓玄又如何呢？」

屠奉三道：「我們便施用邊荒集第二次戰役的辦法，先避其鋒銳，再組織反擊，只要我們能保住廣陵、壽陽、淮陰、高郵所有這些北府兵的重鎮，把淮水置於我們絕對的控制下，我們便有本錢和桓玄周旋到底，更營造出你劉爺一躍而成眾望所歸的救星的大好形勢。」

劉裕嘆道：「桓玄失去了你，是他最大的損失。」

屠奉三雙目閃動著深刻的仇恨，道：「桓玄還有一個很大的弱點，就是與聶天還的關係。聶天還明白桓玄是怎樣的一個人，在目前他們的關係不會出問題，但當桓玄勢力不住膨脹，問題便來了。」劉裕點頭同意。

屠奉三道：「所以情況是凶中藏吉，只要我們絕局求生的策略成功，我們便有機會。」

劉裕喜道：「經屠兄清楚分析形勢，我有撥開雲霧見月明的感覺。」

屠奉三道：「有了方向後，我們會曉得該朝哪方面努力。明早你見到劉毅，千萬不要意氣用事，還要裝作對他推心置腹，早晚何謙的人會投向你。哼！他們有別的選擇嗎？」

劉裕笑道：「受教了！」

屠奉三欣然道：「你回復信心了！我是旁觀者清，所以可以看見你看不到的東西。」

劉裕道：「待我們今晚見過司馬元顯，便知甚麼事可行，甚麼事不可行。」

屠奉三微笑道：「有一件事他必肯全力合作，不會拒絕。」

劉裕訝道：「是甚麼事你這麼有把握他不會拒絕呢？」

屠奉三眼睛亮起來，沉聲道：「就是殺死乾歸。」

劉裕一覺醒來，天已大白。自淡眞死後，他少有這麼躺到床上立即不省人事，再睜眼時已天明的好眠。昨晚和屠奉三見過司馬元顯，果如他所料，司馬元顯感到兩人眞的當他是戰友，尊重他，所以對合作之事比以前更積極。司馬道子父子現在最大的恐懼是桓玄，而屠奉三則是深悉桓玄的實力和策略的人，其用處顯而易見。兼且屠奉三是人人害怕的人物，又對荊州的情況瞭如指掌，如此人物肯爲晉室效力，當然大受歡迎。劉裕心中浮現出謝鍾秀的花容。他眞的可以對她的苦難視若無睹嗎？若淡眞在天有靈，自己對她的摯友袖手旁觀，她會怎麼想？玄帥又會如何看他？他劉裕之有今天，全賴謝玄一手提拔照顧有加，而他卻爲了功利，任由謝鍾秀受苦，算甚麼英雄好漢，對得住良心嗎？連宋悲風這愛護謝鍾秀的人，也勸他絕不宜插手她的事，可知如他管謝鍾秀的事，情況是如何嚴重。

劉裕坐在床沿，大感矛盾。內心一個聲音警告他必須以大局爲重，另一個聲音卻罵他對不起玄帥和淡眞；罵他是懦夫。謝鍾秀牽涉到高門寒門不可逾越的分隔，更直接關係到司馬元顯，一個處理不好，會毀掉他千辛萬苦才在建康爭取得來的生存空間。換言之一切都會完蛋。有沒有兩全其美的辦法呢？想到這裏，他忽然想起卓狂生。心中升起一絲希望。對！只有瘋狂的荒人，才會想出瘋狂的辦法，去做瘋狂和明知不可爲的事。宋悲風的聲音在門外道：「小裕！是時候去見劉毅了！」劉裕跳將起來，匆匆梳洗，見劉毅去也。

雲龍在洞庭湖破浪而行。郝長亨奉召來到艙廳，聶天還正神態優閒的在喝茶，看來心情極佳。

聶天還道：「坐！」郝長亨請安後，在他對面坐下。

聶天還親自斟茶給他，隨口問道：「你的新『隱龍』進展如何？」

郝長亨有點摸不著頭腦的道：「該可在這個月內舉行下水禮。」

聶天還連說了兩聲「好」，然後道：「桓玄的準備工夫已做好十之八九，隨時可以動手，你有甚麼意見？」

郝長亨道：「有一件事我一直不明白，只要桓玄除去殷仲堪和楊佺期，憑荊州之力，足可攻陷建康，爲何要如此巴結我們呢？」

聶天還欣然道：「桓玄當然有他的如意算盤，首先可以去了我們這個如芒刺在背的禍患，令他沒有後顧之憂；其次是不宜出手的便交由我們去為他出手，例如大江幫。至於我為何肯與他合作，道理很簡單，因為沒有桓玄點頭，我們是奈何不了江海流的。荊州緊鎖著我們到大江去的所有出口，只有借助桓玄的力量，我們才可把勢力擴展到南方所有水道去。」又微笑道：「告訴我，我們最近幾個月的收入情況如何？」

郝長亨道：「自大江幫退往邊荒集後，我們每個月的收入都有明顯的增長。到上個月，收入比大江幫雄霸大江時增長了一倍，令我們有足夠的財力去做任何事。」

聶天還道：「這就是互相利用的好處，在桓玄攻陷建康前，我們仍可以保持良好的關係。」

郝長亨忍不住問道：「如桓玄當了皇帝又如何？」

聶天還雙目精光一閃，道：「桓玄要我助他攻打建康，必須先做到一件事，就是須把大江幫在邊荒的殘餘勢力連根拔起，如此南方水道，將成為我們的天下。」

郝長亨道：「成為南方之主後，桓玄肯定會掉轉刀鋒來對付我們。」

聶天還微笑道：「若我沒算過此點，還用在江湖混嗎？桓玄這人心胸狹窄，寡情薄義，根本不是治國的人才，他憑甚麼去收拾南方這個爛攤子？到時我們將成為桓玄外最大的力量，在民怨沸騰下，我們可效法昔日的漢高祖劉邦，以布衣得天下。明白嗎？」

郝長亨佩服的道：「幫主確實高瞻遠矚。」

聶天還道：「在桓玄身邊，我還布下了一只非常厲害的棋子，肯定讓桓玄著道兒，所以你不用再擔心，最要緊做好準備的工夫。眼前當務之急，是殺死江文清，好證明給天下人看，與我們為敵的人是沒有好下場的。」

郝長亨道：「明白了！」

聶天還舒服的挨在椅背，舉茶道：「喝了這一杯，讓我告訴你一件值得欣慰的事。」

郝長亨忙把茶喝掉，好奇的道：「我正奇怪爲何大清早起航回巴陵去，是否與清雅有關係呢？」

聶天還淡淡道：「高彥死了！」

郝長亨大吃一驚，連他自己也有點不明白自己的反應，爲何不是驚喜而是害怕。內心深處卻明白自己是因關心尹清雅，對他來說，與尹清雅的關係比親兄妹更要好。

聶天還像放下心頭大石般道：「昨夜收到荊州來的飛鴿傳書，桓玄的人已成功刺殺高彥，至於用甚麼手法殺死那小子，信中沒有提到。」

郝長亨道：「幫主打算如何處理此事？」

聶天還道：「高彥的死訊絕不可從我們的口中說出來，否則必令清雅懷疑是我們暗中主使的。咦！你的臉色爲何這般難看？」

郝長亨頹然道：「我怕清雅承受不了打擊。」

聶天還不悅道：「這麼說，你是認定清雅愛上了那小子？」

郝長亨苦惱的道：「我不知道，只知清雅會爲此不開心。」

聶天還道：「我已經回覆桓玄，除了表示感謝外，還請他把高彥身亡的消息廣爲散播，當我們返回巴陵，消息將從廣陵順水傳至。」

郝長亨道：「燕飛會有甚麼反應呢？」

聶天還道：「我管他有甚麼反應，只要不是我們的人幹的，我便沒有違背承諾。他娘的！如果燕飛再敢來我的地頭撒野，我還求之不得！」稍頓後道：「你去把清雅喚來吧！」

郝長亨駭然道：「我們是否該先想清楚怎樣和她說呢？」

聶天還道：「接到信後我一直在想，還想不夠嗎？快喚她來！」

「宗兄眞的是誤會了我！」在鋪子寧靜的角落，劉裕與劉毅相對而坐，低聲說話。劉裕心忖假若自己眞是眞命天子，現在該說怎樣的話呢？又暗覺好笑，令人認爲自己是眞命天子只是一種手段，像劉邦的甚麼斬白蛇起義，事實上哪有這回事？道：「要我去刺殺劉牢之這樣的蠢事，難道不是你出的主意？」

劉毅苦笑道：「眞的與我無關，我可以對天發誓，我還勸過刺史大人，說這是行不通的。可是你該清楚刺史大人，想到了便一意孤行，不會聽別人的勸告。」

事實上劉裕早消了氣，如果不是得到謝琰如此對待，也逼不出他與司馬道子合作的計策，說起來還要多謝謝琰，當然感覺並不好，且是非常矛盾難受。

劉裕道：「你有甚麼打算呢？」

劉毅道：「你似乎並不看好這次的出征。」

劉裕淡淡道：「天師軍達三十萬之眾，佔盡地利人和，我們北府兵則分裂作兩大陣營，朝廷更居心叵測。你說吧！教我如何看好呢？」

劉毅道：「天師軍人數雖眾，但大多是沒有經過訓練的亂民，而我們裝備整齊、訓練有素，且曾隨玄帥歷經大小戰役無數，作戰經驗豐富，只要策略得宜，絕不會輸給天師軍的。」

劉裕心中暗嘆，道：「你們士氣如何？」

劉毅道：「坦白說，我們歸附刺史大人，不是我一個人的主意，而是所有人的決定，更清楚這次是我們唯一翻身的機會，否則早晚會被劉牢之那奸賊逐一害死。」

劉裕失去聽他廢話的耐性，岔開道：「可以安排我和朱大將軍見個面嗎？」朱序是淝水之戰的大功臣，是北府兵內握有兵權的將領，與謝家淵源深厚，與劉裕亦關係良好。只有透過他，才有機會影響謝琰，論影響力劉毅遠及不上朱序。

劉毅露出古怪的神色，道：「宗兄是指朱序朱大將軍嗎？」

劉裕心想這不又是廢話嗎？北府兵內難道有另一個姓朱的大將。何況現在談的是有關遠征軍的事，朱序是謝琰的副帥，劉毅不可能不知道他指的是朱序。由此觀之，劉毅是在拖延時間，好想出辦法來拒絕讓他去見朱序。這傢伙之所以要這樣做，當然是不想事情有變。劉裕壓下心中的不滿，道：「是的！你有沒有辦法？」

劉毅道：「若你昨天對我說，我仍有辦法，現在恐怕已錯失良機，今天他會率先頭部隊先一步上路，為刺史大人的遠征軍打點。」

劉裕暗嘆一口氣，他最後為謝琰生死所作的努力，已錯失時機。他敢肯定劉毅仍可安排他在朱序起程前碰頭，但這傢伙不肯合作，自己有甚麼辦法呢？想到這裏，禁不住意興索然。

劉毅湊近少許道：「宗兄曾多次和徐道覆交手，對我們這次的遠征有甚麼忠告呢？」

劉裕差點想乘機諷刺他一番，剛說過北府軍兵精將良，天師軍則為烏合之眾，掉過頭又來問計於自己。由此可看出他今天來找自己並沒有誠意，只是看中自己的軍事才能，希望可得到破敵之法。以劉毅的爲人，恐怕贏了也不會有半字提及自己。劉裕沉聲道：「天師軍是唯一能在邊荒集全身而退的部隊，由此可看出徐道覆的高明，能因應形勢隨機變化，所以對付他絕不能墨守成規。以前我們能嚇退他，皆因我們佔有地利人和。可是這回你們出征，形勢剛巧轉換過來，地利人和均在徐道覆的手上。你們的一舉一動都難瞞過他，而你們則如盲人摸象，完全沒法子弄清楚他的布局，致陷於挨打和被動。」

劉毅色變道：「照你這樣說，情況豈非對我們非常不利？」

劉裕想起宋悲風對謝家的關懷，心中一軟，盡最後的人事道：「你們唯一致勝之道，是切忌好大喜功、輕視敵人，只當對方是不堪一擊的烏合之眾。而要按部就班，逐一收復失土，建立能與建康呼應的據點，行仁政以安撫百姓。並不是人人支持天師軍的，只要爭取到群眾的支持，你們便可以立穩陣腳。」稍頓續道：「天師軍的缺點是擴展太快，只要你們能穩紮穩打，縱然沒有劉牢之的支持，仍可以幹出成績。」說罷告辭離去。

聶天還和郝長亨你瞪我我瞪你的，都對尹清雅的反應大惑不解。小白雁坐在兩人對面，興致盎然的檢視聶天還給她的關於宣揚「邊荒遊」的文件，沒露出些許不愉快的神色。

聶天還試探道：「上面說的是否眞的？」

尹清雅低聲罵道：「死小子！」

郝長亨心中一陣難過，假如尹清雅曉得高彥死了，會不會傷心欲絕呢？他對高彥當然沒有好感，但也沒有惡感。

尹清雅烏溜溜的美目朝他們瞄來，「噗哧」笑道：「這勞什子的邊荒遊定是高彥那混蛋想出來的。你們知道嗎？這小子很懂得動腦筋，又好逸惡勞，竟想出在邊荒各處荒村密置行宮的方法，到哪裏都可以舒舒服服睡上一晚。」

聶天還色變道：「那上面說的是眞的了？」

尹清雅嗤之以鼻道：「不要聽這小子胡謅，清雅是那麼隨便的人嗎？哼！這小子算是老幾，竟敢來耍本姑娘。」

郝長亨愕然道：「高彥在耍甚麼手段？」

尹清雅嗔道：「郝大哥是怎麼搞的，師傅你也是的。這個死高彥最多鬼主意，分明是要用激將法引我到邊荒集去，人家才不會上當呢。」

聶天還和郝長亨聽得面面相覷，都有一種枉作小人的感覺。早知如此，便不用多此一舉，透過桓玄去殺高彥，不但欠了桓玄一個人情，還要擔心尹清雅知悉高彥被殺的後果。

尹清雅笑吟吟的道：「鬼才有興趣到邊荒去，處處都是遊魂野鬼。那小子……那小子，哈！笑死人了！」

兩人只懂呆瞧著她，更不知她爲何如此開懷。尹清雅終發覺兩人異樣的神態，奇道：「你們怎麼了？」

聶天還尷尬的道：「沒甚麼，你不要多心。」

兩人是有苦自己知，以尹清雅的靈巧，可從他們讓她知悉邊荒遊一事的時間，推測出高彥之死多少和他們有關係，否則怎會這麼巧？不過此時已是後悔莫及。

尹清雅抿嘴笑道：「我知道你們一直在擔心我，怕我會投向高彥那只會哄女孩的混蛋。你們太小看清雅了！人家當然會以大局爲重，何況師傅和郝大哥又這麼疼清雅，清雅怎會做出令師傅和郝大哥不高興的事？」兩人枉作小人的感覺更強烈了，還不知如何收拾殘局。

聶天還乾咳一聲，勉強擠出點笑容，讚道：「清雅這麼懂事，我眞的非常安慰。」

尹清雅隨手拿起載有邊荒遊詳情的五頁紙，就在桌上樂在其中的摺起來，邊笑道：「高小子是個人才，不像他表面般吊兒郎當，我曾想說服他來加入我們，只是他太沉迷於邊荒的生活。眞奇怪！他救了我，爲何荒人不找他算賬，還讓他主持邊荒遊？唔！定是他將功贖罪，這小子蠻有辦法的。」

兩人瞧著她把紙張變成一隻又一隻的紙鳥，卻再說不出話來。尹清雅跳了起來，把五隻紙鳥一古腦兒捧在雙手裏，欣然道：「我要到船頭放生這群乖鳥兒了！你們要不要去看呢？」

聶天還苦笑道：「清雅你自己去玩吧！」尹清雅歡天喜地的去了。

聶天還頹然挨到椅背去，慘然道：「我們恐怕弄巧反拙了，你有補救的方法嗎？」

郝長亨感受到聶天還對尹清雅的寵愛，心想人死不能復生，這種事誰能有辦法？當然不能把所想的說出來，只好道：「唯一的補救辦法，是要設法……唉！設法令清雅不懷疑高彥之死與我們有關係。」

聶天還頭痛的道：「有可能嗎？」

郝長亨嘆道：「只好來個矢口否認。清雅終究年輕，很快會忘掉此事的。」

高彥和姚猛談笑著朝船首走去，說的是昨晚卓狂生使盡渾身解數，盡顯邊荒第一說書高手身價的〈高小子險中美人計〉。卓狂生一流的說書技巧，聽得全團四十二人如癡如醉、意往神馳，更有人稱讚只聽這台書，便值回團費。最哄得高彥心花怒放的，明明是他見色意動窩窩囊囊的著了人家道兒，卓狂生卻把他說成是爲朋友兩肋插刀，不怕犧牲、見義勇爲的大仁大勇之士，令他幾乎成爲辛俠義眼中最後一個俠客，取代了辛俠義本身的地位。整台說書最巧妙的是把前因後果巧妙鋪陳，令謀殺事件生動起來，把小白雁之戀繪聲繪影穿插其中，引人入勝。

姚猛道：「哈！眞好笑！如果我不曉得你這小子是甚麼底細，只聽這台說書，還眞以爲你是情聖。」

高彥得意洋洋的道：「卓瘋子並沒有誇大，老子正是這樣的一個人。只看老子敢闖兩湖的龍潭虎穴，便知老子天不怕、地不怕。」

姚猛低聲道：「如果你不是死纏爛打的央得燕飛陪你去，你敢去嗎？」高彥登時語塞。

忽然上方傳來慕容戰的聲音喝道：「談寶你給我站在那裏，不准接近高少。」兩人回頭望去，只見談寶一臉冤枉神色的站在他們後方，似是正想趕上他們，卻被在望台上的慕容戰喝止。離邊荒集尚有個許時辰水路，荒人全打起精神，不敢有失。

姚猛喝道：「不要解釋，更不要說話，誰叫你曾行爲不檢，遭誤會也是活該的。」兩人也不理談寶，逕自到船首去。

王鎭惡正立在船首處，神色茫然的看著前方筆直無盡的河道，似一點不曉得兩人來到他身後。兩人知他有雙靈耳，再不敢說私話。

高彥迎著河風深吸一口氣，問道：「王兄到邊荒集後有甚麼打算？」

王鎭惡道：「我可以不答嗎？」

高彥笑道：「王兄當然有答或不答的自由，我只是擔心王兄在不明情況下，到了關中去。」

王鎮惡淡淡道：「我從你這裏買得消息，除非你是胡說八道，否則有甚麼不明白情況呢？」

高彥不以爲忤的笑道：「消息當然沒有作假，我高彥兩字是金漆招牌。我只怕你老哥不相信我說的話，糊裏糊塗的硬要闖關中。」

姚猛也抵不住王鎮惡拒人於千里之外的態度，冷哼道：「王兄不是漢人嗎？到關中去對你有甚麼好處？」

王鎮惡道：「姚兄是那一族的人？」

姚猛道：「我是羌人。」

王鎮惡道：「那姚兄又爲何不去向姚萇效力呢？」

姚猛不悅道：「王兄這句話有點過分了。」

王鎮惡道：「姚兄聽不入耳，那我賠罪好了。我只是想說明，我雖然是漢人，並不代表我喜歡南人，而我更沒有興趣爲只懂偏安江左的政權辦事。」

高彥恍然道：「王兄定是曾長居關中的漢人，所以關心關內的情況。王兄爲何會來南方，現在又想回去？」

王鎮惡道：「荒人不是有規矩不問別人的來歷嗎？」

高彥苦笑道：「不問便不問吧！我們只不過是隨意和你聊幾句吧！」向姚猛使個眼色，準備撤退。

王鎮惡嘆道：「我的心情很壞，言語上有甚麼得罪，兩位勿要見怪。事實上兩位確實與邊荒外的人不同，是交得過的朋友。」

高彥和姚猛面面相覷，想不到他會說出這麼客氣的話來。王鎮惡緩緩轉身，道：「劉裕究竟是怎樣的一個人？」

卓狂生的聲音傳來道：「若想知道劉裕是怎樣的一個人，請光顧我卓狂生的說書館，今晚的頭炮說書，便是書寶〈劉裕一箭沉隱龍，正是火石天降時〉。待明早去探天穴，保證王兄有一番不同的感受。」

王鎮惡目光投往走過來的卓狂生身上，雙目精芒爍動。高彥和姚猛明白卓狂生對王鎮惡有戒心，所以特意趕來。因爲如王鎮惡是刺客，便有可能在到邊荒集前動手。

卓狂生優閒的來到三人身旁，微笑道：「如我所料不差，王兄該有一個顯赫的出身，否則不會認識姚萇。」

王鎮惡頹然道：「那是過去了的事，我不想再提起。」

卓狂生侃侃而言道：「那就只向前看！」走到高起的船首盡端，張開雙手道：「邊荒集是天下最獨一無二的地方，充滿了希望。一切不可能的事，到那裏都會變成可能。邊荒是無法無天，卻又最講規矩；最危險，但又比甚麼地方都更安全。只要你到過邊荒集，你將永遠忘不了它，離開後終有一天你會回來。一個時辰後，我們會抵達邊荒集，你要在心裏作好準備，當踏足這天下間最開放自由的土地，在這亂世間唯一避世的淨土，你定要拋開一切，把所有憂慮全置諸腦後，才能全心投入，親身體驗這動人的城集，那將會是你畢生難忘的經驗。」在望台和艙廳的賓客都擠到可俯望他們的這邊來，聽著卓狂生這邊荒狂士對邊荒集的「愛的宣言」。聲音傳遍荒夢一號，在兩岸間迴盪著。

劉裕回到歸善寺，屠奉三和宋悲風正在小亭內說話，看神色該是大有所獲。坐下後，果然屠奉三欣然道：「乾歸的事有點眉目了。」

宋悲風點頭道：「我同意奉三的看法，殺乾歸是我們眼前首要之務，殺他等於斷去桓玄一臂，亦可以乘機向桓玄顯點顏色。」

屠奉三朝劉裕瞧來，道：「殺乾歸還有另一個更重要的作用，就是激怒桓玄，令他忍不住攻打建康，他愈早發動，失敗的可能性愈大。哼！桓玄啊！恐怕你也想不到有今天，我會以最靈活的戰術，要你輸得一敗塗地，永遠不能翻身。」

劉裕湧起一個古怪的想法，若將來眞的能夠手刃桓玄，究竟該由自己還是屠奉三下手呢？同時心裏苦笑，依目前形勢的發展，桓玄殺他們的機會是遠比他們殺桓玄大多了。

屠奉三道：「還記得上回在建康，我曾找過一個朋友，請他把曼妙的消息知會竺雷音。」

劉裕點頭道：「好像是有這麼一回事。噢！我記起來了，就是那個你對他曾有大恩，最後卻出賣你的幫會人物。你當時還說他只是小卒，不用急於揭破他和尋他晦氣，好看看日後可否反過來利用他。」

宋悲風道：「此人叫蘇名望，有一段時間曾爲王國寶辦事，助他放高利貸，後來自己搞鹽貨買賣，發了大財，在建康也算是個人物。」

劉裕心忖海鹽要賣往內陸才可以賺大錢，或許因此蘇名望與桓玄和屠奉三搭上關係。

屠奉三笑道：「上次我沒有向他報復，證明我做對了。蘇名望已成了桓玄在建康的眼線和臥底。今早天尚未亮我便到他家去，看乾歸會不會藏在該處，遍搜不獲後，我一直留在那裏，等到老蘇出門，悄悄跟蹤他。這傢伙非常狡猾，返回碼頭區的鹽鋪後，竟換衣黏鬚的從後門溜走，到碼頭區上游另一間米鋪去，逗留了半個時辰才離開。這間米鋪專賣巴蜀來的上等香米，肯定與桓玄有關係。我雖然沒有見到乾歸，卻見到後鋪有暗哨把風，乾歸大有可能藏身該處。」

劉裕道：「照我當日的情況，乾歸有數十名手下隨行，屬高手者大不乏人，憑我們三人之力，實難奈何他。」

宋悲風道：「可否請司馬元顯出手幫忙呢？」

屠奉三道：「在此事上司馬元顯早答應全力支持，問題在我們必須小心行事，如果輕舉妄動、勞而無功，會大大影響司馬元顯對我們的信心。」

劉裕點頭同意，道：「還有是怕打草驚蛇，如果此事鬧大，會令我們和司馬元顯的關係曝光，也會引起劉牢之或孫恩一方的人的警覺。如此將對我們非常不利。」

屠奉三嘆道：「若有燕飛在，我們便不用這麼頭痛。」

劉裕靈機一動道：「如果我們請得陳公公出手，和燕飛出手並沒有太大分別。」

屠奉三精神一振道：「機會有多大呢？」

劉裕道：「只要我們要求，司馬道子該樂意相助，因爲此事對他有百利而無一害。」

屠奉三道：「殺乾歸必須一擊即中，否則將錯失良機，再沒有另一個機會。乾歸不殺你是不會離開的，除非是桓玄召他回去。所以我們可以從容布置。首先是要弄清楚他的虛實，肯定乾歸是藏身該處，還要弄清楚鋪下是否有逃生秘道。」

宋悲風道：「我們可否利用蘇名望引乾歸上鉤，再布局殺他呢？」

劉裕搖頭道：「乾歸的武功，與陳公公所差無幾，只有在特定的環境裏，而他又沒有防備下，我們方有得手的機會。」

屠奉三笑道：「他愈難殺便愈有趣，如此才可顯出我們的手段。我們不用多想，先想辦法掌握乾歸的情況，到他和手下的一舉一動全落入我們眼裏，我們始設局定計，令他沒命離開。」

宋悲風皺眉道：「單憑我們三人之力如何辦得到呢？」

屠奉三欣然道：「這次和我來的二十五名手下，不單是我精挑的高手，還隨我與兩湖幫長期作戰，精通各種門道。他們現正展開對乾歸一方人馬全面的監視，記錄下每一個出入該處的人，又會挑可疑者跟蹤。只要有三天時間，我們定可以弄清楚敵人虛實。」

劉裕道：「蘇名望爲何今天要去見乾歸？怕是已曉得我藏身在歸善寺。」

宋悲風道：「這個可能性很大。」

屠奉三雙目閃過殺機，沉聲道：「我們就把殺乾歸的行動，定在三天之內。只要一找到機會，便以雷霆萬鈞之勢搏擊他。我仍未有完善的計畫，只曉得若要殺他，必須不擇手段，無所不用其極。」

劉裕點頭道：「我須與司馬元顯商量此事，否則如時機來臨，而要去請陳公公大駕，就錯失良機了。」

宋悲風道：「王弘想見你，看來有點急事，他卻不肯告訴我。」

劉裕道：「見過司馬元顯後，我回這裏與他碰頭吧！」

屠奉三道：「乾歸方面由我負責，申時末我們在這裏集合，再決定下一步的行動。」

宋悲風道：「小裕該儘量避免落單，以免爲敵所乘，便由我暫當小裕的近衛吧！」

屠奉三笑道：「別忘了劉爺是眞命天子，殺不死的。我們現在人手不足，最好是分頭行事。宋大哥如能找到乾歸在大江上的船，我們會更有勝算。」

劉裕心中一動，問屠奉三道：「你眞的深信不疑我是眞命天子嗎？」

屠奉三微笑道：「以前是半信半疑，一口咬定只爲增加你的自信。夠坦白了吧？可是經過焦烈武一役，現在你更與死敵司馬道子達成暫時的合作，我已認定了你是眞命天子，如果沒有老天爺冥冥之中的關照，你是沒有可能坐在這裏的。」

劉裕轉向宋悲風問道：「老哥你又怎樣看我呢？」

屠奉三和宋悲風奇怪起來，感到劉裕先後問兩人對他是否眞命天子的看法，背後是有目的的。宋悲風略一猶豫，道：「我也坦白點好了，甚麼『一箭沉隱龍，正是火石天降時』，由於我並不是親眼目睹，對我的影響不大，當然我希望是眞的。可是我對安公的『九品觀人』之法卻深信不疑，他看大少爺便看得極準，他認爲你是南方的希望，肯定錯不到哪裏去。」

屠奉三皺眉道：「劉兄問這些話有甚麼作用？」

劉裕道：「我是想說動你們和我齊心合力去做一件事，而這件事有點像當日我們面對荊州和兩湖聯軍，卻仍爲高小子如何追求小白雁的事傷腦筋相同，說出來可能老屠你第一個不同意。」

屠奉三苦笑道：「聽你這麼說，肯定這事是我們絕不該碰的。」

劉裕微笑道：「假設我眞的是眞命天子，那不論我做甚麼事，也該注定我會成功，這叫冥冥中自有天命在主宰。對嗎？」

宋悲風嘆道：「問題是誰能夠肯定呢？」

劉裕道：「你竟對安公沒有信心了？」

宋悲風道：「話不可以這麼說，可是……唉！我不知怎麼說了。」

屠奉三道：「說吧！有甚麼事便坦白說出來，大家再研究是否可行。」

劉裕道：「我的目標是要孫小姐幸福快樂，卻完全不曉得如何去做，只曉得如果我不爲玄帥的愛女盡心力，我縱然得了天下，心中也不會好過。」

屠奉三和宋悲風聽得面面相覷。現在他們是自顧不暇，既沒有時間更沒有餘力去理其他事，何況此事並非武力能解決，牽連到建康高門大族的成見，更關乎到正與他們合作愉快的司馬元顯。

屠奉三沉聲道：「你不是對謝鍾秀生出感情吧？」

劉裕爽快答道：「絕不是這樣，我對孫小姐只有愛護之心，沒有任何男女之情，也不會讓這事有任何發展。」

宋悲風嘆道：「我很高興小裕對孫小姐的這番心意，可是卻不得不提醒你，孫小姐的事是謝家的事，我們根本無從插手。若要把她送往邊荒，只是一件小事。但我們卻不能這樣做，孫小姐是屬於這裏的，如她私奔去了，對謝家會造成受不起的沉重打擊。」又道：「如讓建康高門曉得孫小姐的失蹤與你有關，你將永遠得不到他們的支持，包括王弘在內。」

屠奉三微笑道：「我倒有一個解決的辦法，保證不會有任何後遺症。」

宋悲風大喜道：「甚麼辦法？」

屠奉三道：「就是劉裕當上皇帝，一切不能解決的事立即迎刃而解。」

劉裕頹然道：「那還有一段相當遙遠的路途要走，恐怕在我當皇帝前，孫小姐一生的幸福早毀在司馬元顯手上。」

屠奉三道：「司馬元顯的人品不是那麼差吧？」

宋悲風冷哼道：「嫁入皇室，有甚麼幸福可言？且孫小姐一向討厭司馬元顯。」

劉裕道：「我們還有一個辦法，就是請我們的荒人兄弟幫忙。」

屠奉三和宋悲風對望一眼，都說不出話來，但心中都欣賞劉裕，感覺到他不是忘本的人，否則只要有一點理智，絕不敢管謝鍾秀的事。

〈卷十〉

第六章◆參合之戰

第六章 參合之戰

徐道覆沿太湖南岸策馬飛馳，張猛和十多騎親兵追在他馬後。太湖的三大重鎮——義興、吳郡和吳興均落入他手中，只有無錫仍在晉軍的控制下。他並不急於奪取佔著上游之利的無錫，因爲尚未到攻打建康的時候。徐道覆馳上岸旁一座高丘，俯瞰太湖的景色。這被稱爲天下第三大的淡水湖，西面緊鄰江南的低山丘陵，東岸則蜿蜒曲折，港灣交錯。自古以來，太湖本身就是個引人入勝之謎，其中有一個傳說，在遠古時代，一顆巨大的火石從天而降，撞開了一個坑，積水而成了太湖。這當然是無從稽考。

「平湖萬頃碧，峰影水面浮。」太湖浩瀚無際，風光迷人。湖中有大小島嶼四十八個，彷若由大自然之手寫下了一幅山外有山、湖外有湖、碧波銀浪、重巒疊翠的畫卷。諸島之中，不論名氣、面積和風光都莫過於位於湖南的洞庭西山，山上峰巒起伏，佔了太湖七十二峰的四十一峰。而各峰裏又以聳峙於島中央的主峰縹緲峰名聲最著，被譽爲太湖第一峰。看著洞庭西山彷彿一隻巨龜嬉游於萬頃金濤間，徐道覆心中想的卻是紀千千。不論如何漂亮動人的美女，他都能轉眼即忘，只有她是唯一的例外。從沒有女人能觸動他的心靈，偏是紀千千的一顰一笑，總令他神魂顛倒，回味無窮。唉！自己已錯過了得到她的機會，現在她對自己恐怕只餘恨意，這想法令他黯然神傷，甚麼成就功業也似乎變得沒半丁點意義。

張猛催騎來到他馬旁，道：「據報北府兵正在建康和丹徒集結兵力，準備分水陸兩路南下，攻打我方。」

徐道覆曉得他誤以為自己正思考應敵的策略，故以此打開話題。勉強集中精神，道：「說下去！」他非常看重張猛，不但因他在戰場上有出色的表現，更因他是智勇兼備的可造之材。

張猛得到鼓勵，續道：「現在我方的弱點，在於兵力分散，陣腳未穩，能保住所得城池，已可慶幸。敵人則兵力集中，如猛攻其中一城，我們恐怕守不住。」徐道覆點頭表示同意。

張猛道：「敵人兵分兩路，正是要教我們左右難以照應，其中從海路來的北府兵水師，更可以攻打沿岸任何城市，包括我們的起義聖地翁州。」

徐道覆微笑道：「你認為這兩支北府兵部隊強弱如何呢？」

張猛欣然道：「當然是以劉牢之率領的水師船隊，遠比以謝琰為帥的部隊強橫。劉牢之不但擅長水戰，且身經百戰，比起謝琰難對付多了。」

徐道覆道：「勝負關鍵正在於此。只要我們能避強擊弱，打垮謝琰的大軍，令劉牢之在無奧援下變成孤軍深入，還怕劉牢之到時不乖乖的撤退？」

張猛嘆道：「眞不明白司馬道子是怎麼搞的，竟派謝琰這種只會舞文弄墨的人來領軍出征，教人難解。」

徐道覆笑道：「聽你的口氣，似乎嫌司馬道子不派個像樣些的人來和你交手。事實上我們該高興才對。你認為謝琰第一個目標是那一座城池呢？」

張猛道：「謝琰或會裝作攻打最接近建康的吳興，但肯定眞正的目標是無錫下游的吳郡，如此便可沿運河南下直抵會稽，與從海路來的劉牢之互相呼應。」

徐道覆道：「你有何對策？」

張猛道：「只要我們堅守吳郡，截斷運河的交通，謝琰的軍隊將寸步難行。」

徐道覆道：「這肯定沒有問題，卻絕非上策。」

張猛同意道：「這頂多只能形成相持不下的局面，因對方既有無錫作據點，又得到北面的支援。最佳戰略，莫如誘敵深入，截斷其水陸兩路的糧道，再逼他決戰。」

徐道覆淡淡道：「你明白謝琰這個人嗎？」

張猛不屑的道：「謝琰雖是謝安親兒，卻是虎父犬子。他的高傲自負、目空一切，在建康是街知巷聞的事。」

徐道覆輕鬆的道：「對付這樣一個自恃家勢，慣說狂言的人，在我們誘敵深入一計外，再加上他輕敵之心，此戰我們將可穩勝無疑。」

張猛精大振，大聲應道：「張猛受教了！」

徐道覆目光投往太湖水天交接的無垠遠處，想起了到建康刺殺劉裕的盧循，徐徐道：「在南方我只顧忌一個人，就是劉裕，他有著令人難以相信的生命力，能在最惡劣的環境下求生，反攻邊荒集和大破焦烈武，在在顯示出他這種超凡的能力。雖然他現在看來似難有作爲，但我們絕不能低估他，他不但在北府兵內有驚人號召力，對我方的軍民也有一定的影響力，只要給他掌握到機會，可如彗星般崛起。」

張猛沉聲道：「劉裕！」

徐道覆微笑道：「希望這幾天會有好消息傳回來吧！那劉裕就不會再成爲我們天師軍統一天下的障礙。」

紀千千晚膳後，偕小詩返回房內。小詩見紀千千神情興奮，忍不住問道：「小姐今夜心情很好呢！」

紀千千壓低聲音道：「你負責爲我把守房門，任何人來找我都要擋駕，就說我感到不適，提早上床休息好了。」

小詩擔心的道：「小姐眞的不舒服嗎？」

紀千千笑道：「不要胡思亂想，小姐是要在夢中會情郎了！」

劉裕、宋悲風和屠奉三蹲在屋脊處，監視著他們懷疑是乾歸藏身的店鋪。從他們身處的角度望下去，前後門均在他們的視線下。如果乾歸離開，將瞞不過他們的耳目，除非是另有秘密通道。此鋪是前店後居的格局，有個大天井，且有後院，院內有個貨倉。此時店鋪已關門，但仍燈火通明。

屠奉三道：「乾歸藏身於此的可能性很大，這間大來米鋪另一邊便是碼頭，危急時只要跳進大江，千軍萬馬也奈何不了他。」劉裕和宋悲風的目光不由越過米鋪，投往帆影來往的大江。

宋悲風道：「可是監視了整天，仍未見有可疑的人現身。」

屠奉三道：「乾歸理該偵騎四出，打探劉爺的消息，如此鋪後大有可能暗藏秘密通道。這條地道肯定不是通往碼頭區，而是附近另一宅院。」

宋悲風頭痛的道：「問題在我們不能打草驚蛇，所以沒法查證，我們總不能搜遍附近百多間房舍。」

劉裕道：「如果今晚一無所獲，只好用司馬元顯提議的辦法。」

屠奉三興致盎然的道：「這小子有甚麼好提議？」

劉裕笑道：「當然是他司馬氏慣用的手法。就是把蘇名望的爹娘妻兒兄弟姊妹全抓起來，然後逼老蘇就範。」

宋悲風點頭道：「這不失為一個方法。」

屠奉三道：「像乾歸這種老江湖，對蘇名望怎麼都會防一手，不會輕易就被出賣的。哼！乾歸雖然狡猾，但我屠奉三又豈是好惹的，我會有辦法把他揪出來。」

宋悲風道：「首先我們要尋得他出入的通道，如此只要將他困在地道內，便有可能置他於死地。」

屠奉三道：「這方面或許不如想像的困難。首先，這以秘道接連的房舍必須亦是接近大江，好方便逃走。其次是地道不可能太長，那樣不但在施工上有困難，且容易被發現。」

劉裕喜道：「如此便應該在米鋪附近，且是靠碼頭十多個店鋪的其中之一，我們要搜查的範圍可大幅縮小。」

屠奉三道：「此事不宜明訪，只能暗查，且須借助司馬元顯的力量。只要弄清楚這十多個店鋪的業權和人丁，我們或可根據資料，查出與米鋪以秘道連接起來的房子。」

宋悲風道：「現在我們是不是應鳴金收兵，等待司馬元顯調查的結果？」

屠奉三道：「橫豎閒著無聊，我們可來個守株待兔，到碼頭區找個貨棚藏身，監視這一帶沿岸的房舍，說不定可有意外收穫，如此便不用勞煩我們的元顯公子，也減少打草驚蛇的風險。」劉宋兩人同聲稱善，三人躍下瓦背，繞道潛往大小碼頭林立、停靠了過千艘船的碼頭區去。

紀千千在紗帳內盤膝默坐，依燕飛傳授的訣法，自然而然的用功，勿忘勿助，安神於炁穴內，知而不守，念茲在茲，先存後忘，緩緩進入混沌杳冥的修道境界。自今早醒來，她一直處於有異於以往的狀態，不單精神抖擻，心志堅凝，更感到不論修真道功和本身真氣都瀕臨突破的關鍵邊緣。想到百日築基之期屆滿，此刻她對自己當然更有信心。最奇妙的是體內眞氣天然轉動，脊骨發熱，渾身舒泰。她本身有一定的武學修養，隱隱曉得經燕飛爲她打通了全身經脈，又經過百日的修行，她的眞氣正逐漸從後天轉爲先天。如果眞的如此，她的武功將踏入全新的境界，到達她從未夢想過的天地。這只是意外的收穫，她並不太放在心上，最重要是能與燕飛進行心靈的對話，聯手反擊慕容垂。

在至靜至極裏，忽然丹田火熱起來，紀千千謹記燕飛教她的法訣，任由體內眞氣澎湃波盪，一概不理，順乎自然。任它千變萬化，我只抱中守一。也不知過了多少時候，體內眞氣逐漸平復，但心神卻凝聚起來。倏忽地又回復對所處環境的知感，彷如從另一個世界回歸到現實來，聽到小詩熟睡中發出輕柔的呼吸聲。紀千千生出滿足、幸福和充滿希望的感覺，她曉得終於成功了，她的精神和體內眞氣已結合爲一，達致練氣化神的境界。她的心力仍是有限，可是卻可以通過修練來補充，不像以前般只有損耗，直至心力交瘁。她的心充滿了愛火，熊熊的燃燒著，而她的心靈竟可以是如此深廣和開放。

紀千千的心靈又離開了現實，如潮湧來的愛，令每一件事看來都是美好的。這是她從未有過的感受，生命、夢想、感情和回憶水乳交融地混合在一起，顯露出心靈完美的一面。她感到天地在詠舞，宇宙的一切都在生生不息，循環往復；一切都在改變，卻又始終如一。她似是看到窗外孤懸在星棋邊緣又圓又遠的月兒，又似只是看到心靈內某一剎那的景象。積蓄已久的期待和熱情爆發開來，紀千千在心靈內那廣闊無盡的天地，發出對燕飛的召喚。她沒有搜尋燕飛的心靈異力，只有待燕飛來回應她的呼喚。

她可以做的事是停留在那精神境界裏，全心全意去傾聽任何可以顯示燕飛在回應的蛛絲馬跡，全心全意的等待，透過超乎她能理解又確切存在的心靈感應，向天地的極盡處送出愛的召喚。她的心靈之聲越過茫茫的黑暗，迅速傳開去，任何遙遠的地方對她來說均不再遙遠。

就在這一刻，她感應到燕飛。這一次和以往任何一回的心靈交感都有分別，一切的痛苦、創傷、迷惘、熱愛都毫無保留地呈現出來，是如此的實在。兩個孤獨的心靈結合在一起，再沒有絲毫孤獨的感覺。他們都把自己交給了對方，讓另一方進駐最隱秘和深藏的心靈裏去。於心靈連接的一刻，紀千千生出與燕飛共臥大草原上，仰觀壯麗星空的迷人感覺。他們不單心靈融合無間，身體間亦沒有隔閡。美得像一個眞實的夢。

「燕郎呵！燕郎！千千想你想得很苦呵！」

燕飛在她深心處嘆息道：「千千終於成功了，告訴我你的情況。」

紀千千撒嬌道：「先說你的事，我甚麼都想聽，不要有遺漏。」

燕飛充盈最深摯感情的聲音，在她的心靈響起道：「我現在正看著一個在塞北美麗的小湖泊，這裏地域遼闊，草原廣袤，水草豐美，在湖西有一座小山丘，長長的丘坡像一幅地氈般直鋪至湖邊。」

紀千千嬌柔的道：「有一天，燕郎要帶千千到你說的這個美麗小湖去。噢！你在那裏幹甚麼呢？」

燕飛答道：「我在等待著，我與我的兄弟拓跋珪和他的戰士在等待著。天明前，慕容寶和他的大軍會到這裏來，到太陽升上天空時，勝負該已清楚分明。」

紀千千驚呼道：「燕郎呵！你千萬要小心。沒有了你，千千再沒有活下去的意義。難怪慕容垂鬱悶不樂，原來慕容寶正處於下風。」

燕飛道：「此事至關緊要，千千告訴我，慕容垂有說過關於未來行動的話嗎？」

紀千千回憶思索，道：「他又重提要活捉你的事，還說以有一個你這樣的對手爲榮，說他勤修武事，期待與你的二度交手。噢！對了！他說剛與姚萇締結互不侵犯的條約，而任何人敢低估他，都要付出慘痛的代價。」

燕飛道：「我明白了！」

紀千千道：「燕郎明白了甚麼呢？快說出來吧！」

燕飛道：「慕容垂並沒有因慕容寶受挫而喪失理性，他先要穩定戰果，才會北上來對付我們。我更懷疑他會親自率兵攻打邊荒集，令我們荒人沒法和拓跋族呼應。如果邊荒集被徹底毀掉，此仗我們必輸無疑。」

紀千千道：「那怎麼辦好呢？」

燕飛道：「我現在對你說的話，至爲重要，千千萬勿輕忽視之。」

紀千千道：「燕郎說吧，千千不會忘記你說過的任何一句話。」

燕飛道：「你的心靈信息正不住減弱，顯示你雖然成功築基，但心力仍是有限制的。我們結束這回的心靈對話後，你要好好休養，直至精神恢復過來，才可以對我作出另一次呼喚，切記！」

紀千千不捨地淒然道：「燕郎呵！我愛你。」

燕飛的聲音回到遙不可及的遠方去，隱約傳來「我愛你」的回應。然後紀千千回到房間內，小詩的呼吸聲仍是那樣輕柔。一陣疲倦襲上心頭。可是一切都不同了，紀千千再沒有孤獨無助的感覺。

戒嚴令實施後的一個時辰過去了，劉裕等仍是一無所獲。碼頭區靜如鬼域，泊在這段河區的船隻絕大部分黑燈瞎火，只餘掛在首尾處的風燈，在一片黑黝黝的江面上，點點燈光彷若天上繁星降到人間來。

一隊巡軍走過後，宋悲風道：「我們還是回去吧！」

劉裕正要附和，屠奉三道：「你們看。」

兩人循他指示瞧去，上游岸旁一座建築物屋脊處燈光倏閃倏滅，連續閃亮三次，然後歸於黑暗，離他們藏身處足有兩千多步之遙。宋悲風精神一振道：「我們過去看看。」

屠奉三道：「不會有結果的，這種事只能碰運氣。對方是向江上某一艘船通信，或許是要另一方派艇來接載，可是登艇地點一早已約好，絕不會在發信號處的附近。且發信者現已躲在暗處，如果我們貿然去看，會被對方先一步察覺。」

劉裕道：「現在我們該怎辦呢？」

屠奉三胸有成竹的道：「最適合登艇的地方，是舟船最密集的地方，如此即使有人在後跟蹤，亦可輕易撇掉跟蹤者。」

宋悲風佩服的道：「如此該是下游離此半里的大碼頭區，那亦是河監的官署所在。」

屠奉三笑道：「雖不中亦不遠了，我們去！」

三人沿岸小心翼翼的前進，愈接近大碼頭區，遇到巡兵的次數更趨頻密，顯示司馬道子對接近皇城的河段特別有戒心。河上不時有水師船穿梭往來，任何違反戒嚴令在晚上航行的船隻，均要被依令嚴辦。所以只要有船艇在河區移動，肯定瞞不過他們三個有心人。

屠奉三領先來到一座貨棚，棚內堆滿未及送入城內的木材，不知是爲哪位權貴大興土木之用。道：「這裏差不多了！守候不到兔子只好怪我們今晚運氣不濟。」

宋悲風欣然道：「若小裕眞是眞命天子，我們該正走大運才對，怎會走倒楣運？」

劉裕苦笑道：「求你們再不要提眞命天子這四個字了，大家都清楚是用來唬人的。」

屠奉三淡淡道：「老哥你有點前言不對後語，我還以爲你已確認自己是眞命天子呢？」

劉裕知他是借機表示對自己節外生枝的去管謝鍾秀的事表示不滿，沉默下去。宋悲風顯然察覺到是怎麼回事，嘆了一口氣，也欲語乏言。

一陣難堪的沉默後，屠奉三歉然道：「是我不對，劉爺眷念舊情，我該支持才對。」

劉裕伸手搭上他的肩頭，頹然道：「我也很矛盾，明知去管這樣的事，不會有甚麼好結果，可是又知道若袖手旁觀，心中會永遠有一根利刺。」宋悲風默默聽著，沒有插話。

屠奉三道：「正如我說的，只要你成了南方之主，孫小姐的事便可以迎刃而解。現在對孫小姐最大的威脅來自司馬元顯，只要我們有方法令司馬元顯不對謝家施壓力，便可以拖延此事。」

劉裕一震道：「糟了！」兩人愕然瞧著他。

劉裕道：「若我是司馬元顯，肯定會在謝琰出征前提親逼婚，更不愁謝琰敢拒絕，否則謝琰出征了，誰可以爲孫小姐作主？如謝琰在戰場上有甚麼閃失，還不知要拖到何時？」兩人均感劉裕的話有道理，皺眉無語。

屠奉三道：「來了！」破風聲起，一道人影像輕煙般從靠岸的房舍閃出來，倏忽間已抵岸邊。三人定神一看，立在岸邊的人身形苗條動人，分明是個女子。從他們的角度瞧去，只能看到她的背影。劉裕虎軀顫了一下，顯然認出對方是誰。

一艘小艇從兩船間駛出來，往此女立處移動。兩名大漢坐在艇尾負責划艇，另一人立在艇首。屠奉三和宋悲風雖然不知立在艇首者是何人，但從其氣魄已一眼看出對方是可怕的高手。劉裕雙目亮起來，暗扯著兩人衣袖，表示不要輕舉妄動。他們都不敢說話，怕引起對方警覺。

到小艇離岸只五丈許時，女子縱身而起，投往艇首去，落在那人身旁。那人沉聲道：「見到他了嗎？」女子柔聲道：「幸不辱命。」那人一開腔，屠奉三立即認出是乾歸，登時精神大振。小艇迅速掉頭，沒入舟船密集處，失去影蹤。

屠奉三吐一口氣道：「差點誤中副車，鬧出大笑話。」

宋悲風愕然道：「竟然是乾歸？」

劉裕道：「男的是乾歸，女的是任妖女，眞不明白他們怎會搞在一起？」

屠奉三喃喃念道：「任妖女！任妖女！噢！這次不好了！」輪到兩人不明所以的盯著他。

屠奉三的臉色變得非常難看，正要說話，三人忽有所覺。他們這次在完全缺乏心理準備下，朝剛才任青媞登舟處瞧過去，都不由心中感到寒意。任青媞的身法已迅似輕煙，此人卻如從虛無裏冒出來，來無蹤的忽然便出現在那裏，且予人一種渾身邪氣的感覺。此人作道裝打扮，目光投往江面，喃喃道：「眞古怪！」三人屏息靜氣，不敢有任何動作。道人看了一會後，往後飛退，離岸逾十丈後，倒拔而起，凌空翻身，投往遠方的暗黑裏，消沒不見。

宋悲風倒抽一口涼氣道：「何方妖道如此厲害？若我不是見過孫恩，肯定會以爲是他。」

劉裕駭然道：「這個是孫恩的大弟子盧循，身手大勝從前，令人難以相信。他來建康要幹甚麼呢？」

屠奉三沉聲道：「他要殺你。」劉裕聽得呆了起來。

宋悲風向屠奉三問道：「剛才你爲何叫糟糕？」

屠奉三道：「我的心有點亂，回歸善寺再說吧。」

寒風肆虐大地，低垂的天幕，壓著一重又一重厚厚的黑雲，天地像被暗黑吞噬，即使以燕飛和拓跋珪的體質，被風吹了整夜後，亦感到那徹骨的風寒之苦。兩人蹲在林區的邊緣處，瞪著在兩千步外的參合湖，靜待敵人的來臨。戰士全體進入精選的攻擊位置，只要戰號響起，他們會借快馬之力四面八方殺出去，予敵人無情的痛擊。勝利已來到掌心內。最新的情報顯示，崔宏的狼驅羊戰術非常成功，敵人棄下了輜車糧貨，正急如喪家之犬，軍不成軍的朝參合陂逃竄而來。

拓跋珪道：「你緊張嗎？」

燕飛輕鬆的答道：「當然緊張。」

拓跋珪道：「你緊張？我看你倒是春風滿面，心情大佳呢？」

燕飛心忖我的心情當然很好，但在這一刻卻不想告訴拓跋珪與紀千千剛作心靈對話的事。微笑道：「你的心情難道很差嗎？」一陣狂風颳來，登時樹搖葉落，倍增寒意。

拓跋珪道：「趁你心情良好之時，想告訴你一件事，希望你能夠體諒。」

燕飛錯愕道：「甚麼事這般嚴重，要趁我心情好的時候才說？」

拓跋珪道：「也沒甚麼大不了的，我準備不留俘虜，不會接受降兵。」

燕飛呆了半晌，嘆道：「早知你這小子會這樣做，但不嫌有傷天德嗎？」

拓跋珪道：「這七萬多人是燕國的精銳，若在此全軍覆沒，將會改變我們和燕國兵力的對比，何況接著我還要趁勢重奪平城、雁門兩大重鎮，當作我逐鹿中原的踏腳據點，若有大批俘虜須處理，我的軍隊將失去來去如風的機動性。為了恢復代國，我沒有別的選擇。」

燕飛知他性格，事實上拓跋珪早狠下決心，誰都不能改變他。提出來只表示尊重他燕飛，並不是要和他商量。盡最後的努力道：「假若降者肯效忠於你又如何？」

拓跋珪搖頭道：「這是不可能的，慕容鮮卑族的人永遠不會效忠於我。現在我們唯一該做的事，就是殺盡眼前的敵人。只有這樣，我才有挑戰慕容垂的資格，你才可以奪回你的紀美人。」

燕飛皺眉道：「你能對棄械投降的人動手嗎？」

拓跋珪道：「戰場上是沒有仁慈可言的恐怖場地。春秋戰國之時，最厲害莫過於趙兵，屢破秦師。可是長平之役，秦將白起坑殺四十萬趙兵，從此趙國國力大衰，再無力抗秦。如非白起有此一著，鹿死誰手，尚未可料。我不得不盡殺敵人，是因我再沒有更好的辦法。」

燕飛沉默片刻，忽然道：「此戰事了後，我要立即趕回邊荒集去。」

拓跋珪不滿道：「你竟不陪我去攻打平城和雁門嗎？」

燕飛道：「我仍是與你並肩作戰，只是在不同的戰線上。若我所料不差，慕容垂會在反擊你之前，先收拾邊荒集，使他無後顧之憂，亦令我們沒法聯手對抗他。」

拓跋珪一震道：「有道理！」又道：「我想求你一件事。」

燕飛皺眉道：「甚麼事？」

拓跋珪道：「我想你為我殺慕容寶。」

燕飛訝道：「你不想手刃他嗎？」

拓跋珪道：「在這種寒風黑暗裏，只有你才能在千軍萬馬的廝殺裏，分辨出慕容寶來，加以截殺。我最清楚他的為人，在這樣的情況下第一個逃走的肯定是他，在大批高手保護下，他極有可能突圍脫身，那時只有你有能力追上他，置他於死。我則要留在戰場指揮大局，你定要答應我。你肯點頭，他便死定了。」

燕飛苦笑道：「我看著辦吧！」

拓跋珪目光投往參合陂的西丘，雙目倏地閃亮，語調卻平靜得近乎冷酷的道：「要來的終於來了。」

燕飛早看到丘頂處出現幾點火光，在風裏明明滅滅，但在暗黑裏卻非常醒目。這是慕容寶向手下戰士顯示參合陂位置的信號。在如此寒風呼嘯的暗夜裏，要偵察四周的情況，須待天明後進行，不過那時已遲了，再沒有機會。燕飛功聚雙目，只見一批一批的敵方騎兵，越過丘頂走下長坡，聚集在參合湖北岸的平野上，人馬都困乏不堪，下馬後的兵士散亂的躺在草地上，馬兒則到湖邊喝水。不知情者驟然瞧去，會以為是大群沒有紀律的馬賊，無法和大燕國的精兵產生任何聯想。

拓跋珪湊到他耳旁道：「慕容寶和他的將領該留在丘頂的位置，以俯瞰全局。」燕飛生出不忍的感覺，這根本不算一場戰爭，而是徹頭徹尾一場殘忍的大屠殺，敵人在恢復鬥志和體力前，根本沒有反抗的能力。而這種形勢正是己方蓄意一手營造出來的。

兩人耐心的等待，不到半個時辰，參合湖北岸的平野聚集了超過五萬燕軍，漫山遍野盡是疲兵，且陸續到來。在寒風的煎熬下，敵人體能不住轉差，而非逐漸恢復過來。近湖一帶豎立了數百個營帳，供燕兵到營裏休息。除了丘上的火把外，敵陣內不見半點火光，在如此風勢下，敵人連生火取暖都辦不到。拓跋珪低聲道：「是時候了！」跳將起來，向埋伏後方的戰士發出命令。他們這支部隊兵力達三千之眾，佔有上風之利，是攻擊的主力。命令傳下去，戰士紛紛翻上馬背。燕飛跟著站起，早有人把兩匹駿馬牽到身旁，讓他們踏鐙上馬。馬背上，燕飛朝拓跋珪瞧去，見到自己這位好兄弟背掛雙戟，從兩肩交叉斜探出來，雙目閃閃發亮，背脊挺直，坐得穩如泰山，確有君臨天下的威勢。不由生出奇異的感覺，林外七萬多條人命，全憑他一句話決定生死。而此戰將會把北方慕容垂獨步關外，姚萇主宰關內的形勢扭轉過來。他們所處密林位於參合陂東北方，敵人則處於風向的下方，順風殺奔敵陣，情況便若水戰裏上游下游的優劣形勢。

第一線曙光，在苦待竟夜後出現在東面天地交接處。敵方戰士仍不斷來到參合湖北岸。黑暗稀薄起來了。拓跋珪怒吼一聲「去！」策馬馳出密林，朝敵陣飛奔而去，燕飛緊隨他旁，後方的騎士衝林而出，像咆哮的怒濤般朝只隔了千多步的敵人捲去。蹄聲粉碎了參合湖的和平，敵人駭然驚醒，但已來不及結陣應變。同一時間分由長孫嵩、叔孫普洛和張袞指揮的三支部隊，從埋伏處衝出，從正北、正東和西北殺往敵陣。一時間殺聲震耳，蹄聲漫天徹地。敵人未戰先亂，恐懼感在參合陂潮浪漲退般的蔓延，人奔馬竄，更是軍不成軍。拓跋珪狂喝道：「拓跋珪和燕飛來了。」他的聲音隨風送入敵陣，同時拔出背上威震北塞長四尺二寸的短戟，把迎上來拚命的敵人連人帶兵器挑上半空，拉開了戰爭的序幕。燕飛的蝶戀花來到手上，把從前方來的敵人殺得東仆西倒，不能抵擋阻止他們片刻。三千戰士氣勢如虹，如破竹般的直指敵人聚集的心臟地帶，只一下子便衝殺得敵人潰不成軍，令敵人只知四散逃命，沒有絲毫還擊之力。

這次的黎明突襲是經過精心策畫，甫發動便把敵人逼進死地，不容敵人逃脫。由拓跋珪指揮的部隊最接近敵人，先以雷霆萬鈞、以快打慢的馬隊戰術，衝散敵人，然後其他三支部隊蜂擁而至，對忙於逃命的敵人無情截殺，不容有漏網之魚。敵人早已亂成一團，各自為戰，可是拓跋珪和燕飛率領的部隊，在敵群裏左衝右突，始終隊形完整，比對起敵人亂如散沙，更顯出強弱懸殊之勢。勝敗之局已定，只看能殺多少人。人數在拓跋族戰士三倍以上的燕兵，已完全失去了抵抗力，長孫嵩等人率領的三支部隊再加入戰爭，更像怒潮般把敵人淹沒。天地乾坤被翻轉過來，隨著天色漸明，戰場上仍予人暗無天日的感覺。在這裏，陣亡戰士流出的血使得屍體黏在平野上，任由馬蹄踐踏，數以百計的人在同一刻倒下去，令本是寧謐安詳的湖岸變成滿目瘡痍的屠場。到處是揚起的塵埃和被殺者臨死前的號叫，其慘烈超乎任何言語的形容。唯一的生路或許是美麗的參合湖，大批大批的敵人拋戈棄甲的投進冰寒的湖水裏。

拓跋珪劈跌了一個敵人後，向燕飛喝道：「小寶兒要走了！」燕飛記起了拓跋珪的請求，朝丘頂看去。在屍橫遍坡的高處，一隊數百人的敵軍正朝北突圍。此時喊殺聲從丘坡的另一邊傳來，該是崔宏和長孫道生的追兵到了，難怪慕容寶再不敢戀戰。燕飛暗嘆一口氣，從馬背上彈跳起，凌空投往慕容寶所在的方向。

燕飛看到躺臥在草原上，第五隻因力竭而倒斃的馬屍，曉得自己可在小半個時辰內趕上慕容寶，為拓跋珪完成他的心願。他們發動黎明進攻時，慕容寶位於丘頂位置，居高臨下的瞧著宿敵拓跋珪摧毀他的遠征大軍，那定是一種可怕和難以接受的滋味。慕容寶從未吃過敗仗，自以為永不會被擊敗，正是這種自大的心態，種下今日敗因。如果他不是於高處掌握到整個戰場的情況，這次絕難突圍逃走。縱然如此，能隨慕容寶逃出生天者，不到十人。

拓跋珪思慮周詳，猜到慕容寶會留在坡頂監控大局，更知他武功得慕容垂眞傳，加上手下有高手拚死保護，極有殺出重圍的能力，所以把殺慕容寶的重任交予燕飛。燕飛隱隱感到拓跋珪有支使他離開戰場之意，讓他看不到他拓跋珪宰殺敵人的殘酷情況。拓跋珪會如何處置跳進湖水的敵人呢？他們肯定會成爲俘虜，這想法令他感到遍體生寒。一邊思索，他的速度沒有絲毫減緩下來，大地在腳下倒退，長長的草原在仍未止息的狂風吹拂下，有若起伏不休的綠色浪濤。

就在此時，前方出現一個體形魁梧，左手持盾、右手執槍的大漢，穩立如參天古樹盤根地底般，封鎖了他前進的路途。大漢仰天長笑道：「來者是否邊荒第一高手燕飛？本人史仇尼歸，願向燕兄領教高明。」燕飛心中暗嘆，不殺此人，休想繼續追殺慕容寶。換作另一種情況，他絕不願對如此拚死護主、把自己生死榮辱置於度外的義勇之士下殺手，但在戰場上，根本由不得他選擇。燕飛來到對方身前百步許處停下。大漢狂吼一聲，大步往他走過來，每踏一步，草原都似顫動了一下，顯示出他氣勢的強橫，視死如歸的決心，更表明他是與自己有一拚之力的高手。燕飛的蝶戀花出鞘。

劉裕大清早在秘巢與司馬元顯碰頭，這是昨天約好的，以交換消息。大家都同意，在殺死乾歸前，雙方會保持緊密的聯繫，以免因配合上出岔子致延誤時機。

司馬元顯神情興奮的搶著道：「我爹答應了，陳公公會出手助你們收拾乾歸。」

劉裕苦笑道：「我們弄錯了，乾歸並不是藏身在那米鋪內。」遂把昨夜的情況全盤說出來。

司馬元顯聽罷，點頭道：「我爹的懷疑沒有錯，他指出從陳公公的口中，感到此人非常縝密精明，照道理不該搭上蘇名望，予人有跡可尋，而應留在大江的船上，要打要逃，都方便多了。」

劉裕心忖這叫旁觀者清，也可看出司馬道子的才智和老練，想起自己能屢次逃出他的毒手，確實有點幸運的成分。

司馬元顯又皺眉道：「盧循來建康幹甚麼呢？如果能殺死他，會是更大的收穫。」

劉裕不敢說出盧循到建康來，極可能是要對付他劉裕的猜測，道：「要殺盧循或許比對付乾歸容易點，因爲盧循極可能藏身在米鋪內。」

司馬元顯訝道：「蘇名望不是桓玄的人嗎？怎會和盧循拉上關係？」

劉裕心忖不論能否殺死乾歸或盧循，蘇名望肯定完蛋了，還累及妻兒。以司馬道子的狠辣，絕不容他活下去。道：「可以有菇千秋，當然也可以有蘇名望，表面上蘇名望是左右逢源，骨子裏可能是忠誠狂熱的天師道徒，爲了宗教思想，不顧自身的生死。」

司馬元顯雙目殺機大盛，冷哼道：「還是依我的主意吧！就把蘇名望的妻兒全抓起來，哪怕他不乖乖合作？」

劉裕道：「這是沒有辦法中的辦法，不到最後，勿要用此一著。」

司馬元顯興致盎然的道：「劉兄有甚麼更好的提議？屠當家爲何不與劉兄一道來呢？」

劉裕知他對屠奉三比對自己有更大的好感，因爲屠奉三不但與桓玄仇深似海，又清楚桓玄的虛實，兼且沒有帶著眞命天子的威脅壓力。答道：「他要向邊荒集發出信息，請我們的荒人兄弟到建康來幫忙。」

司馬元顯喜道：「這就最好了！」

劉裕感到司馬元顯流露的少年心性，對他的惡感又不由減弱幾分。道：「我們只希望有足夠人手對付天師軍，與眼前的情況沒有關係。」

司馬元顯充滿希望的道：「燕飛能不能來幫忙呢？我爹也想燕飛來，只有他可以收拾孫恩。」

劉裕點頭道：「如果燕飛可以分身，一定會來的。」心忖爲了謝道韞，燕飛是不得不來建康。然後道：「如果乾歸和盧循我們只能選其一而殺之，公子會如何選擇？」

司馬元顯皺眉道：「你打算只殺其中一人嗎？」

劉裕微笑道：「可以做得到的話，當然是兩個都一併幹掉，不過我們必須先弄清楚兩者間的緩急輕重，遇事時才不會進退失據，結果兩頭都不到岸。」

司馬元顯沉吟起來，思索的道：「死了個乾歸，對桓玄來說只是失去一名大將，對他的威望並沒有影響；可是盧循是孫恩的傳人，在天師道的威望僅次於孫恩，居於徐道覆之上，如他在建康被擒殺，會對天師軍造成沉重的打擊，更會直接影響孫恩在信徒心中的形象。」

劉裕同意道：「公子說得對！他奶奶的，如果孫恩的法力連自己的大徒弟都保護不來，憑甚麼自居天師？哈！想想吧！值此大軍出征之時，我們卻把盧循的妖頭高懸午門之上，比說甚麼娘的激動軍心的話更有實效。」

這番夾雜粗言鄙語的話，比拍這位皇室貴胄的馬屁更令他受落，司馬元顯興奮的道：「就這麼決定，我們以盧循爲頭號目標，將乾歸和任妖女擺在次要位置。」

劉裕是故意令他高興，好更容易說話，乘機道：「對付盧循，必須盡起高手，我想請宋悲風幫忙，但又怕公子心裏不舒服，所以想先聽公子的意見。如果公子不同意……」

司馬元顯打斷他道：「大局要緊，以前的小事提來作甚麼？唉！紀千千！有些事我眞不願去想。這方面由你來拿主意吧！」接著漫不經意的道：「我爹想見你，我預備了馬車，劉兄和我一道去吧。」

劉裕猝不及防下，幾乎想託詞拒絕。幸好發覺司馬元顯說這番「邀請」話時，神情似乎有異，猜到司馬元顯是奉父命來試探自己，看他劉裕的反應，哪敢猶豫，裝出欣然神色道：「我正想向琅琊王請安，只怕他貴人事忙，我們立刻去吧！」同時心中叫苦，現在他的小命是操縱在司馬道子手上，只要司馬道子想殺他，隨時把他召到某處，便可置他於死。一個陳公公就讓他應付得非常吃力，何況還有位居「九品高手」榜第二位的司馬道子和琅琊王府的高手。

司馬元顯聽到他的回應，露出如釋重負的輕鬆神態，站起來道：「我們走！」

兩人在附近登上馬車，隨行的二十名親衛騎馬前後護駕，朝琅琊王府的方向馳去。馬車內，司馬元顯問道：「任妖女那晚見的究竟是誰呢？」

劉裕道：「我也想有人能告訴我。」見司馬元顯聞言一臉失望神色，心忖自己是不可以隨便一句話便打發他的。接下去道：「首先，乾歸不但清楚任妖女去見何人，且曉得此人不是那麼容易見到的，所以忍不住出言相詢。而任妖女能見到此人，感到自豪，故有『幸不辱命』的回應。任妖女當然是代表桓玄去和此人說話，可令桓玄派密使去和他說話的人，在建康夠這資格的人肯定不多，那此人究竟是誰，可呼之欲出了。」

司馬元顯皺眉不語，苦苦思索。好一會後道：「你猜是誰呢？」

劉裕亦在用神思索。昨夜他們返歸善寺後，屠奉三因怕任青媞重投桓玄懷抱，會揭發他和侯亮生的事，他非常擔心侯亮生的安全，致大家無心思考其他，到這刻劉裕才認眞思量任青媞昨夜去見的是何人。昨夜屠奉三已盡了人事，立即派人趕往江陵，好向侯亮生發出警報，著他立即逃亡。

劉裕道：「盧循之能跟蹤任妖女，大有可能他正監視此人，又或看是否有下手刺殺那人的機會，湊巧碰上任妖女，遂改變目標。由此觀之，以盧循的本領，亦沒法找到下手的機會，不得不放棄。他娘的！這人會是誰呢？」

司馬元顯興奮的道：「對！他娘的！這個人究竟是誰？爲何盧循對任妖女去見他感到古怪？可知此人該與桓玄是處於敵對狀態。甚麼人可令盧循要一意行刺呢？」

劉裕臉色一變，忘了司馬元顯剛說出可能是畢生第一句粗話，呆瞪著司馬元顯。馬車隊此時駛達琅琊王府大門外，馬車停下。司馬元顯見他神情，曉得他猜到了是何人，忙緊張的問道：「究竟是誰？」

劉裕正要答他，忽然神情一動，手舉往背後厚背刀刀把，低喝道：「小心！有刺客！」話猶未已，車外傳來兩聲短促而慘厲的叫聲，接著車頂碎裂。劉裕未及把厚背刀抽出來，攔腰抱著司馬元顯，撞破車門，滾出馬車外。「轟！」車內原先兩人坐處木屑橫飛，座椅化爲粉碎，驚人至極點。

漫空槍影，劈頭照臉往燕飛灑去，似是功力十足，可是燕飛卻清楚感到史仇尼歸的「意向」，這些只是惑敵的招數，掩飾其眞正的殺著。早在史仇尼歸搶先攻擊，他已清楚感覺到史仇尼歸不但是能與他有一拚之力的高手，且拋開了生死，務要阻止他追殺慕容寶。只要他一個不小心在對手的狂攻下受創，縱使能殺死史仇尼歸，亦會大大影響他完成拓跋珪所託的任務。更可慮者，是因要除去這樣一個強勁的對手，不得不損耗眞元，也會令他追上慕容寶的機會大幅減少。橫看豎看，史仇尼歸的攔截，確實大增慕容寶逃出生天的可能性。

燕飛冷哼一聲，蝶戀花斜指對手，吞吐不定，欲攻欲守，教人難以捉摸。心思一轉間，史仇尼歸衝至燕飛身前丈許處，充天塞地的槍影倏地消散，只餘下一片烏雲似的黑影，割面而來，那種變化像在變戲法。燕飛也不由心中暗讚，如此強橫聰明的對手，他已久未遇上。他為人灑脫，立即把追殺慕容寶的事拋到一旁，否則如心有罣礙，稍一不慎，會陰溝裏翻船，受挫於對方手下。蝶戀花重劈在史仇尼歸割喉而至的重鐵盾邊緣處。「噹！」史仇尼歸劇震後退，此劍力度沉雄，綿綿如長江大河，換過別人，已消受不起。但史仇尼歸乃大燕國新一代最傑出的高手，武技猶在自恃的慕容寶之上，雖應付得非常吃力，仍勉強抵住。

若不是燕飛，此刻定會趁勢追擊，續施殺手，令對方沒法重組攻勢。可是燕飛何等樣人，掌握到這一盾並非全力施展，故而史仇尼歸吃不住自己一劍的勁力。果然史仇尼歸把鐵盾下收，護著胸腹的一刻，長槍從盾底斜刺而至，筆直射向他的丹田位置，快如電閃，帶起破空的嘯聲，可知其力道的剛猛疾勁。如他乘機強攻，等於把身體送往矛尖去。如此極盡詭變能事的招式，他還是初次遇上。最厲害是對方任長槍下墜，再以盾牌隔斷燕飛的視線，到長槍落到幾乎貼地的位置，以腳踢槍把，由下而上疾射燕飛。燕飛笑道：「好槍法！」一腳踢出，正中槍尖。長槍應腳拋向兩人間的上方，車輪般轉動，發出強烈的舞動聲，直抵七、八丈的高空。史仇尼歸見秘技被破，仍是悍勇如前，大喝一聲，擲出盾牌，螺旋著平割而來，同時拔出腰間馬刀，隨盾往燕飛殺至。這下擲盾與先前不同，貫滿勁力，沒有絲毫保留，即使以燕飛的功力，亦感硬擋此招非常不智。他當然有信心把盾「擊下」，可是此盾重達七、八十斤，加上史仇尼歸的眞勁，配合旋轉的來勢，足可令燕飛手臂痠麻，更難抵擋史仇尼歸持續攻來的馬刀。此子的高明，實出乎燕飛意料之外。

燕飛驀地升起，右腳足尖點在重盾的中心點，騰雲駕霧似的隨盾飛退，剎那間已和凌空追來的史仇尼歸拉開至達三丈的距離。燕飛足尖用力，腳下鐵盾不但停止旋轉，還反方向迴旋回來，接著離腳而去，改往窮追不捨的史仇尼歸迎去。史仇尼歸大吃一驚，往旁閃開，雖成功避過鐵盾，可是如虹的氣勢早土崩瓦解，再不能憑敵手間微妙的氣機追擊燕飛。燕飛此時飛臨他上方，蝶戀花不留情地向他展開攻擊。「叮叮噹噹」刀劍交擊之聲不絕於耳，史仇尼歸施盡渾身解數，勉強擋著。燕飛往後翻騰，落往地上。「啪！」早前被燕飛踢往高空的長槍，於此時掉在史仇尼歸身後，可見這數下交手，是在何等高速下發生。

史仇尼歸不過擋了燕飛七、八劍，卻已衣衫盡濕、長髮披散、口鼻耳全逸出鮮血、渾身抖顫，有如在戰場上混戰了三日三夜。史仇尼歸難以置信的瞧著燕飛，聲音抖震的道：「這是甚麼功法？」「噹！」他終拿不住馬刀，任其掉在地上。燕飛心中暗嘆，這次追擊慕容寶的事已告泡湯，皆因眞元損耗過鉅。他暗把「仙門訣」融合在劍法內，劍劍至寒至熱激爆，怎是史仇尼歸這凡人抵抗得了？這等於在史仇尼歸的眞勁裏爆開道「小仙門」，雖沒有眞的開啓仙門，已足夠打開對方勁氣的缺口，徹底的打垮了對方。若非如此，燕飛恐怕仍要被悍不畏死的史仇尼歸纏上一段時間。到第八劍時，燕飛也感力有不繼。如果不是遇上如斯高明的對手，他也難以創出這從仙門領悟回來新的「日月麗天大法」。當日在巴陵面對兩湖幫包括聶天還在內的群雄，他是初試此訣，可是像這次收發由心的用在劍招上，則是全新的突破。

史仇尼歸「嘩」一聲噴出漫空鮮血，坐倒地上，雙目湧出熱淚，悲戚的道：「殺了我吧！」

燕飛還劍入鞘，訝道：「史仇兄為何哭呢？」

史仇尼歸慘然道：「我不是為自己的生死流淚，更不是因被你擊敗而流淚，而是為輸掉這場仗而痛心，假如我們遵照皇上的指示，便不用落此下場。動手吧！」

燕飛淡淡道：「回家去吧！戰爭總是有勝有敗的。」說罷轉身去了。

何人的掌勁如此霸道強猛？誰敢在光天化日下，公然在琅琊府大門前攻擊司馬元顯的座駕？劉裕抱著司馬元顯在街上滾動時，情況混亂至極點，大門剛打開了一半，拉車的馬兒受驚跳蹄前衝，拖著破爛的馬車，硬把欲蜂擁而出的門衛逼回府內。司馬元顯的隨身親衛，人人掣出兵器，離馬飛躍，趕來護主，叱喝怒吼，更添混亂。

劉裕甫觸地，立即見到有兩名親衛高手躺在地上，一人遠在大街處，另一死者就在馬車附近，均是頭蓋爆裂而亡，流出的鮮血染紅長街，他們的坐騎驚駭地在大街上橫衝直撞，引起了更大的混亂，街上人車爭相走避。劉裕心中描繪出剛才的情景：刺客從對面樓房高處騰空掠至，先以腳踏破位於隊尾的親衛頭顱，借力躍起再以同樣手法殺害另一人，這才直接攻擊馬車。何人如此厲害，難道是孫恩親臨？要知司馬元顯的親衛高手，無一不是百中挑一武技強橫之輩，縱使攻其不備，也難以在倏忽間連殺兩人，劉裕自問便辦不到。

勁氣壓體而來。左右的人東歪西倒。劉裕知道不妙，把司馬元顯推到一旁，大喝道：「護著公子！」厚背刀離背而出，盡全力、憑感應，躍起揮刀劈往上方。「蓬！」勁氣交擊，來人重躍上半空。劉裕則慘哼一聲，幾乎再次滾跌地上，全身氣血翻騰，五臟六腑像反轉了過來似的，張口噴出血花。如果不是近日功力大進，這一掌已可要了他的小命。

劉裕仰天望去，難以置信的道：「盧循！」

盧循知道已錯失殺他的機會，長笑道：「看你能活至何時？」凌空一個翻騰，投往對面去，消沒在一道横巷裏。

司馬元顯此時驚魂甫定的跳將起來，走到劉裕身旁，與他一起呆瞪著盧循消失的方向，道：「幸好有你在旁，否則我這回必死無疑，盧循竟然這麼厲害。你沒事吧？」

眾親衛把兩人團團圍著。劉裕拭去嘴角血漬，沉聲道：「我沒事！他奶奶的！盧循快要變成第二個孫恩了。」心想的卻是這回陰差陽錯，盧循要殺的肯定是自己而非司馬元顯，卻讓司馬元顯誤會了，以為他是拚死相救。亦可見盧循到此刻仍未摸清楚他的行藏，這次只是湊巧碰上。

邊荒集。邊城客棧。飯堂內鬧烘烘的，邊荒遊第一炮的團友大部分聚在這裏吃早點，大家混熟了，談起話來特別有勁，何況昨天參觀了天穴、聽過卓狂生〈一箭沉隱龍〉的說書，更不愁沒有話題。連續兩晚到青樓鬼混的，則忙於交換心得，好決定今夜該到哪所青樓花天酒地。老闆娘阮二娘親自招呼眾客，省去高彥等不少工夫。

今天並沒有安排節目或觀光景點，因為邊荒集應有盡有，胡漢美食、青樓賭館，樣樣俱備，在絕對安全的環境裏自由尋樂子，才有真正的樂趣。在整個邊荒集的荒人衷誠合作下，凡掛上邊荒遊標誌的人，都受到善待，買東西還有折扣，當然令客人更是賓至如歸，花錢花得更爽快。第二團邊荒遊剛於今早到達，入住另一旅館。由於受樓船數目限制，只能兩天接送一團，但荒人已非常滿意。高彥、姚猛和陰奇三人坐在角落，想到陪他們共進早膳後可回復自由身，三人的心情都很好。

討厭鬼談寶又來了，坐到三人這桌諛媚的道：「這次邊荒遊辦得空前成功，我們回去後會爲你們廣爲宣傳，令邊荒遊口碑載道，從此團來團往，客似雲來。」

姚猛斜眼兜著他道：「第二團來了，你不用溜嗎？」

談寶尷尬的道：「我剛到小建康外的碼頭看過，追我的壞人趕不上這一團。」

高彥笑道：「你見鬼才眞，明明剛起床，還沒踏出過客棧半步，到哪裏去看壞人呢？難道躲在你房間的衣櫃內？」

陰奇笑道：「聽說你昨晚在青樓醉倒了，要人把你抬回客棧。談兄的修養眞好，有人在後面追殺，仍可以如此放開懷抱，來個今朝有酒今朝醉。」

談寶被三人你一句我一句的冷嘲熱諷，仍是笑嘻嘻的滿臉歡容，沒有絲毫被揭破連篇謊話的窘態，道：「請三位念在我自幼孤苦無依，現今又走投無路，致行爲異常。哈！我這次來……」

姚猛打斷他向陰奇道：「我有一個懷疑，昨夜我們的談富豪不是喝醉而是詐醉，那便不用勞煩他探囊取錢結賬了。」

高彥「咦」的一聲奇道：「怎麼會呢？小談你不是有花不盡的金子嗎？」

陰奇啞然失笑道：「女人要騙男人的錢，最高明的招數是詐窮；男人要騙男人的錢，卻必須充闊。你們不是第一天出來行走江湖吧！這種九流的伎倆竟不曉得嗎？」高彥和姚猛忍不住捧腹大笑。

談寶陪笑道：「請三位大人有大量，念在我自幼父母雙亡，多多包涵。哈！我今天來找三位，不是爲了我自己，而是代陳老闆想在邊荒集弄一盤生意來探路。」

三人愕然對望，曉得這小子終於得償所願，找到肯給他騙的冤大頭。談寶口中的陳老闆來自建康，他是所有團友中，花錢花得最凶的一個大商家，昨夜在賭場輸了十多兩金子仍是面不改色。不過江湖有江湖的規矩，邊荒集有邊荒集的規矩，雖然明知談寶這小滑頭不老實，他們仍不可以壞他的事。

談寶又以最誠懇的態度道：「可以老老實實的做生意賺錢，誰願直偷硬取、做傷天害理的事？我這次到邊荒集來，正是要轉做正行，重新做人。請三位念在我三歲……」

此時一個振荊會的兄弟匆匆而來，到陰奇旁湊在他耳邊說話，談寶只好閉口。陰奇聽罷皺眉道：「他在哪裏呢？」

手下道：「他就在門外。」

陰奇打手勢要手下喚人進來，向談寶道：「今晚在說書館，有一個關於在邊荒集做生意的講座，屆時帶你的陳老闆去聽便成。現在老子有事，你給我立即滾蛋。」談寶千恩萬謝的去了。

振荊會的兄弟此時領著人來了，此人風塵僕僕、滿臉倦容，顯然是趕遠路而來，但雙眼仍是閃閃有神，粗壯的身體挺得筆直。三人一看便知是高手，不約而同暗中戒備。一錯豈能再錯，幸運是不會永遠站在他們這一邊的。

陰奇道：「坐！」那人在三人對面坐下。

陰奇道：「閣下高姓大名，有甚麼十萬火急的事要見我們屠老大？」

漢子定神打量陰奇，沉聲道：「本人蒯恩，奉主子之命來見屠老大，至於是甚麼事，必須見到屠老大才能說。」

高彥見他一臉正氣，忍不住道：「陰爺是屠老大的兄弟，振荊會的二當家，屠老大不在，陰爺便等於屠老大，對他說與對屠老大說沒有任何分別。」

蒯恩搖頭道：「因主子之命，我的話只能向屠老大說。陰二當家行個方便，指點我如何可以見到屠老大。」

陰奇不悅道：「此事沒得商量，我們屠老大的行蹤是個秘密，不會憑一個陌生人的片面之詞而洩漏。」他說得決絕，高彥和姚猛都不敢插嘴。

蒯恩呆瞪著陰奇，忽然兩眼紅起來，垂頭道：「我求陰爺好嗎？如我有半字謊言，教我天誅地滅。」

三人對他的異樣神情大惑不解，要這麼一個鐵漢說出哀求的話，分外令人驚訝。

高彥又忍不住道：「至少該透露點情況，例如你的主子是誰，好讓陰爺考慮。」

蒯恩沉吟片刻，壓低聲音道：「我來自江陵，一向在侯爺手下辦事。」

陰奇劇震道：「侯亮生！他是否出了事？」蒯恩忍在眼中的熱淚，再禁不住奪眶而出，還痛哭起來，惹得人人注目。

琅琊王府大堂內，司馬道子端坐主位，陳公公居右下首，對面是司馬元顯和劉裕兩人。如此方式的會面，有點像家庭聚會，令劉裕生出奇異的感覺。如果他沒有猜錯，自己「拚死」救回司馬元顯，減少了司馬道子的敵意，拉近了他們的關係。司馬道子縱然純在利害關係上作考慮，只要能證實三點，他的確會重用自己。首先，劉裕必須不是謝玄指定的繼承者；第二點是劉裕沒有野心；而最後一點也是最重要的一點，是劉裕必須絕對地效忠於他。劉裕亦在這三方面盡人事想辦法，以減少司馬道子對他的猜疑，爲的是爭取一個立大功的機會。大破焦烈武並不能算數，因爲焦烈武只是爲患沿海城鎮，沒有直接威脅到建康的安危，建康的權貴根本不把這當作一回事。如果能大破天師軍，當然是另一回事了。建康由上至下，會把他視爲救星。他要的是這麼一個機會，也只有司馬道子能達成他的願望。

司馬道子沒有詢問剛在大門外發生的事，因爲他已從把門的守將知悉整個過程，此刻問的是昨夜發生的事。劉裕在他反覆詢問下，詳盡道出情況。司馬道子聽罷沉吟不語，陳公公則盤膝而坐，垂簾內視，彷如入定多年的老僧，對身外任何事不聞不問。

好一會後，司馬道子向司馬元顯道：「小裕剛才告訴我的，與告訴元顯的有出入嗎？」劉裕心中打悶雷，思忖這種事哪有當著自己問司馬元顯的，理該私下才去問兒子，以判斷他劉裕有沒有說謊。不過亦隱隱感到司馬道子是急於弄清楚自己的誠意，不想浪費時間，好決定該不該信任自己。

司馬元顯尷尬的瞥劉裕一眼，道：「我不是幫劉兄說話，他說的與向孩兒說的如出一轍，只不過更詳細了。」

司馬道子欣然道：「小裕勿要怪我，人是很奇怪的，若是隨口說出的謊話，會處處露出破綻，例如前言不對後語。現在我弄清楚了！我可以毫無顧忌的說話，不用再對你有提防之心。我從來就是這麼小心謹愼的一個人，小裕很快會習慣。」

劉裕心叫厲害，這番話亦在提醒自己不要向他說謊。幸好他的確有與司馬元顯衷誠合作之心，所以這回沒有出岔子。

司馬道子露出凝重神色，有點自說自話的道：「任青媞秘密去見的人是誰呢？」

司馬元顯道：「劉兄正要向孩兒說出他的猜測，盧循便來了。」

司馬道子雙目精芒電閃，往劉裕瞧來。劉裕道：「王爺已猜到了。」

司馬道子雙目殺機大盛，道：「目前在建康，只有一個人夠資格讓桓玄派密使去見他，其他人都不放在他眼裏。但爲何是任青媞而非乾歸？」

陳公公睜眼道：「劉牢之好大膽。」司馬元顯聽到劉牢之的名字，「啊」的一聲嚷起來。陳公公道：「桓玄決定派人聯絡劉牢之，該是乾歸到鹽城去後的事。至於爲何由任青媞去見劉牢之，這是因劉牢之曾背叛桓玄，如想恢復關係，用一個沒有官職的中間人會比較恰當，大家可依江湖規矩處事。」

司馬道子點頭道：「盧循是一心來建康鬧事，而他的目標是我和劉牢之，正因他暗中監視劉牢之，方發覺劉牢之與任青媞秘密碰頭，又以爲我剛才坐在元顯的馬車內，故把握機會下手。哼！盧循妖道，竟敢來我建康撒野。」

劉裕嘆了一口氣。司馬元顯訝道：「劉兄爲何嘆氣？」

劉裕道：「盧循再非以前的盧循，除非能把他引入陷阱，作困獸之鬥，否則不論我們派出多少個高手，恐怕仍無法置他於死地。」

陳公公點頭道：「我查看過被他踏破頭蓋骨的兩個人，他該已練成孫恩借之以橫行天下的『黃天大法』，要殺他確不容易。」

司馬道子道：「殺乾歸和任妖女會不會容易一點呢？」

劉裕道：「只要一個人能及時趕到，所有問題或可以迎刃而解。」

司馬道子雙目亮了起來，道：「燕飛！」接著目光往陳公公投去。

陳公公點頭道：「如有燕飛加入我們，即使是孫恩，也要難逃一死。」然後向劉裕道：「燕飛能否及時趕來呢？」

劉裕苦笑道：「我們已向邊荒集送出信息，至於燕飛何時到達，則是未知之數。」

司馬道子道：「我們豈能就這樣乾等燕飛？此事交由小裕去辦，我們則全力配合。元顯你好好的跟小裕學習。」

司馬元顯領命後，問道：「我們該如何對付劉牢之？一旦讓他領軍出征，我們便沒法子控制他。」

司馬道子哂道：「現在我們可控制他嗎？」司馬元顯為之語塞。

司馬道子問劉裕道：「你比我更熟悉劉牢之為人行事的作風，對此有甚麼看法？」

劉裕恭敬的答道：「桓玄和劉牢之不是這麼容易談得攏的，可是劉牢之肯密會任青媞，已是一個危險的信號。卑職認為我們應裝作若無其事，否則會變成逼劉牢之投向桓玄，好左右逢源，從中得利。」

陳公公點頭道：「有見地！」

司馬道子斷然道：「就這麼決定。現在我們集中全力對付乾歸和盧循，只要能殺死其中一人，小裕你就是為朝廷立下大功，本王必論功行賞，絕不食言。」

劉裕心中叫苦，司馬道子這麼說，等於逼他有所表現，否則會懷疑他的能力，更遑論將來再重用他。但還有甚麼話好說。四人再商量了如何配合的問題，讓劉裕可以隨時找到陳公公幫忙，這才散會。

燕飛在離參合陂三里許處的一座小丘上遇到拓跋珪，在十多名將領親衛簇擁下，拓跋珪神采飛揚地極目遙望長城的方向。燕飛心頭一陣激動。拓跋珪已確立他在朔方的地位，成為草原上最強大的力量。在誰敢不依附他，誰便要身敗族亡的形勢下，他的力量將迅速增長。今年拓跋珪才二十五歲，已取得了輝煌的戰果，建立起比舊代國更強大的國勢。在此戰的大方向上，拓跋珪沒有犯任何錯誤，先是退避敵鋒，繼而利用慕容寶性格上的弱點，誘慕容寶倉卒深入，完全控制了主動。到慕容寶中計退往中山，慕容寶敗局已定。拓跋珪以馬賊起家的優越騎兵，在雄才大略的拓跋珪超卓的領導下，已成能與慕容垂抗衡的軍事力量。縱然以慕容垂的強橫，亦不敢造次貿然出長城攻打拓跋珪。當然拓跋珪不會只滿足於眼前的成就，他將會越長城挑戰從未吃過敗仗的慕容垂，以決定中原誰屬。

拓跋珪隔遠便看到他，與眾將士馳下小丘，迎接燕飛。拓跋珪雙目閃著前所未見的光采，呵呵笑道：「我的好兄弟，我們贏了！且是最徹底的勝利。」說罷從馬上躍起，凌空而至，一把將燕飛擁個結實。眾將士勒馬停定，拓跋珪的愛騎奔到兩人身旁，雀躍跳動，懂人性似的爲主子高興。燕飛感覺著拓跋珪體內沸騰的熱血。自懂事以來，拓跋珪一直期待這一天的來臨，現在妄想竟變成了事實，燕飛清楚體會到自己這位好兄弟的心情。此仗的成果得來並不容易，其中經過了多少無眠的夜晚？多少憂慮和恐懼？拓跋珪放開他，改爲抓著他雙肩，喜形於色的看著他。

燕飛往眾將士瞧去，出奇地發覺各人神情有點麻木似的，其中的崔宏更垂下頭去，似乎不敢接觸他的眼光。心中一動，問道：「俘虜了多少人？」

拓跋珪哈哈笑道：「我說過不留俘虜就是不留俘虜，難道只是說來玩的嗎？」

燕飛心中起了個疙瘩，記起大批跳進湖水的燕軍，這些人肯定是束手就擒的命運，難道拓跋珪就這麼把他們全體撲殺嗎？

拓跋珪岔開道：「現在我們氣勢如虹，必須乘勝追擊，直撲平城、雁門，你會不會改變主意，陪我一道去呢？」

燕飛苦笑道：「你爲何不問我是否幹掉了慕容寶？」

拓跋珪欣然道：「慕容寶的生死在現時的情況下已無關重要，他是否逃脫了呢？」

燕飛點頭示意，更肯定拓跋珪是故意支開他，好把燕軍降兵全部處決。如果自己在場，當然會阻止他幹這麼殘忍不仁的事。爲了復國，甚至稱霸天下，拓跋珪是絕不會手軟的。事已至此，還有甚麼話好說的。

拓跋珪笑道：「算那小子命大，將來便由我親手宰掉他，對我來說會更痛快。好了！兄弟你仍未答我的問題。」

燕飛的心情已忽然轉差，頹然道：「我必須立即趕回邊荒集，就和你在這裏分手好了。記著和邊荒集保持最緊密的聯繫，你隨時會接到我傳給你的急信。明白嗎？」

拓跋珪點頭道：「明白！」接著湊到他耳邊道：「我也希望你明白，爲了我們拓跋族的將來，我的殺弟血仇，你的紀美人被擄之恨，我們必須盡一切辦法去擊倒慕容垂，不容有任何錯誤，更不能留情，因爲慕容垂是不會對我們有絲毫仁善之心。戰爭從來如此。這是一個弱肉強食的大亂時代，不是你死便是我亡。爲了最後的勝利，我們之間必須有一個人拋開一切，作那狠毒無情的主事者。這是唯一的勝利之路，踏上此路便不能有任何猶豫，只有堅持到最後的一口氣。」說罷放開他，喝道：「馬來！」

燕飛阻止道：「我走路比較方便。」

拓跋珪又抓起他雙手，激動的道：「不論如何！我拓跋珪和燕飛永遠是最好的兄弟！」

燕飛反握著他，低聲道：「好好保重！」說畢，朝南去了。

卓狂生睡至正午才醒過來，在說書館磨蹭片刻，剛想到隔鄰去看杏重信的「邊荒燈王」營業的情況，忽來訪客，赫然是劉穆之。卓狂生對他頗有好感，欣賞他過人的修養和才智，總覺得他目前雖是懷才不遇，但終有一天方得以一展抱負，非池中之物。笑道：「劉先生請坐，任擇一椅。」

劉穆之在最前排正中的椅子坐下，欣然道：「卓館主可否免費爲我說一台書呢？因爲我最後的一個子兒，已花在卓館主的〈一箭沉隱龍〉上。」

卓狂生到他的說書台坐下，面對劉穆之，笑道：「原來劉先生這麼窮困，不過不用擔心，到邊荒集來的大多是一文不名的窮光蛋，其中日後飛黃騰達的卻不乏其人，邊荒集正是個遍地賺錢機會的地方。劉先生如不嫌棄，可在這裏賣故事賺錢，作暫時棲身之所。」

劉穆之笑道：「多謝卓館主向小弟雪中送炭，令我頗覺不負此行。」

卓狂生拈鬚笑道：「我當然曉得劉先生志不在此，而劉先生感到不負此行，也不是因我卓狂生。哈！劉先生想聽那一台書呢？敝館的四大書寶，劉先生已聽其一，餘下三寶是〈邊荒大戰〉、〈淝水之戰〉和〈小白雁之戀〉，劉先生對哪台書較有興趣？」

劉穆之微笑道：「我想聽的是未發生的故事，姑名之爲〈晉室之亂〉如何？」

卓狂生長笑道：「劉先生看過天穴後，縱然猜不到晉室之亂的過程，也該可以把握到最後的結局。良禽擇木而棲，劉先生還要猶豫嗎？」

劉穆之從容道：「卓館主勿要怪我疑心重，劉裕一箭沉隱龍應是實情，天穴亦確有其事，問題在兩者是否同一時間發生，卻是沒有人可以肯定。所以我必須弄清楚劉裕是怎樣的一個人，方可以決定該不該留在這裏做個快樂的說書先生，還是去冒殺身之險，投效可能是眞命天子的人。」

卓狂生道：「劉先生想了解哪方面的情況呢？」

劉穆之侃侃而言道：「現今南北亂局已成，北方姚萇雄霸關中，慕容垂稱雄關外，暫成二分之局，可是兩方面都未能盡控局面。而正因北方群雄自顧不暇，南方朝廷外的勢力，在沒有威脅下無不蠢蠢欲動，希望能趁勢而起，奪取政權。在這樣的情況下，小小一個劉裕，能有甚麼作爲呢？」

卓狂生仰天笑道：「這麼一台說書，是我自當館主以來最大的挑戰，劉先生坐穩了，到我說畢這台書後，保證你立即上路，拿著我的推薦信去見小劉裕，從此走上造皇之路。」

今天不知是甚麼佛節慶典，歸善寺擠滿來上香的善信。幸好後院精舍是行人止步之地，前方佛殿雖是喧鬧震天，後院和歸善園一帶仍是安詳寧和。劉裕回到宿處，屠奉三和宋悲風仍外出未返，令他滿腹心事，卻苦無傾訴的好對象。唉！他必須設計殺死盧循或乾歸其中一人，始能對司馬道子有所交代。對司馬道子這種用人的作風，他是不敢恭維，卻又別無他法。盧循變得非常可怕，確有殺死自己的本領。司馬道子是誤會了，盧循先後去監視劉牢之和琅琊王府，目的不在劉牢之和司馬道子，而是要殺他劉裕。對盧循來說，留下劉牢之和司馬道子，等於留下晉室分裂的禍源，對天師軍是有利無害。可是自己卻成了天師軍的威脅，因爲當〈一箭沉隱龍〉的事傳遍天下，他劉裕已成了民眾心目中的眞命天子，對相信天師道的愚民也有一定的號召力。這才是孫恩最懼怕的情況。

回到房中坐下，劉裕正思忖該不該外出尋找屠、宋兩人，外面傳來彈甲之聲。劉裕整條脊骨登時冷起來，感覺到死神的接近。他認出是任青媞的訊號。更感後悔莫及，這妖女該是從琅琊王府直跟他到這裏來，路上他一直因司馬道子硬派下來的任務心神恍惚，致被人從後跟監仍絲毫不察。如果隨任青媞來的尙有乾歸和他的手下，這次他肯定難逃一死。劉裕伸手握著刀柄，深吸一口氣道：「任后進來吧！」

〈卷十〉

第七章◆居心難測

第七章 居心難測

「咿呀」一聲，房門被輕輕推開，任青媞迷人的玉容和身段映入劉裕眼簾，她穿的雖是粗布麻衣而不是慣見的盛飾華服，臉上亦不施脂粉，卻無損她的風韻，反多添了清秀的氣質。劉裕的手離開了刀把，不但因察覺她是孤身一人前來，且於她身上更感應不到殺意。任青媞目光投在他身上，就像再移不開似的凝望著他，香唇吐出「劉裕」兩字，挾著一陣充盈健康青春氣息的香風，投向他懷抱裏來。劉裕仍未弄清楚發生了甚麼事，她已坐在他膝上，兩手纏上他的脖子，獻上香吻。劉裕再不是以前的劉裕，只要她有任何異動，會先一步作出反擊。橫豎與她親熱並非第一次，既來之則安之，也不由自主地享受她的銷魂「陣勢」。

唇分。任青媞雙眸閃閃發亮的注視著他，嘆息道：「劉裕啊！你是怎樣辦到的？看著你從琅琊王府走出來，我眞不敢相信自己的眼睛。」

溫香軟玉抱滿懷，所處之地偏是不容脫軌行爲的佛門清靜地，只是那種刺激的滋味已使劉裕感到難以把持，如果不是深悉她所具的危險性，會不會出亂子眞是未知之數。劉裕勉強壓下被她撩起的情慾之火，皺眉道：「你何時到建康來的，怎會這麼巧在司馬道子的府門外？」心忖只要她有一句謊話，便設法下手制著她，雖清楚成功的可能性微乎其微，總好過糾纏不清。

任青媞把下頷枕在他的寬肩上，舒適的嘆了一口氣，輕柔的道：「告訴你也不相信，我是奉桓玄之命到建康來見劉牢之，今早收到琅琊王府大門外發生刺殺事件的消息，便到琅琊王府看看，竟見到你這冤家從後門溜出來，青媞開心得幾乎發狂呢！劉裕啊！青媞是眞心對你的。我們又在一起了。」

劉裕對她的老實和坦白糊塗起來，一時哪弄得清楚她的用心，故作驚訝道：「你怎會和桓玄搭上的？」

任青媞嗔道：「甚麼搭上的？說這麼難聽的話，青媞是在爲你辦事嘛！其中的過程說來話長，我們到床上說好嗎？青媞想你想得很苦呢！」

劉裕幾乎要棄甲曳兵的奪門而出，任青媞不但沒有半句謊言，且一副心兒全向著他的模樣，配合她的迷魂手段，他的自制力已徘徊於崩潰的邊緣。這美女究竟在耍甚麼戲法呢？他再不敢肯定。

任青媞從他肩上仰起螓首，呵出的芳香氣息輕柔地吹在他臉上，笑臉如花的道：「人家是盡心盡力爲你劉爺奔走辦事啊！你怎可不好好獎賞我，好好的疼我呢？看你啊！只會摟著人家發呆，男子漢大丈夫不是該敢作敢爲的嗎？」

劉裕差點喊救命，任青媞是絕對碰不得的有刺毒花，偏是媚力逼人，令他聯想到下了毒的醇酒佳釀，強行集中心神，道：「不要誘惑我，你知道刺客是誰嗎？」

任青媞輕吻他一口，微笑道：「不誘惑你又誘惑誰呢？青媞正是要迷死你。說吧！是誰如此膽大包天，竟敢光天化日下在琅琊王府外公然行刺司馬元顯？」

劉裕湊到她小耳朵旁道：「是我們的老朋友盧循。」

任青媞嬌軀劇震，花容變色，直瞪著劉裕，軀體轉硬，美目充滿殺機。從這些不能隱瞞的變化，劉裕肯定任青媞沒有親眼目睹盧循下手的情況，也沒有想過刺客是盧循，更探測到任青媞對天師道仇恨之深。

見任青媞仍呆瞧著自己，劉裕感到重新控制了主動，輕鬆起來，拍拍她的香臀道：「我們來做個交易如何？」

任青媞吁出一口氣，回復過來，皺眉道：「人家不是已向你投誠效忠嗎？爲何還要和青媞作交易呢？有甚麼事儘管吩咐下來好了，不過你定要爲我殺死盧循，就當是向孫恩先討一點債吧！」

劉裕大感頭痛，因弄不清楚任青媞是眞情還是假意，只好希望她露出破綻。漫不經意的道：「我要殺乾歸。」

任青媞嬌軀一顫，皺眉道：「你可知我昨夜到過乾歸的船上去？」

劉裕心中大訝，暗忖難道自己眞的看錯了她，此女確有效忠自己的決心，否則怎會透露與乾歸的情況？也不知該喜出望外還是苦惱，更不知自己是希望她成爲戰友還是敵人。

任青媞僵硬了的玉體又柔軟起來，伸手撫著他右頰道：「殺乾歸並不容易，此人太精明厲害了，我們殺他的計畫必須精心布置，使人不懷疑到我的身上，否則我將永遠不能回到桓玄身邊，聶天還也不會再信任我。」接著臉蛋貼到他左頰，昵聲道：「青媞爲了你願做任何事，你要好好對待青媞啊！」

對這善變難測，隨時可從款款情深變成毒如蛇蠍的美女，劉裕再分不清眞假，又感到自己重處下風。赫然發覺自己正愛撫著她的玉背。驀地足音傳來，把劉裕從春夢裏驚醒過來。

任青媞湊到他耳邊道：「今晚丑寅之交，青媞在大江旁燕子磯的亭子等你，千萬不要失約。」說畢狠狠咬了一下他的耳珠，穿窗去了。

劉裕仍是「神智志不清」之際，王弘的聲音在門外響起，道：「劉兄在嗎？」

劉裕這才記起直到此時仍沒法騰出時間見王弘，心感抱歉，連忙跳將起來，把門拉開，道：「王兄請進，我剛回來，正想出門。」怕王弘嗅到任青媞留在他身上的香氣，後退兩步，請王弘坐下，自己則坐到隔几的椅子上。

王弘心不在焉的道：「想找劉兄眞不容易。」

劉裕苦笑道：「我正要約王兄見面，這幾天發生了很多事，王兄聽過後該會原諒我。」

王弘卻似沒有眞的怪他，道：「這個我是明白的。你知不知道今早有人在琅琊王府大門外行刺司馬元顯，幸好他命大，被手下拚死救了他一命。」

劉裕聽得心中稍安，只要任青媞不洩漏此事，該沒有外人曉得自己當時和司馬元顯在一起。嘆道：「救他的人便是小弟。」王弘爲之愕然。

解釋清楚後，劉裕道：「王兄甚麼事找得我這麼急？」

王弘道：「建康有很多人想見你。」

劉裕皺眉道：「王兄難道不清楚我在建康是不能張揚的嗎？如被司馬道子曉得我在建康廣交朋友，對我和他們父子的關係會有很壞的影響。」

王弘被冤屈了的嘆道：「我當然清楚，可是人人曉得我曾和你在鹽城並肩破賊，都來央我安排與你一敘，我是推無可推，快被他們逼瘋了。」

劉裕奇道：「他們這般想見我所爲何由，不怕開罪司馬道子嗎？」

王弘道：「最主要是爲了好奇心，想看看你這位大英雄如何英明神武，不可一世。見面當然是秘密進行，事後人人會守口如瓶，不會洩出半點風聲。」

劉裕不解道：「你認爲我該見他們嗎？」

王弘道：「敢來見你的都是建康世家大族的年輕一代，其中不少已身居要職，與他們拉上關係，對你將來的發展會有無法估量的幫助。他們不會公然站在我們這一邊，可是一旦劉兄掌握實權，他們會成爲你施政的班底，成爲支持你的力量。」

劉裕道：「可是只要他們之中，有一個是奉司馬道子之命來試探我的奸細，好事會變成壞事。」

王弘欣然道：「這方面可以包在我身上。我只會挑與我有眞正交情的人來見你，又必須是能在建康政壇起作用的人，這樣的人加起來不出十個，都是看不慣司馬道子父子倒行逆施、敗壞朝政的有志之士，我最清楚他們，保證不會有人出賣你。」

劉裕仍是不解，問道：「建康的高門俊彥怎看得起小弟這區區寒門呢？」

王弘笑道：「他們敢看不起其他所有寒士，但怎敢小覷你呢？你在他們心中，早超越了一般布衣的身分名位，你不但是謝安屬意的人，玄帥的繼承者，更是北府兵內最有爲的將領。兼且帶有荒人那種傳奇荒誕的懾人風采，又身備『一箭沉隱龍、二箭破海賊』的天命授意，誰不想一睹你的風采？看看你會不會是他們冀望的救星。」劉裕聽得發起呆來，一時也不知建康世族年輕一代對他的反應，是吉是凶。

王弘道：「相信我吧！我會將此事安排得妥妥當當，保證司馬道子不會收到任何風聲。唉！家父也很想見你呢。」又道：「換過另一種情況，肯定他們不會這般積極地想見你，但現在是甚麼情況？建康南面沿海諸郡幾乎盡入孫恩之手，上游的桓玄聯結聶天還蠢蠢欲動，南方正陷於水深火熱之時，建康由上至下，都希望你能重振玄帥當年的威勢，令南方回復安寧。」

劉裕明白過來，建康的世族並不是想他改朝換代，而是希望他能取代他們深惡痛絕的劉牢之，成爲一個「布衣的」謝玄。點頭道：「好吧！你安排好後，我便去會見他們。不過煩王兄先告訴他們，小弟只是凡人一個，並沒有三頭六臂，且對清議一竅不通，故不要因此而失望。」

王弘大喜道：「如此我總算可以有個交代。劉兄太謙虛了，只要你肯在他們面前走幾步，讓他們看到你龍行虎步的雄姿，保證他們心折。」

劉裕苦笑道：「你讓我想起邊荒集高彥小子的愛誇大。」

王弘起立笑道：「我一點也沒有誇大，只是劉兄自己不曉得吧！哈！安公的九品觀人法怎會有失誤的可能？」

燕飛在荒野全速飛掠，體內眞氣生生不息、無有窮盡，就如天地的相對，星辰的轉移，日夜的遷變。可是他曉得，當他用上仙門訣的功法，七式已是極限。如果他可以無休止地施展仙門訣，肯定孫恩也難逃劫數，飲恨於他的蝶戀花之下，只可惜他現在能力的極限是七劍，只要孫恩能捱過他七劍，死的將是他燕飛。可是若不用仙門訣，他又自知奈何不了孫恩。這個險值得冒嗎？慕容垂又能抵擋他的仙門訣多少劍呢？我的娘，想想都令人頭痛。但那種苦惱的感覺是很輕微的，因爲他已重新和紀千千建立聯繫，致勝的契機已掌握在手裏。自千千被擄後，從沒有一刻，比這刻更令他感到有望救回紀千千主婢。那種狂喜的感覺，使其他一切煩惱變得微不足道。他已逐漸掌握到慕容垂的思考方式。所以只聽千千說慕容垂重提要活捉燕飛的舊事，他便斷定慕容垂已想出對付邊荒集最有效方法，就是把整個城集徹底毀掉，令荒人沒法和拓跋珪呼應合作。

邊荒集有一個其他地方都沒有的優勢，就是它乃當今唯一貫通南北交通的城集。透過它，南北的物資可以互相對流，互補不足。一旦這種獨一無二的功能被運用在軍事上，其效用是無可估量的。第二次的反攻邊荒集之戰，荒人正是利用南方的資源，配合用盡天時、地利、人和的超卓戰術，完成幾乎不可能的事。拓跋珪肯定可勢如破竹的攻陷平城、雁門和周圍廣闊的屯田區，可是要鞏固成果，還須一段長時間。或許是幾個月，甚至一年半載。慕容垂會利用這個空隙，先全力收拾荒人，把邊荒集夷為平地，去了這如芒刺附背的後顧之憂，這才全力討伐拓跋珪。如果慕容垂得逞，不但荒人完蛋，拓跋珪也要完蛋。可是燕飛是不會讓慕容垂的圖謀順遂的，這次荒人將是有備而戰，利用邊荒的特異地理形勢，全力與慕容垂周旋，亦可為拓跋珪爭取寶貴的時間空間。一切全賴紀千千的「通風報信」。千千究竟需要多少時間才能恢復過來，進行另一次心靈對話呢？

高彥和姚猛離開客棧，從東大街進入夜窩子的範圍。日間的夜窩子靜悄悄的，所有青樓、酒館、賭場仍未開門營業，荒人都集中在夜窩子外的區域進行各種活動。廣場上只有一個人，正是王鎮惡，他呆站在鐘樓之旁，像欣賞古物神蹟般仰望樓頂處的大銅鐘，神情專注。

姚猛正要繞過他，卻被高彥扯著衣袖來到王鎮惡旁，道：「王兄你好！」

王鎮惡沒有看他們，思索的道：「一座鐘樓竟能決定一場戰爭的成敗，真教人難以相信。」

姚猛忍不住問道：「為何王兄總像心事重重，滿懷感觸的樣子呢？」

王鎮惡終朝他們瞧來，嘆息一聲，苦笑道：「教我怎樣答你呢？原本我的心早已死去，只想隱姓埋名，在南方找個山明水秀的地方，好好度過下半輩子。可是忽然來了個觀賞天穴的邊荒遊，令我的心又活躍起來，想到這裏來一開眼界。這種心情是很難向你們解釋的。」

高彥愕然道：「你老哥頂多比我們大上三、四歲，正值年輕有爲的歲月，怎會變得心如死灰？」

王鎮惡嘆道：「此事一言難盡，重提亦沒有任何意義。天穴的確是個令人難以相信的奇蹟，當我站在天穴之旁，感動得幾乎要哭起來。至於甚麼『一箭沉隱龍，正是火石天降時』，照我看只是你們附會之詞，根本沒有人能證明兩件事發生在同一時間。」

「王兄此言差了！因爲也沒有人能證明兩件事不是在同一時間發生。」三人聞聲瞧去，只見江文清和慕容戰聯袂而至，發言的是慕容戰。姚、高兩人心感奇怪，江文清和慕容戰很少走在一起的，看來是有特別的事發生了。

果然江文清來到三人身旁時，先向王鎮惡禮貌地打了個招呼，然後道：「我們現在去找卓名士，須立即舉行臨時的鐘樓會議。」

高彥嚇了一跳，道：「甚麼事這般嚴重？」

慕容戰道：「邊走邊說吧！」伸手搭上兩人肩頭，向王鎮惡展露抱歉的笑容。

王鎮惡對三人親熱的動作露出錯愕神色，未及說話，足音響起，眾人聞聲瞧去，登時眼前一亮，一個動人的勁裝美女正匆匆趕至，似是一直跟在江文清和慕容戰後方，到這裏才追上來。

美女直抵眾人身前，目光在眾人身上打轉，好一會後停留在慕容戰臉上，又上下打量他，最後露出迷人的笑容，道：「慕容戰！」

慕容戰一頭霧水的應道：「正是在下，姑娘找我有事嗎？」

美女欣然道：「眞好！看劍！」劍光一閃，直搠慕容戰胸口。

酒館內，劉裕、宋悲風和屠奉三圍坐一角，商量要事。聽罷今早的事，屠奉三笑道：「盧循這次算是幫了我們一個忙，促進了我們和司馬道子父子的關係。」

宋悲風皺眉道：「可是這奸賊死性不改，還要逼我們去殺乾歸和盧循。」

屠奉三道：「這是對雙方均有利的事，我們亦樂意爲之，何況我們不去惹他們，他們也不會放過我們，所以我們必須盡力而爲。」接著向劉裕道：「你信任那妖女嗎？」

劉裕苦笑道：「我真的不知道，她雖沒有說半句謊話，我仍不知該不該相信她？」

宋悲風道：「今晚燕子磯的約會，肯定是個陷阱，也是乾歸唯一能殺你的機會。」

劉裕道：「這個很難說，她若想殺盧循，必須借助我們的力量。她甚麼都可以作虛弄假，但對孫恩的仇恨卻是眞的。」

屠奉三點頭道：「任青媞是我們對付乾歸的奇招，只要她肯合作，乾歸肯定沒命回江陵去。問題是任青媞是否眞的肯聽話，這個問題教人頭痛，難作決定。」

宋悲風斷然道：「既然如此，小裕今晚去見她吧！看她有甚麼話說，我們則暗伏一旁監視，萬一發生甚麼事可以有個照應。」

屠奉三道：「以任青媞的揣奸把猾和功夫，有人在旁當瞞不過她。所以劉爺一是索性不去赴約，否則必須單獨行動。這叫不入虎穴，焉得虎子。照我猜，任青媞亦有借此試探劉爺的意思。」

劉裕點頭道：「任青媞正是這種人，論狡猾我實在比不上她。」

宋悲風道：「如果眞是個陷阱又如何呢？」

屠奉三道：「燕子磯三面臨江，看似是絕地，可是只要躍入江中，任對方千軍萬馬，也可以輕易脫身。」

劉裕同意道：「我的水底功夫頗爲不賴，就算敵人在水中有伏兵，也攔不住我。」

宋悲風終於首肯，道：「要小心點。」

劉裕問屠奉三道：「邊荒集那邊有甚麼消息？」

屠奉三道：「最新的消息是邊荒遊差點功虧一簣，高彥被桓玄派來的人下了慢性劇毒，幸好他身具燕飛的神功，故能驅毒成功。」

兩人忙追問箇中情況，屠奉三解釋一番後道：「司馬元顯雖認爲該以殺盧循爲要，我卻認爲乾歸才是我們的首選。此子現在正代替了我以前在桓玄軍中的位置，如能除去此人，可以大幅削弱桓玄的實力，令我們在未來的鬥爭中，更有把握。」稍頓續道：「殺乾歸還有一個作用，就是爲荒人向桓玄還以顏色。乾歸指使他的嬌妻來對付荒人，我們就殺乾歸作回報。」

宋悲風笑道：「這該叫禮尚往來，對嗎？」

劉裕沉吟道：「問題在任青媞助我們對付乾歸容易，我們要爲她殺盧循卻是無處著力。據陳公公的估計，盧循應已練成孫恩的黃天大法。」

屠奉三訝道：「陳公公憑甚麼作出猜測呢？」

劉裕答道：「陳公公檢查過遇害衛士的遺體而作出這樣的猜測。」

屠奉三道：「若是如此，陳公公該對孫恩的黃天大法有深入的認識，否則根本沒有資格作出如此結論。」

宋悲風動容道：「對！這或許是一條線索，可查出陳公公的出身來歷。以前的陳公公就像琅琊王府的幽靈，沒有人曉得他的存在。」

劉裕道：「我看他擁有閹宦外觀上的所有特徵，應是太監無疑。」

屠奉三道：「暫時我們實無暇去理會陳公公的出身來歷。眼前最要緊的事，是如何以殺盧循來打動任青媞，令她肯與我們合作幹掉乾歸。」

宋悲風道：「我唯一可以想到是以小裕爲餌，誘盧循入彀，但如何實行，卻令人煞費思量。」

屠奉三道：「孫恩的黃天大法，乃道門的最高功法，牽涉到天人交感，秘不可測。如盧循眞的練成黃天大法，即使仍處於初成的階段，要殺他也不容易。且他在暗我在明，一個不留神，吃虧的大有可能是我們。」

宋悲風道：「如果他確實藏身於米鋪內，盧循便非無跡可尋，我們亦可據此籌畫對付他的方法，也可對任青媞有個交代，顯示我們是有和她交換合作的條件。」

劉裕想起要和任青媞「交手」便感煩惱，其中牽涉到男女間關係的微妙處，怎麼也沒法向兩人說清楚，不論說甚麼也難令他們眞正的明白。

屠奉三沉吟道：「孫恩既可把菇千秋這天師軍的臥底安插到司馬道子的身邊，如果不是給我們誤打誤撞的揭露了他的身分，恐怕到今日仍能瞞天過海。這顯示了天師軍對建康的滲透工夫做得非常出色，但爲何盧循仍似沒法掌握我們的情況，他們究竟在甚麼地方出了問題呢？」

宋悲風道：「會不會是因菇千秋而牽連出天師軍在建康的情報網，致大大削弱天師軍在建康的探查能力？」

屠奉三點頭道：「這是其中一個可能性，以盧循的老練，刺殺不成後必會埋伏於附近。任青媞能跟蹤劉爺到歸善寺，他當然也辦得到。哈！說不定任青媞已幫劉爺逃過一劫，盧循因顧忌任青媞與你聯手，所以放過了這殺你的好機會。」

劉裕感到整條脊骨涼颼颼的，在琅琊王府雖只是與盧循硬拚了一招，但已令他清楚純以功力計，他實及不上盧循。燕飛的免死金牌，在應付盧循上仍然有效嗎？

宋悲風道：「我們必須另覓藏身之所，這方面我去想辦法。」

屠奉三道：「由現在起，我們須全神戒備，先要自己立於不敗之地，才有希望達到殺敵的目標。幸好這是我的專長，在與聶天還的明爭暗鬥裏，來來去去都是這種勾當。」

劉裕苦笑道：「你們兩個都忘記了我是打不死的眞命天子了！」

兩人呆了一呆，接著齊聲失笑。劉裕忽然湧起豪情壯志，心忖生命正因難以確定未來的生死成敗，而變得充滿刺激和樂趣。他已踏上一條沒得回頭的長路，只能堅持下去，與敵人周旋到底，贏取最後的勝利。

卓狂生在說書館中呵呵笑道：「劉兄還要猶豫嗎？」

坐在前排椅子的劉穆之欣然道：「最令我感動的，不是劉裕不凡的遭遇，而是卓館主對愚生的信任。劉裕大破焦烈武確實精采絕倫，可是劉裕能於最惡劣的環境下，與司馬道子暫時和解，卻該屬最機密的事，卓館主竟肯坦然相告，我眞的非常感激。」

卓狂生訝道：「我說了這麼多，仍不能打動你嗎？」

劉穆之道：「我有一個愚蠢的問題，想請卓館主坦誠相告。卓館主爲何這麼看得起我呢？」

卓狂生從台上走下來，到他左旁隔一張椅子坐下，舒服輕鬆的挨坐著，微笑道：「眞正的高手，只看敵人一眼，便大約知其深淺；說到看人，我或許仍及不上謝安的九品觀人之術，但肯定可算高手中的高手。我不是看你兩眼便作出判斷，而是經過細心的觀察。不說你在旅途上與眾不同的表現，只看你昨晚聽我說書時，喜怒哀樂的反應亦與其他聽書者有異，觀察當時，我便知你才智的深淺。」

劉穆之讚嘆道：「原來卓館主有一套說書觀人之道，該可以與謝安的九品觀人法先後輝映。」

卓狂生欣然道：「多謝劉先生的讚美。剛才我本想勾畫出南方未來一幅壯麗圖卷，但回心一想，有甚麼事比事實更有說服力？所以把心一橫，索性向你披露在第二次光復邊荒集後，劉裕回歸北府兵的整個歷程，讓你見識劉裕的本領。劉裕此子表面是北府兵的猛將，可是其體內流的卻是荒人的血液，也只有他這樣的人，才可以在這南北大亂的時代，逆境求存，創出不世功業。現在劉裕萬事俱備，只欠一個機會。當他在南方冒起頭來，再沒有人能阻擋他的運勢，即使北方諸雄，亦要深感震悚，先生還有甚麼好猶豫的？只要憑我一封薦書，保證先生可得展平生抱負。」

劉穆之道：「現在仍不是去見劉裕的時機。」

卓狂生不解道：「先生何有此言？」

劉穆之道：「首先，是我仍未有機會證明自己的能力。其次，我最擅長的並非在亂世中爭雄鬥勝，而是經國治世之道。如果我此時到建康去，根本沒有用武之地。」

卓狂生訝道：「我從未見過一個人，像先生般如此明白自己的長處和短處。既然先生有這個決定，不如就在我這裏暫時棲身好了。」

劉穆之道：「卓館主可否讓我有個證明自己才幹的機會呢？」

卓狂生哈哈笑道：「你比我們荒人更像荒人。哈！說吧！沒有甚麼荒誕的事是我尚未聽過的，請先生說出來讓我參考。」

劉穆之道：「我對古今治亂興衰之道曾下過一番苦功，總結爲『因勢施治』四字，卻從沒有機會付諸實行，從實踐中證明自己的看法。邊荒集現在正逐漸回復興旺，卻因兩次受創大傷元氣，要回復昔日的繁榮，尚須長時期的休養生息，可是時間已不容許邊荒集有喘息的機會。如果邊荒集不能在短期內回復過來，恐怕邊荒集將遭再次滅頂之禍，而這次更是徹底的覆亡、長時期的衰落。」

卓狂生愕然道：「竟是這般嚴重？」

劉穆之道：「我並非危言聳聽，慕容垂千方百計的來奪取邊荒集，正因他看準邊荒集的作用。不論誰統一南方北方，都清楚邊荒集是攻擊另一方的踏腳石，在戰略上的意義無可置疑。慕容垂是當今之世，唯一有能力第三度攻陷邊荒集的人，而經過兩次得而復失，他再不會犯同樣的錯誤，更因擄走紀千千一事與荒人結下解不開的深仇。所以如他捲土重來，肯定會把邊荒集化爲焦土，使荒人再沒法左右他統一北方的壯舉。」

卓狂生露出思索的神色，點頭道：「你說得對！我要立即召開鐘樓會議，全力備戰。」

劉穆之道：「全力備戰並非對症的良方，一來荒人經過兩次戰亂後，不論他們如何堅強，亦會出現厭戰的情緒，此乃人之常情。二來若邊荒集一副戰雲密布的模樣，會嚇怕所有想來遊覽花錢的人，邊荒遊的號召力亦會大幅削減。所以備戰是無益有害。」

卓狂生皺眉道：「難道我們竟甚麼都不做，坐待敵人臨集嗎？」

劉穆之胸有成竹的微笑道：「當然不能如此消極被動，這又回到我的『因勢施治』的策略。現在荒人最缺乏的是安全感，人人有朝難保夕，過一天得一天的心態。可是兩次反攻邊荒集成功，亦令荒人生出對邊荒集的歸屬感和自豪，這種以邊荒集爲家的心態，令荒人團結起來。任何有利邊荒集的事，荒人都會全力支持。」

卓狂生道：「先生似乎忽略了形成荒人空前團結的一個因素，就是千千小姐對我們的影響，爲了她，荒人是肯作出任何犧牲的。」

劉穆之欣然道：「我怎會忽略這麼重要的一件事？只是怕卓館主沒有想過，雖然有兩次反攻成功的戰績，可是也有兩次失守的痛苦經驗，這已在荒人心中留下邊荒集是守不住的地方的印象。平時看似沒有問題，可是來的若是慕容垂和他無敵於北方的精騎，荒人肯定軍心難穩。」

卓狂生嘆道：「我被你說服了，事實上我也活在兩次失守的恐怖陰影裏，大家不用明言，都知邊荒集是難守易攻的地方，遠比不上洛陽、長安或建康。」再嘆一口氣，道：「先生有甚麼好提議呢？希望不是建城牆吧！那不單會破壞邊荒集獨有的氣質，更恐怕勞師動眾之餘，城牆尚未建成，敵人大軍早兵臨城下。」

劉穆之道：「當然不是建城，沒有兩、三年光景，休想把邊荒集變成有強大防禦力的堅城。」

卓狂生聽得精神大振，喜道：「這眞要請教先生了。」

劉穆之雙目閃動智慧和興奮的光芒，神態則從容冷靜，徐徐道：「首先是搞好邊荒集的經濟，只有強勁的經濟，才能支持龐大的軍事開支。邊荒集之所以能如此興旺，皆因其自由的風氣、靈活有效的營商方式，賺錢賺得快，花錢更花得狠。這一切有利經濟的特色必須保持，而鐘樓議會要做的事，就是進一步營造出更有利的經商環境，爲邊荒集提供更強而有力的邊防，讓邊荒集這艘船能乘風破浪，順風順水的朝目的地駛去。」

卓狂生奇道：「先生怎能對邊荒集有如此深入的認識，你不是第一次到邊荒集來嗎？」

劉穆之欣然道：「我從來就喜愛周遊各地，體察各地的風土人情，奇風異俗。邊荒集更是我一直嚮往的地方，雖然以前未曾到過這裏，卻從來過邊荒集的人那裏，聽到很多關於邊荒集的情況，歸納分析後作出評估。」

卓狂生露出原來如此的神色，道：「經濟好並不代表我們能對抗慕容垂的大軍，先生在這方面又有甚麼好的建議？」

劉穆之道：「經濟是一切軍事力量的後盾。在軍事方面，邊荒集是萬事俱備，只欠東風。不論人才、訓練、經驗，邊荒勁旅絕不遜色於南北的任何軍事力量，只是人數上處於劣勢。可是只要我們以建設和安全爲名，全力循這方向發展，既不會產生戰爭的恐懼，又能大幅增加荒人的安全感，令邊荒集成爲一個有足夠防禦力的地方，事過半矣。」

卓狂生抓頭道：「我完全贊同先生提出的大方向，可是如何落實，卻不容易。」

劉穆之笑道：「這正是我推薦自己的原因，也是我爲自己爭取表現的機會。只要荒人能破天荒守住邊荒集，邊荒集將會成爲天下最安全的地方，而荒人也因而有機會救回紀千千，再沒有守不住家園的陰影。」

卓狂生皺眉道：「先生初來乍到，要鐘樓議會同意讓先生擔任這麼一個關係到邊荒集榮辱的職位，怕不容易。」

劉穆之道：「我作你的副手又如何呢？」

卓狂生點頭道：「這或可以商量。」

劉穆之道：「不是我危言聳聽，邊荒集的存亡，就在卓館主一念之間。」

卓狂生別過頭來瞧他好半晌，道：「我必須和議會成員先私下談談，才可以在議會將此事提出來討論。先生得有點耐性才行。」又啞然失笑道：「我這不是說廢話嗎？說到耐性，誰及得上先生。先生可否提供些較具體的計畫，好讓我去說服其他人呢？」

劉穆之道：「我正恨不得有這個機會。」

卓狂生大笑道：「可見邊荒集氣勢旺盛，所以能引先生到邊荒集來，鄙人願聞其詳。」

「噗！」慕容戰就那麼搭著高彥和姚猛肩頭借力，兩腳離地連環踢出，第一腳正中美女刺出的劍尖，另一腳點向她拿劍的手腕，令她難以變招。雖是猝不及防，仍是從容好看，且頗有點大顯功架的味道。江文清和王鎮惡都是大行家，看出此女雖來勢洶洶，出手卻是留有餘地，來意並非不善。對她的企圖當然摸不著頭腦，故只是看熱鬧而沒有幫忙。何況慕容戰在邊荒集肯定是排前五名的高手之一，可以獨力應付任何事。

美女長劍應腳彈起，她顯然想不到慕容戰有此怪招，反利用雙手的不便來個連消帶打，嬌叱一聲「好」，抽劍後撤，避過玉腕被慕容戰以靴尖點穴的奇招。慕容戰見狀，「呵呵」長笑，竟就那麼趁勢後翻，雙掌分按高、姚兩人肩頭，先在兩人頭頂上來個倒栽蔥，然後雙掌吐勁，彈離他們肩頭，在空中連續三個後翻，後發先至的趕過了美女，落到她身後，動作行雲流水，就像表演雜耍般充滿娛人娛己的味道。美女也是不凡，順勢一個旋身，手中長劍幻出十多道虛虛實實的劍影，朝慕容戰灑去。

慕容戰不但沒有絲毫不悅，且是滿臉笑意，看來非常享受這忽然而來的比武較量，馬刀出鞘，長笑道：「姑娘不知是哪族的人，芳名是否像人那麼美呢？」

「叮叮叮叮！」說話間，馬刀與長劍已交擊了十多下，有如驟雨打在窗櫺上，錯亂中充滿節奏的感覺。美女嬌叱道：「打贏我再問吧！」

高彥湊到姚猛耳旁道：「這娘兒騷勁十足。」

姚猛湊興的大嚷道：「打贏了豈是問名字這麼簡單，我們慕容當家還要親你的小嘴。」

美女展開新一輪的攻勢，劍法變得飄忽無定，走奇詭的路子，仍不忘應道：「有本領的，人也可以給你。」江文清聽得淺皺秀眉，這正是胡漢不同之處，胡人作風直率大膽，像這類對答，罕出現在漢人男女身上。

慕容戰只守不攻，守得密如堅城，任對方出動石矢或檑木，仍能逢招化招，履險如夷，神態從容寫意，同時笑道：「那姑娘今晚肯定要陪我一晚了！」

美女嬌笑道：「戰郎勿要猴急犯錯啊！」倏地翻上慕容戰上方，劍勢驟盛，兜頭照臉的向慕容戰灑下來，登時威脅力劇增。

美女喚一聲「戰郎」，實害苦了慕容戰，令他不好意思反守為攻，而攻式不但是他的所長，更是眼前情況最明智的策略，不過他也是了得，展開渾身解數，硬擋她毫無間隙的七劍。

美女再無以為繼，因她正操控主動，要走便走，一個騰翻，落到遠處，且還劍入鞘，嬌笑道：「人家叫朔千黛，慕容戰你若想找我喝酒，我或許會答應呢。我住在小建康的穎河客棧，不要忘記了！」接著掠飛而去。

慕容戰看著她遠去的背影，忍不住的嘆道：「高少說得對！的確夠風騷。」這才還刀入鞘。

江文清笑道：「慕容當家心動了！」

慕容戰直待朔千黛的背影消失在樓房後，才轉身朝江文清等人走過去，邊走邊道：「她究竟是誰呢？」

高彥嘆道：「不管她是誰，總言之你這傢伙是飛來艷福。嘿！對付娘兒我最在行，你定要打鐵趁熱，說不定今晚便可以入室上床，共度良宵。」

江文清啐道：「高彥你是狗嘴裡吐不出象牙，勿要教壞慕容當家。」

姚猛哂道：「哪用高小子教，慕容當家本身早夠壞啦！哈！」

慕容戰冷哼道：「剛才哪個小子敢喚我作傢伙？」

高彥排眾而出，挺著胸膛向慕容戰道：「是我又如何？你敢和我動手嗎？別忘記我是百毒不侵，打不死的。」

慕容戰笑道：「既然如此！那就算了，無謂的事我是不會做的。」說罷自己先笑起來，然後高彥、姚猛和江文清都忍不住哄笑起來，洋溢著深摯的友情。

唯獨王鎮惡仍是不苟言笑，忽然道：「這種事是否不時會在邊荒發生？」眾人先是愕然，接著笑得更厲害了。

王鎮惡的臉紅起來，尷尬的道：「不是你們所想的那個意思。」

江文清嬌喘著道：「不是那個意思，究竟是甚麼意思呢？」

王鎮惡嘆道：「我曉得她是誰。」

眾人終於收束笑聲。最緊張的是慕容戰，訝道：「她似乎不認識你呢？」

高彥接口道：「她是誰呢？」

王鎮惡回復冷靜，道：「她是柔然族之主丘豆伐可汗的獨生女，我聽過她的名字，想不到她竟來了邊荒集。」眾人呆瞪著他。

慕容戰皺眉道：「你究竟是誰？竟清楚遠在北塞的柔然人。」

姚猛吁一口氣道：「竟然是柔然族的公主，我的娘！在大草原柔然族是唯一有實力和拓跋族爭雄的部落。」

江文清仔細地打量王鎮惡，道：「王兄究竟是誰？」

王鎮惡頹然道：「我的爺爺是王猛，本來我打算永遠不說出來，可是我被你們之間的眞誠感動了，再不願被你們猜疑，還想跟你們做朋友。」

眾人都不能置信的呆瞪著他。王鎮惡竟是王猛之孫。說到王猛，不論南人北人、胡人漢族，誰敢不敬服？沒有他，苻堅肯定沒法統一北方，如果他尙在世，淝水之戰的結果將不是眼前的情況。

如果依眼前的速度，夜以繼日的趕路，三天後的清晨，燕飛將可以抵達邊荒集。他生出像鳥兒般飛翔的動人感覺，雖然他沒有離開地面，體內眞氣運行不休，有點似不費勁力的，甚至不用他花精神去觀察地面的情況，他的身體會自然地作出最適當的對應，如有神助。當他心中不起一念，便似進入了禪靜的狀態，心靈和肉體分了開來，各自管各自的事。這究竟屬甚麼境界？如果破空而去等於變成大羅金仙，那他現在至少該算個地仙。忽然間，他心底裏浮現安玉晴的花容，她美麗神秘、深邃迷人的眸子似在凝望著他，如此保持了一段時間才模糊起來，逐漸消去。

燕飛心中大訝，自從宋悲風處曉得她已返家後，他極少想起她，偶有也只是一閃而過的浮光掠影，不像初識時她獨特的眸神似鑄刻在心版上，不時浮現，那時每當想起她，心中都有難以形容的感覺。到與紀千千相戀後，他的心被紀千千佔據，容納安玉晴的空間愈來愈少。但他並沒有騙自己，對安玉晴，他是極有好感的。爲何她的形象會如此強烈地浮現心中呢？倏地他有了答案，曉得安玉晴回來了，正在找尋他，令他生出感應。眞奇怪！爲何自己只對女子生出感應？先是紀千千，後是安玉晴。孫恩和尼惠暉該是例外，因爲他們都具有深厚的道法，精通精神之術。讓他與紀千千和安玉晴聯繫起來的，會不會是男女間的情意，形成陰陽互引的情況？

他又想起另一個問題。直到這刻，他仍沒有向任何人說出仙門的秘密，但他可以向安玉晴這心珮原本的擁有者，隱瞞這驚天動地、堪稱人世間最終極的秘密嗎？唉！他已辦不到的。只是在她似是與世無爭、不著人間險惡的明眸注視下，他已不忍心向她說謊；不忍做任何對不起她的事。忽然間，他開始有點明白她。安玉晴在她父親自幼薰陶下，潛心修道，如果不是因爲任靑媞盜走心珮，可能她永遠不會出山。當三珮合一，爆開龐大的地坑，令她心神受到巨大的衝擊和震撼。那時她或許仍未能掌握究竟是怎麼一回事，故拋開一切，立即趕回家中，向乃父安世清問個究竟。現在她又回來了。如果他燕飛能練成仙門訣，而她又想親身體會成仙成道的滋味，不怕冒險，他會毫不猶豫爲她開啓仙門，讓她投身那神秘莫測的空間去，看看其中究竟眞是洞天福地？還是修羅地獄？

同時他又想起另一個問題。事後回想起來，仙門的開啓眨眼即逝，接著便是能毀滅一切的大爆炸，縱使以他燕飛之能，恐怕亦未能在爆炸前及時從仙門逃離這人間世。但爆炸並沒有眞的毀滅一切，他和孫恩都活了下來，尼惠暉則是一息尚存，還可以說幾句臨終遺言。原因在他們三人均具備「仙門功法」。尼惠暉只因受重創在先，故抵受不住。若他的猜測是對的，要穿越仙門，必須能抵得住太陽眞火和太陰眞水相激的駭人能量。只有練成這兩種極端相反、分別代表至陽至陰的功法，才有望破空而去。當時的自己在這方面的能力明顯不足，故被爆炸力震往遠方，差點沒命。現在的他或許好一點，卻自問仍沒法抵得住那駭人能量的衝擊。所以儘管他肯成人之美，把安玉晴送進仙門仍是不可能的事，除非安玉晴練成了仙門訣。但這談何容易。燕飛暗嘆一口氣。初時他還有一種天眞的想法，以爲當他和紀千千厭倦了這人世，不想面對生老病死之時，可攜手登上仙籍，做一對神仙眷侶，到現在用心去想這件事，方察覺那根本是不可能的。他是否注定要永遠局限在這個清醒的夢裏呢？

江文清、慕容戰、高彥、姚猛四人進入說書館，卓狂生仍和劉穆之在說話。慕容戰向卓狂生使個眼色，示意卓狂生支開劉穆之。卓狂生心中猶豫時，劉穆之已識趣的告辭離開。

江文清等像來聽書似的在卓狂生四周坐下，高彥卻神氣的走到說書台去，嚷道：「又有說書的好材料，就名之爲『王猛孫落魄邊荒集』如何？」江文清等爲之莞爾。

卓狂生則一頭霧水道：「誰是王猛孫？」江文清等忍不住齊聲大笑。

高彥找到糗他的機會，豈肯放過，罵道：「讓我當頭棒喝你這自誇的說書王，王猛就是一手令苻堅統一北方的王猛，孫是指王猛的孫子，便是我們的貴客王鎭惡，只有王猛才敢爲自己的孫子取這麼一個霸道的名字，明白嗎？」

卓狂生一臉不相信的神色，哂道：「人家隨口說你便相信，如果談寶那活寶說自己是秦始皇的一百零八代後人，只是後來改了姓。你是否又相信呢？他娘的！且讓我想想我的曾高祖該是哪個有名的人。」

這次反倒沒有人發笑。卓狂生訝然掃視眾人，奇道：「你們不是都像高小子般全信了吧？」

江文清道：「王鎮惡絕不像說謊的人，他心裏的失落也不是可裝出來的。」

慕容戰道：「王鎮惡是那種天生的英雄人物。不過我們也要防敵人派臥底混進我們邊荒集來，王鎮惡此人的來歷，便由老卓你去驗證眞偽，如他眞是王猛之孫，當有一個動人的經歷，也如高小子所說的，是說書的好材料。只有老卓你有資格和耐性，從他的故事作出正確的判斷。」

卓狂生不解道：「爲何要查他底細，你們想招賢嗎？」

江文清道：「我們最想知道他是否可靠？是不是一個可造之材。你說得對！現在我們最需要人才。」

慕容戰接口道：「我們剛接到老屠從建康傳來的急信，亟須援手，且要成立一支子弟兵，以對付孫恩。」

卓狂生愕然道：「値此慕容垂大軍即將到來的時刻，我們哪還有餘力去理邊荒集以外的事？」

高彥色變道：「不要嚇我，慕容垂不是忙著統一北方嗎？只是個拓跋珪應足令他沒法兼顧我們。」

卓狂生嘆道：「原本我想也沒想過這個可能性，可是經劉穆之提點後，卻感到慕容垂定會先毀掉我們，去了後顧之憂，方會發兵討伐拓跋珪。」

姚猛訝道：「劉穆之怎會比我們清楚慕容垂的事？」

卓狂生道：「劉穆之絕非平凡之輩，他曾周遊各地，見識廣博。四川毛家，便因任他作主簿，致財力日厚，招致譙縱的顧忌，派乾歸刺殺毛璩。這是個人才。」

慕容戰嘆道：「我們的安樂日子太短暫了，忽然又危機臨頭，但建康方面的事又不能袖手不理。」

姚猛道：「慕容垂會不會來對付我們，仍是未知之數，劉爺的事我們當然要理了！」

江文清道：「劉爺的要求只是一支二千人組成的精銳戰船隊，該不會影響我們的實力。」

眾人都感到江文清對支援劉裕和屠奉三已下了決定，要說派遣一個二千人的部隊和戰船，竟不影響邊荒集的戰力，是不可能的。但他們都體諒江文清的心情，沒有人說破她。

卓狂生道：「看來必須舉行窩會，以決定如何處理眼前的情況。」

慕容戰道：「鐘樓會議就在今晚舉行如何？」

卓狂生皺眉道：「姬大少到了南面察看一個新的礦脈，要後天早上才回來。老紅和二撇仍在壽陽回邊荒集的觀光船上，會議最快只可以在後天舉行。」

江文清道：「如此便待人齊後，立即舉行會議。」

卓狂生點頭道：「有這兩天時間，足可讓我弄清楚王鎮惡和劉穆之兩人的底細，這兩人一武一文，可令我們實力大增。」

慕容戰同意道：「多兩天也好，拓跋珪和慕容寶之戰該有結果傳來了。如果戰況出乎我們意料之外，慕容寶竟然大破拓跋珪，那我們就甚麼都不要想，全體往南方投靠劉爺算了。」

卓狂生笑道：「我去你的娘！怎可能發生這種事。我們邊荒集的氣運正如日中天，甚麼困難都能應付。說不定劉、王兩人正是上天差遣來助我們的天兵神將。」

眾人都默然不語，沒有人附和他，只感心情沉重，如被萬斤重石壓著，透不過氣來。

黃昏時分，徐道覆、張猛和陸環三騎，馳上位於吳郡東面百多里的一個高丘，遙觀大海的方向。陸環是天師軍的悍將，主理吳郡的軍事。

陸環道：「這裏沿海一帶，只有百多個村鎮，沒有如無錫、吳郡、嘉興般的大城。」又以馬鞭遙指遠方一處於山林裏若現若隱的牆垣，道：「這一帶的區域叫滬瀆，說起這個地名，有一段由來，由於該處的吳淞江水面寬闊，沿江的居民使用一種叫『滬』的捕魚工具，兼且江流的入海口稱『瀆』，所以以滬瀆名之。」陸環本身是吳郡人，所以對吳郡附近的情況，說起來如數家珍。

徐道覆道：「那就是你所說的滬瀆壘了，果然是形勢險要，位處石山之上，北面臨江，易守難攻。」

陸環道：「三國之時，吳主孫權建滬瀆壘爲水師基地，吳亡後，滬瀆壘被棄置，由於多次慘烈戰役在此發生，因而被附近居民視之爲凶地，且盛傳鬧鬼，故民居卻步。堡壘大致完好，只要我們修補擴建，可成爲沿海北上的中途站，又可以與吳郡遙相呼應。」

張猛精神大振道：「這是孫權送給我們天師軍的大禮，只要我們駐重兵於此，縱使吳郡落入敵人手上，仍可以憑此奇兵截斷敵人後路，令對方變成深入我境的孤軍。」

徐道覆道：「先決條件是要保住太湖西岸的兩大重鎮義興和吳興，當謝琰南下會稽，我們便以雷霆萬鈞之勢，裏應外合的重奪吳郡，斷其糧道命脈，再銜尾窮追，逼謝琰在會稽決戰，粉碎晉軍南伐的美夢。」

張猛興奮道：「重建滬瀆壘的任務，請交給屬下去辦。」

徐道覆欣然道：「就由你全權負責，只要依計畫去做，此仗大勝可期。切記要秘密行事，到敵人曉得我們有此秘密基地時，已後悔莫及。」接著拍馬而行，奔下丘坡，朝廢棄多年的城壘馳去。張、陸兩人催馬隨之，太陽沒入西山，似代表晉室的國運，亦隨他們這個戰略決定，到了日暮途窮的處境。

「篤！篤！篤！」郝長亨聽不到尹清雅的回應，心叫不妙，據下人說，尹清雅今天上街回來，便把自己關在房內。不用說也知道她已聽到了高彥的死訊。桓玄散播消息的效率快得驚人，不到兩天工夫，已傳到巴陵來。邊荒集現在已成爲了南人最注意的地方，尤其與邊荒遊有關的事，只要有甚麼風吹草動，都會傳得沸沸揚揚。本來邊荒集可說是南人的一個禁忌，大家都不願掛在口邊，害怕多言惹禍。可是當天降火石凶兆，神秘荒誕的邊荒集與天命結合起來，加上人的好奇心，誰都沒法阻止人們談論邊荒集了。

郝長亨暗嘆一口氣，喚道：「清雅！是我！給大哥開門吧！」同時試加點力道推門，察覺到房門上了門閂。房內的尹清雅仍沒有反應。郝長亨大吃一驚，心忖尹清雅不會爲高彥這小子做傻事吧？這個念頭一出現，按門的手似失去控制的發勁推門。「啪」的一聲，木門斷折，掉到地上。入目的情景看得郝長亨目瞪口呆。房內一切如舊，獨少了尹清雅，在牆一邊空壁上卻多了以血紅胭脂寫上去的四個字：「你們卑鄙」。

燕子磯爲建康的名勝，是岩山東北一個小山峰，由於山勢突出江邊，三面環水，形成岩石裸露的小半島，狀如臨江欲飛的燕子，故名爲燕子磯。磯上依地勢建有水雲、大觀、俯江三亭。臨江處因受大江江水衝擊，形成危崖峭壁，壁上滿布岩洞，令磯頭更有橫空飛躍之態，極具險峻之美。三國時的孫權，便愛在燕子磯的江面訓練水師。劉裕站在俯江亭上，縱目西望，江流正像千軍萬馬於呼嘯聲中沖奔而來，聲勢浩蕩，洶湧澎湃。夜空上一片淡淡的輕雲，輕紗似的籠著了半闕明月，於此時此刻身處怒潮拍岸的燕子磯上，不由令他生出如墜入夢域的迷離境界。他有一種天地間只剩下他一個人的孤淒感覺，淡眞含恨去了，就像帶走了他曾經擁有的一切。還記得在廣陵謝府內他緊擁著淡眞的一刻，整個宇宙似已落入他掌心之內。俱往矣！不論他將來的成敗如何，但有一點他是肯定的，失去了淡眞的遺憾，是永遠彌補不了的。

香風吹來，任青媞已立在他身旁，一切是那麼自然而然，就像一對熱戀的男女，相會於月夜下的小亭裏。劉裕剛才眞的忘掉了可能隨任青媞而來的危險，直至她接近的一刻，才忽然醒覺過來，記起與她的約會。自從奉謝玄之命到邊荒集把密函交給朱序，在途中的荒城遇上此女，他倆就像被前世冤孽擺布的怨偶，忽敵忽友，關係不住變化。然而直至此時此刻，他仍弄不清楚自己與她的關係，更摸不清她眞正的心意。只有一件事他可以斷定，就是老天爺仍不肯放過他，總教自己沒法和她畫清界線。現在任青媞已成了殺乾歸的唯一關鍵，如果她左推右託，事情就好處理多了，因可和她來個一刀兩斷；但若她眞的助自己成功幹掉乾歸，是否自己以後可以信任她呢？他不知道！

「你來了！」任青媞這次出奇地守規矩，乖乖的站在他身旁，柔聲道：「我很想說我何時言而無信過？可是對你卻說不出這句話來。唉！那次在建康想殺你，的確是青媞不對。人家再說對不起好嗎？你該明白人家的爲難處。」

劉裕心忖這種事也有得原諒的嗎？不論動機是爲愛還是爲恨，如她那次得手，自己早成古人，哪還有機會來聽她的荒謬道歉。同時想到「爲求成功，不擇手段」兩句話。換了是以前全沒有牽掛和目標的自己，肯定一見她便拔刀子，可是在眼前的情況下，必須為大局著想，而大局是他要成為南方之主，任何不利達致這目標的事他都不可以做。儘管她是萬惡不赦的人，只要她能助他劉裕除去乾歸，他便要虛與委蛇的對待她。他記起屠奉三的一番話，就是人處在某一位置時，很多事是由形勢去決定選擇，不能由內心的好惡左右。此時他深刻地體會到，自己正在這樣一個處境內。所以縱然司馬道子是個禍國殃民的大奸賊，他也要與虎謀皮，不如此根本沒有在南方存活的空間，遑論其餘。

任青媞微嗔道：「為甚麼不說話呢？是否對人家仍未氣消，青媞真的知錯了，以後會對你誠心誠意，胸襟寬闊些好嗎？」

劉裕心中湧起一個極具誘惑力的念頭，她常堅持她自己仍是處子之軀，是否看準他不會真的侵犯她？以桓玄的作風，該不會放過像她這般出色的美女，假如自己現在立即佔有她，便可以分辨出她有沒有在此事上說謊，弄清楚後，一切都好辦多了。沉聲道：「你來告訴我吧！上次你告訴我，可以為我到兩湖作臥底，現在為何又忽然回到桓玄身邊，還為他辦事？」

任青媞輕柔的道：「難怪你誤會了。回到桓玄處，是聶天還的主意。他和桓玄表面上如膠似漆，事實上卻是爾虞我詐。聶天還憑一個臥底成功伏殺大敵江海流，現在又重施故技，這條便叫美人計。」

劉裕想起侯亮生的事，任青媞當日到侯府去殺侯亮生，是因桓玄初得淡真，疏遠了她，任青媞失寵下遂要殺桓玄的首席謀臣洩憤，這種作風充分顯示出任青媞的心狠手辣。她是否曾把所有希望寄託在桓玄身上呢？她只是為報孫恩殺兄之仇那麼簡單嗎？還是依然心存復國之心，只要能成為新朝的皇后，讓她親生的兒子成為繼位的皇帝，曹氏的光輝便可重現於世。對！她不但要報仇，還要雪司馬氏覆滅魏國之恨。每一個人都在被她利用，包括桓玄、聶天還和他劉裕，這正是她要保持清白的原因，她的初夜只會交給最有機會成爲皇帝的人。關於她的作爲，以前老是想不通，現在一下子豁然而悟。他的想法，該雖不中亦不遠矣。打開始，她便一意傾覆司馬氏王朝。想通此點，對付起她來容易多了。淡淡問道：「告訴我，你憑甚麼令聶天還信任你？又憑甚麼令桓玄再次接納你呢？」

任青媞微聳香肩，漫不經意的問道：「青媞長得美嗎？」

她突然脫口說出這句話，令劉裕乏言以對。不論她是怎樣的一個人，她也像其他人一般有血有肉，一樣會感到無奈和痛苦。現在剩下她孑然一身，雖是魔功強橫，且不住精進，以之縱橫江湖，是綽有餘裕，但要影響政局，卻只是癡人說夢。所以她必須投靠有實力的人，例如聶天還，又或桓玄，她才能興風作浪，甚至進居於權力的核心。她是否對自己忠誠，亦只能從這方面來決定，當他劉裕成爲最有機會改朝換代的人，她會全力匡扶他。問題在任青媞雖無顯著的惡行，卻因與臭名遠播的逍遙教和任遙有不可分割的關係，縱然逍遙教已雲散煙消，任青媞仍是江湖人或建康豪門眼中不折不扣的妖女，沒有人會接受她。自己身邊的人，如屠奉三、江文清、燕飛或宋悲風，都不例外。這種情況她不會不知道，爲何仍努力與自己修補破裂了的關係呢？自己懷疑她的誠意，絕不是捕風捉影。

劉裕自問到此刻仍沒法對她狠下心腸，一半是基於她的利用價值，另一半無可否認是因爲她的美色。她的美艷是與眾不同的，半妖半仙，極盡誘惑的能事。一方面她煙視媚行，一副天生出來媚惑男人的模樣，另一方面則聲言奴家潔身自愛，至今仍保持完璧之軀，合起來便構成她獨有的風情。她簡單的一句話，內中實包含無限辛酸，除她的美麗和媚惑男人的功夫，她還可以有甚麼憑恃？但她的美麗正是她最厲害的武器，可使強如聶天還和桓玄皆對她俯首稱臣。桓玄和聶天還可以接受她，卻絕不可以是劉裕。接納她對劉裕只會是災難。他首次對任青媞生出憐憫之心，不是同情她的所作所爲，而是在明白了她的處境後油然而生的情緒。在某一個程度上，他的處境和她有相似的地方，大家都有必須以血來清洗的恥恨，亦有沒法鬆脫的承擔，只不過走上不同的路罷了！

任青媞幽幽道：「又沒話說了。」

劉裕心中湧起自己並不明白的情緒，嘆道：「青媞你走吧！你在我身上不會得到你渴望的東西，我寧願明刀明槍和你鬥個你死我活，也不願爾虞我詐的互相欺騙。」

「噢！劉裕！」劉裕愕然朝她瞧去，見她美眸內淚花滾動，淒然地看著自己。任青媞垂下螓首，楚楚動人的慘然道：「到現在你仍不相信我嗎？我便助你殺死乾歸，這樣足夠了吧！至於能否殺死盧循，悉隨你的意旨。好嗎？」

劉裕醒覺過來，暗罵自己心軟，任青媞可說是他為今唯一對付乾歸的門徑。殺了乾歸，可大幅削弱桓玄的實力，在將來與桓玄的鬥爭裏，關乎到生死成敗，又可以向司馬道子作出交代，令彼此的合作關係可以繼續下去。自己怎能如此感情用事，難道自己仍不能拋開一切，全力求勝？當然這一切也可能是任青媞和乾歸聯手布置的一個陷阱，當他以為可以殺乾歸時，被宰的反而是他。說實在的，他真的希望會是如此，那他對這口口聲聲說愛自己的美女就再沒有任何感情困擾了。劉裕振起精神，忽然伸手摟著她的小蠻腰，就那麼將她抱起摟入懷裏。她豐滿動人的胴體令他幾乎生出原始野性不顧一切後果的衝動，忙暗中警告自己，始能保住靈台的一點清明。

任青媞「啊」的一聲嬌呼，玉手纏上他粗壯的脖子，呻吟道：「劉裕！」

這兩個字差些兒震散了他的神志，幸好仍能力保不失，湊到她耳旁道：「我要你！」

任青媞嬌軀劇烈的顫抖著，每一下顫抖對劉裕都有切身體會勾魂奪魄的挑逗力。這美女喘息著道：

「你仍不信人家嗎？青媞便用事實證明給你看，來吧！人家等待這一刻等得心都焦了。」

劉裕暗叫救命，測試行動的受害者肯定不是對方而是自己，他是絕不可以和這心懷叵測的美女有任何肉體的關係，何況萬一她眞的還是處子之軀。不論他如何狠心，可是自家知自家事，如任青媞成了他的女人，他是難以對她始亂終棄的。今天的測試是徹底的失敗了，仍然搞不清楚她是否弄虛作假，自己則變成騎虎難下。劉裕忙把熊熊燒起的慾火硬壓下去，抱著她來到亭子裏的石凳坐下，讓她坐在膝上，道：「現在仍不是歡好的時機，我先問你一件事，然後我會告訴你原因。」

任青媞嘆息一聲，坐直嬌軀，幽幽道：「劉裕你是不是敢作敢當的男子漢呢？」

劉裕此時已清醒過來，不答反問道：「乾歸現在藏身在何處？」

任青媞爽快答道：「他藏身在大江的一艘船上，隨時改變位置，即使是我，想找到他仍要靠特別的手法，主動權全操在他手上。」

劉裕道：「你不是寄身於他的船上嗎？」

任青媞道：「我只和他碰過兩次頭，最近一次就在昨夜，我向他彙報密會劉牢之的情況，讓他飛報桓玄。我知道乾歸並不信任我，且會破壞我和桓玄的關係，所以我眞的希望你們能宰掉他，唯一條件是不可以讓桓玄懷疑到我身上來。」

劉裕開始相信任青媞有合作的誠意，這更是她一貫心狠手辣的作風，且一山不能容二虎，沒有了智計識見不下於她的乾歸，桓玄便不得不重用她。

任青媞皺眉道：「這些事與你應不應和人家歡好，有甚麼關係呢？」

劉裕淡淡道：「因爲昨夜乾歸乘小艇到大碼頭區來接你時，我在一旁看在眼裏。」

任青媞愕然道：「竟有此事？」

劉裕道：「我更不是唯一的旁觀者，盧循於你們離開後，現身在你登船的地方，還說了一句『真奇怪』。現在你明白了嗎？盧循昨夜既可跟在你身後，說不定現在亦跟了你到這裏來，此刻躲在暗處虎視眈眈，找尋機會，你說我們應不應在這樣的情況下，幕天席地的亂來？」任青媞雙眸閃過駭人的殺機，目光越過他肩頭，投往山林的暗黑裏去。

〈卷十〉

第八章◆洞極仙丹

第八章　洞極仙丹

高彥和姚猛趕到邊城客棧，阮二娘早等得不耐煩，怨道：「爲甚麼這麼久才來？你們兩個小子是否又到了青樓胡混？只有賭仙來了。」

高彥失去答她的興致，嘆道：「怎會發生這樣的事？」

阮二娘領著兩人穿過大堂，踏上通往東翼的長廊，嘆道：「老娘怎麼知道？那怪老頭今天第二次去探天穴，回來後便把自己關在房裏，直到送飯的人去敲門，才發覺他早死了。」

姚猛苦笑道：「如他是被人幹掉的，我們便眞是丟臉到家了。」

此時三人抵達辛俠義的客房，門外聚了十多人，部分是客棧的夥計，其他是負責客棧保安的荒人兄弟。他們踏進房內，眼前的辛俠義直挺挺的躺在床上，雙目緊閉，臉上再沒有半點血色，雖然神態安詳，但高彥和姚猛清楚感到他生機已絕。程蒼古坐在床沿處，若有所思的瞧著辛俠義，似不知高、姚兩人的到達。

兩人走近床前。高彥道：「怎麼回事？」

程蒼古把手中拿著的紙箋遞給他道：「自己看吧！」

高彥拿著紙箋，展開閱看。姚猛也探頭觀看，當然看不明白，問道：「老辛有甚麼遺言？」

高彥把箋上寫的字念出來，誦道：「老夫一生行俠仗義，從來以俠義爲先，沒有幹過有愧於心的事。可惜時不我予，獨木難支，空嘆奈何。現在老夫陽壽已盡，但願死後能埋骨邊荒，葬於天穴之旁，伴我者青天黃土，再無憾事矣。辛俠義絕筆。」

高彥放下紙箋，舒一口氣道：「是自盡吧！」

程蒼古搖頭道：「他是病死不是自盡。他早該死了，全憑意志撐到邊荒來，死也要死在邊荒。算是完成他最後一個心願。」

阮二娘不解道：「昨晚他拉著我說瘋話，說他從來看不起荒人，更鄙視邊荒集，大罵我們如何墮落虛僞，如何唯利是圖，又說邊荒沒有俠客。唉！眞不明白他爲何死都要到邊荒來死？」

高彥冷哼道：「邊荒或許眞如他所說的，沒有他心中認爲是俠客的俠客，但卻沒有僞君子，有的都是眞誠的人，肯認識和體會眞我的人，我們荒人從來不需要荒外人的認同，同樣可活得精采。」

程蒼古拉起棉被，掩蓋辛俠義的遺體，淡淡道：「他只是發酒後的牢騷，怎能作準？現在死者已矣，入土爲安。他選擇埋骨於天穴之旁，正代表了他對邊荒看法上的改變。邊荒正是老辛最後一個俠客夢。他的事我會親自處理，不用勞煩你們。只有我比你們這些年輕人更明白他。」

聶天還呆瞧著壁上尹清雅留下的四個字，一言不發。他不說話，在他身旁的郝長亨更不敢說話。

聶天還的臉色黯淡，忽然嘆道：「這次我是錯行一著，而且錯得很厲害。」

郝長亨大感愕然，自十五歲投靠聶天還，得他提拔，至今天的權勢地位，他還是首次聽到英明神武、算無遺策的聶天還親口承認自己的錯誤。只好道：「幫主沒有做錯，只是關心清雅的終生幸福吧！高彥肯定不是好夫婿。」

聶天還再嘆道：「高小子是甚麼人，我們早有定論，不過人死了便不要再去說他。」

郝長亨道：「我們立即發動人手，去把清雅追回來。」

聶天還苦笑道：「有用嗎？」

郝長亨幾乎爲之語塞，以尹清雅的武功，手下的人又不能對她動粗，如她執意不回來，誰可以改變她。道：「只要發現她的蹤影，我親自去勸她回來。」

聶天還道：「你也不是不知道清雅的性情，現在她正在氣頭上，你找她只會被罵個狗血淋頭。一切都是我的錯，如果我沒有多此一舉要幹掉高彥，便不會有眼前的事發生；又如果我不是自幼寵壞她，她也不會變得這般任性刁蠻。唉！她會到哪裏去呢？」

郝長亨道：「照我猜，清雅應是到邊荒集去。」

聶天還皺眉道：「高彥已經死了，她到邊荒集去幹甚麼呢？」

郝長亨分析道：「清雅現在正處於一種極端的情況下。她離家出走，是表示對我們的不滿，至於她要到哪裏去呢？恐怕清雅亦是心裏迷茫，會有天地雖大，無處容身之慨。」聶天還苦笑無語。

郝長亨續道：「同時她更感到內疚，認爲自己須對高小子的遇害負責。在這種心情下，她會朝邊荒集走，縱然人死不能復生，可是邊荒是他們相遇之地，能到他的墳前上一炷香也是好的。」

聶天還皺眉道：「荒人豈肯放過她？」

郝長亨道：「荒人絕不會動她半根寒毛，清雅先後兩次遭擒，最後都是安然回來，可看出荒人因她和高小子的關係，所以不爲難她。現在高小子死了，荒人更不會傷害她。」

聶天還似放下了部分心事，沉吟道：「坦白告訴我，清雅是否眞的看上高彥呢？」

郝長亨道：「高小子之所以在清雅心中留下深刻的印象，是清雅以為在巫女河殺了他，所以心存歉疚，該與男女之愛沒有關係。可是上次從邊荒回來後，她顯然對他大為改觀，說起他時總是眉飛色舞，極為回味，更不時展露會心的甜蜜笑容，清雅或許仍未鍾情於他，但至少對他已有好感。唉！現在高小子屍骨已寒，頓然使她感到失去了甚麼似的，所以離家出走。不過以我看，去過邊荒集她便會回來，在她心中，仍是幫主你最重要。」

聶天還聽出他最後兩句話全為安慰自己而說，根本是言不由衷。頹然道：「眞不明白這小子憑甚麼吸引她？」

郝長亨道：「有一點我們是不得不承認的，清雅比我們更了解高彥，可知高彥有我們未知的另一面。」

聶天還狠狠道：「高彥有甚麼值得我們花費精神去了解的地方？」

郝長亨道：「這正是我們和清雅的分歧所在。對我們來說，高彥只是無賴和混蛋，但清雅接觸到的卻是他的另一面。高彥能在邊荒集混得這麼成功，又可求得燕飛陪他到我們的地頭來纏清雅，該有他的一套。」

聶天還道：「他是怎樣的一個人不再重要，眼前最重要的事是如何使清雅安然回來。」

郝長亨知他是關心則亂，無法用上平日的才智，遂道：「我們可以飛鴿傳書，知會我們在壽陽的人，令他捎個訊息給我們的老朋友紅子春，要他照顧清雅，弄清楚她的情況，再決定下一步該怎麼走。」

聶天還皺眉道：「發生過那樣的事，老紅還會為我們辦事嗎？」

郝長亨道：「江湖上並沒有永遠的敵人，只有永遠的利益，何況我們又不是要他出賣他的荒人兄弟，這種順水人情，他是何樂而不為。」

聶天還嗒然若失的坐下，道：「這事交由你去辦吧！告訴紅子春如有人敢傷害清雅，縱然是天王老子，我聶天還也不會放過他。」

到二更天劉裕才回到在建康的新巢。這外表看似普通的一所民房，卻是司馬元顯為他們安排的落腳地點，免得終日提心吊膽，怕盧循或乾歸的人忽然來襲。宋悲風本想憑自己在建康的人事關係，另覓藏身之所，可是劉、屠兩人均認為這是向司馬道子表示誠意的一個方法，且在敵友難分下，反是與桓玄或孫恩勢不兩立的司馬道子較為可信。此宅位於青溪西岸，青溪南接秦淮河，北連玄武湖，又有支河分別通往燕雀湖和琵琶湖，距建康宮城東南的津陽門只有數千步的距離，水陸兩路的交通均非常方便。只要一天尚未和司馬道子鬧翻，此名為「青溪小築」的民宅，可作他們在建康的理想巢穴。小築後有小碼頭，有司馬元顯提供的快艇，方便他們往來建康的水道。見到劉裕安然回來，屠奉三和宋悲風都鬆了一口氣。雖是夜闌人靜之時，但三人卻沒有睡意，聚在客廳說話。

屠奉三道：「我已初步利用隨我來的兄弟和大江幫在這裏的人，建立起一個情報網，這個組織獨立於司馬道子之外，即使我們和他們父子的關係破裂，也不虞會被他們連根拔起。」

劉裕對他這方面的能力信心十足，問了幾句，大概地搞清楚情況後，便撇開此事，向宋悲風道：「謝家的情況如何呢？」

宋悲風苦澀的道：「小裕猜得很準，今天我忍不住到烏衣巷走了一回，大小姐的情況又差了，如果燕飛不能到建康來，恐怕她捱不過今年寒冬。孫恩的內功走至陽至熱的路子，一般藥石根本不起作用。」

劉裕欲言又止。宋悲風看在眼裏，道：「孫小姐想再見你一次，被我好言勸阻了。她比任何人明白，她見你對你是沒有好處的。我眞怕若二少爺被逼答應司馬元顯的提親，她會一時看不開……唉！」

屠奉三道：「我們能否從司馬元顯方面下手，教他暫時打消此念呢？」

劉裕搖頭道：「很困難。這種事絕不可以在司馬元顯面前提起，否則會破壞我們和他現在算是良好的關係。」又問宋悲風道：「二少爺何時出征？」

宋悲風道：「朝廷已擇了四天後卯時中舉行出師大典，如果司馬元顯要提親，將是這幾天內的事。唉！孫小姐這事眞是沒法想嗎？」

屠奉三道：「由司馬元顯著手不成，可否打謝琰的主意呢？」

宋悲風道：「要打動謝琰，只可以由大小姐向他說，但我又不想加重她的憂苦。」

屠奉三道：「我相信大小姐是個堅強的人，只因丈夫兒子均命喪天師軍之手，所以生無可戀，致意志消沉。可是如果令她感到此正謝家最需要她的時候，說不定她能振作起來，激起生存的鬥志，無害反有益。」

宋悲風像溺水者抓著浮木，眼睛亮起來，道：「對！在建康她的名望遠在二少爺之上，司馬道子也要賣她三分薄面。不過她終日臥倒病榻，如何出來說話？」

屠奉三拍腿道：「就以她的傷勢作爲藉口，謝琰可以推說此事須由大小姐決定，司馬元顯便難以催婚，我們則達到拖延的目的。」

宋悲風道：「可是二少爺現在是謝家的一家之主，他說不能爲孫小姐作主，誰肯相信？以二少爺的爲人，是不肯說出這種有失其身分的話。」

屠奉三道：「便把謝安的女兒謝娉婷請出來如何？由她告訴謝琰，謝玄死前有言，他女兒的婚事只有一個人能作主，便是謝道韞。以謝琰的名士風骨，絕不願謝家女兒嫁給司馬元顯，自然落得順水推舟，而不會尋根究柢謝玄是不是眞有這個遺言。」

宋悲風喜道：「確是辦法，我明天便去見大小姐和二小姐。」

屠奉三向面露感激神色的劉裕聳肩道：「我只是不想讓枝節的事影響我們的大計，不用多謝我。哈！說到哪裏去了，現在該輪到劉爺了。」

劉裕道：「任青媞是否站在我們這一方，我感到懷疑，看來是利用我們居多，又或正望風擺舵。可是她對殺乾歸的確有合作誠意，這叫一山不能容二虎。如果我沒有看錯，假設乾歸能幹掉任青媞，而桓玄又絕不會懷疑到他身上，他會毫不猶豫這般做。任青媞的情況正是如此。」

屠奉三聽得精神大振，道：「如此乾歸有難了。」

宋悲風道：「我們和司馬道子合作的風聲，會不會已傳入乾歸耳內，令他知難而退呢？」

屠奉三道：「如果乾歸的老闆是另一個人而非桓玄，肯定會立即揚帆啓碇，遠離建康。只恨他是爲桓玄辦事，不辦得妥妥當當回去交差，他在桓玄心中的地位會立即一落十丈，再不會受重用。」

劉裕接著把與任青媞會面的對話說了一遍，當然隱去了有關男女之私的對話。最後道：「有她幫忙殺乾歸仍非易事，她見過乾歸兩次，可是每次都在不同的船上，且還不知他有多少艘船，由此可知他是如何小心。」

屠奉三雙目殺機大盛，道：「這正是我們必須除掉他的原因，若有一個這樣的人爲桓玄主持大局，我們會輸得很慘。」

宋悲風道：「可是連任妖女都無法掌握他的行藏，我們如何著手布局殺他呢？」

劉裕道：「任青媞的才智絕不下於乾歸，別人沒有辦法，卻沒法難得倒她。例如她可向乾歸提供假情報，引他上鉤。今晚她會去見乾歸，向他洩露我們和司馬道子搭上的秘密，又透露我們寄身歸善寺的事，以贏取他的信任。」

宋悲風道：「任妖女既不是和乾歸一道，她究竟藏身何處？」

劉裕道：「這個我不方便問她，但已約好聯絡她的辦法。」

屠奉三道：「此事只可以耐心等待進一步的發展，暫時放置一旁。」稍作沉吟，又道：「對付盧循我就眞的想不到辦法，就算他眞的藏身米鋪內，我們也奈何不了他，只會打草驚蛇。由於那裏貼近大江，千軍萬馬亦不起作用，只會讓他多殺幾個人。」

劉裕道：「最聰明的辦法，是等燕飛趕來，將可十拿九穩。」

宋悲風笑道：「我們是不能太多心的，否則兩頭皆空，會後悔莫及。」見到他展露笑容，神態輕鬆，兩人心中安慰，知他是因謝鍾秀的事情得以暫時舒緩，所以心情開朗起來。

屠奉三道：「可是我們在殺敵之前，必須提起十二分精神，若出師未成便爲敵暗算，那才眞的冤枉。」

宋悲風伸個懶腰，道：「晚了！我們好好睡一覺，希望明天醒來，會接到邊荒集來的好消息。」

屠奉三起立道：「哪有這麼快呢？我可以問劉爺最後一個問題嗎？」

劉裕訝道：「說吧！」

屠奉三肅容道：「如果我要殺任妖女，劉爺介意嗎？」劉裕猝不及防的發起呆來。

屠奉三微笑道：「我明白你的心情，現在當然不是殺任青媞的適當時機，我只希望那變成一種需要時，劉爺會毫不猶豫的這麼去做。」劉裕仍是說不出話來。

郝長亨大清早便被召到大廳見聶天還，後者一個人坐在廳內喝茶，神情落寞，神色有點憔悴，顯然昨夜沒有睡過，又或是睡得很不好。郝長亨心忖假如自己是第一次見他，肯定沒法想到他竟是雄霸一方，能左右現今時局發展的人物。請安問好後，郝長亨在他一旁坐下。

聶天還爲他斟茶，平靜的道：「昨夜收到桓玄的傳書，他下了決定，當北府兵遠征第一個敗訊傳來的時刻，便是我們對楊佺期和殷仲堪採取行動的時刻。」

郝長亨看他心事重重的樣子，知道這只是開場白，因爲要清除楊、殷兩人，該是手到擒來的易事，根本不用擔憂，唯一能令聶天還憂心的，只有尹清雅。果然聶天還往他瞧來，沒頭沒腦的問道：「辦妥了嗎？」

郝長亨心細的道：「我已把幫主親筆簽押的信函，以飛鴿傳書送往壽陽，四天內可送抵紅子春手上。」

聶天還搖頭苦笑，道：「我昨夜未闔過眼的想了整夜，爲何我會這麼溺愛雅兒呢？可以給她的我全給她了，更從來沒責罵她半句。你明白嗎？」

郝長亨心忖這種事哪有道理可說的，不過幫中確有秘密流傳的謠言，說尹清雅不是聶天還自幼收養的徒兒，而是他的親生女兒，否則聶天還不會視她如命根子。道：「清雅自幼討人喜歡，得人歡心，她撒起嬌來，更是令人憐愛，不忍苛責。何況她眞的很孝順幫主，愛護幫主。」

聶天還仰望屋樑，露出茫然的神色，徐徐道：「我一生都活在刀光劍影裏，過著刀頭舐血的生涯，桓沖主事荊州的期間，更有朝難保夕、危機四伏的感覺。所以我一直不想有家室之累，使我可以放手而爲。」郝長亨糊塗起來，不明白他現在說的，與尹清雅有甚麼關係，只好靜心聆聽。

聶天還沉聲道：「到江湖上來闖蕩，是要付出代價的，不是你殺人就是人殺你，對敵人仁慈便是對自己殘忍，絕對不能心軟。我之所以能熬至今時今日的地位，並不是偶然的，皆因我已練就一副鐵石心腸，凡不利於我的，均以鐵腕手法對付，故能把一個地方的小幫會，擴展至能爭霸南方的強大勢力，連桓玄都要和我稱兄道弟，盛極一時的大江幫更要退守邊荒。」

郝長亨誠心的道：「幫主雖然對敵人手下不留情，可是對我們這群追隨幫主的兄弟卻是有情有義。像胡大叔生出退隱之念，幫主便沒有絲毫留難，令幫中兄弟，人人心服。」

聶天還朝他看來，點頭道：「和長亨說話，眞是一種享受。你超卓的外交手腕，亦屢次兵不血刃的令敵人臣服，兩湖幫之有今天的聲勢，長亨你功不可沒。」

郝長亨羞慚的道：「可是我最近連戰皆敗北，功難抵過。幫主愈不怪我，我愈感難過。」

聶天還道：「勝敗乃兵家常事，於建幫之初，我也曾屢受重挫，最後敵人還不是要俯首稱臣嗎？一時的挫折並不重要，最要緊是堅持下去的決心和意志。你輸給荒人是合理的，皆因我們是勞師遠征，深入敵境。不過這種不利的形勢會逐漸扭轉過來。在大江之上，誰是我聶天還的敵手？現在我幫的實力每天都在增長中，終有一天南方會落入我們手裏。」接著雙目射出緬懷往昔某一歲月的沉醉神色，悠然神往的道：「當時雅兒仍在襁褓之中，我和十七名兄弟在武陵城，被號稱洞庭第一大幫的洞庭幫幫主莫如是親率手下二百多人，於城內著名妓院的聽花閣以奇兵突襲成功，只剩我孤身突圍而出，身負大傷小傷不下十處，生死只懸於一髮，關鍵處在我能否殺出城去。」

「我自忖必死，只是失血已令我越來越虛弱，只能拚命往最接近的東門殺去。莫如是當時的功夫，實勝我一籌，而他正是追兵裏追得最貼近我的人，那種感覺有些像被閻羅王追在背後般令人恐懼和震驚。就在這一刻，我聽到嬰兒的哭聲。那時街上的人全躲起來，除了一種人，就是走不動的人。」郝長亨完全被他述說的往事吸引，彷彿正化身爲聶天還，回憶他的經歷。他還是首次聽到有關尹清雅出身的事。此時聶天還的眼神和表情完全反映出當時他的情況，他的人雖仍在這裏，但他的魂魄精神卻回到了十多年前那一天的回憶夢魘裏去。

聶天還續道：「就在這一刻，我看到了清雅，她躺在一個婦人身旁，出生應不足三個月，正放聲號哭，小臉完全漲紅了，裹在麻布裏。那婦人已斷了氣，衣衫單薄，那時天氣嚴寒，一時間我弄不清楚那該是雅兒的娘的女人，究竟是被凍死還是被激烈的追逐嚇死，但心神卻全被雅兒吸引，一時間竟忘掉了追在後面大群索命的凶神。」

郝長亨生出被千斤大石壓著心頭、呼吸不暢的感覺，重重吁出一口氣。清雅和聶天還的師徒之緣，竟是在聶天還處於生命中最極端的處境下開始，是他作夢也未想及的。聶天還似陷身在那一刻的時空裏，臉上散發著神聖的光輝，道：「我從來不是行俠仗義的人，一切的者眼點均在利益之上，凡擋著我的，一律殺之無赦，一切都是爲了掙扎向上，和反對我的人比比誰的命更長。可是在那一刻，我卻像被勾動了心底久被埋藏、幾乎忘掉了的某種情緒，或許是一點惻隱之心，我竟然沒法就那麼從雅兒身邊溜過，以最快的速度衝出城門去。其時把守城門的兵衛，已被當時的場面嚇得像其他人般作鳥獸散，街上除了正鬥個你死我活的敵我兩方外，就只有孤零無依的小雅兒。

「當時從雅兒轉弱的嘶啞哭聲，我心中清楚知道，如果再沒有人給她溫暖，她會失去她的小生命。這個念頭來到我腦子，我已用腳把她挑起，摟在懷抱裏。同一時間，我心中的恐懼完全消失，她脆弱的血肉在我懷抱裏顫抖著，觸動了我心裏沒法形容的一種奇異感覺，令一向自認無情的我，產生出肯爲她作出任何犧牲的心態。而就在那一刻，我感到傷疲的身體似被注入了新的力量，一切都清晰起來，所有以前想不通的武學難題，在那剎那豁然而悟，潛藏的力量被釋放出來。我不用回頭去看，便如目睹般曉得莫如是追近至我背後丈許處，他手中的長鞭正往我脖子捲來。於是我抱著雅兒滾倒地上，反手擲出最後一柄飛刀。」

郝長亨「呵」的一聲叫了起來，接著的部分是兩湖幫眾津津樂道的事，武陵一戰，聶天還擊殺莫如是，把兩湖幫一直處於下風的形勢完全扭轉過來，群龍無首的洞庭幫，不到半年便在聶天還全面討伐下冰消瓦解，令聶天還成爲兩湖一帶繼莫如是之後的新一代霸主。

聶天還道：「之後我當然成功抱著雅兒溜掉。」再朝郝長亨瞧去，眼神回復平日的精明，只是眼中充滿傷感的神色，輕輕道：「你現在該明白我爲何如此寵縱雅兒，她不但是我的幸運神，更是可以讓我傾注心中慈愛的唯一對象，打從開始便是如此。那種愛是沒有保留的，所以我從不說她半句不是，而她也從沒有令我失望。可是我並不懂如何去愛她，更不明白她，只會用我自以爲是的方法。」

郝長亨自詡善於言辭，更對捉摸別人心意極具自信，可是聽到聶天還的剖白後，他竟沒法說出能安慰聶天還的隻字片語，只能硬咽道：「幫主！」

聶天還舉手阻止他說話，嘆了一口氣，回復平靜的道：「說出來好多了。我現在最渴望的是雅兒回到我身邊來，我不單不會怪責她，還會求她原諒由我一手鑄成的恨事。」

燕飛立在黃河北岸，心中湧起無以名之的奇異感覺。他感到另一個心靈在呼喚他，但絕不是紀千千，也不是孫恩。直至目前爲止，能與他生出心靈感應的只有三個人，就是紀千千、孫恩和尼惠暉。後者已埋骨天穴，當然不可能是她。會是誰呢？那是一種非言語所能形容的感應，奇妙動人，就像和風從某一方向吹來，吹拂著心靈大地的草原河川，令青草隨風搖曳，水面泛起波紋。他隱隱感到對方在前方某處，卻沒法掌握確實的位置。燕飛開放心神，一聲長嘯，投進充滿秋寒的河水裏去。

劉裕被宋悲風的足音驚醒，從床上坐起來，宋悲風推門而入，見他醒了，欣然道：「王弘來找你。」

劉裕記起約見一事，知該是與此有關，離床穿衣道：「老屠呢？」

宋悲風道：「他天未亮便出門，該是去看邊荒集有無回應。」

劉裕梳洗更衣後，到客廳去見王弘。坐好後，王弘讚道：「這地方挑得很有心思，坐艇來只要進入青溪，可輕易知道是否有人跟蹤；從陸路來，則是里巷交纏，亦可借形勢撇下跟蹤者。不過仍以水路最方便。」

劉裕道：「除司馬元顯方面的人外，王兄是唯一曉得我們居所的人。」

王弘深感榮幸的道：「我會加倍小心，爲劉兄保守秘密。」

劉裕笑道：「是否定下約見之期了？」

王弘道：「正是如此，不必見的我都幫你推了，要見的五個人，都是建康新一代中的佼佼者，且大多有官職在身，若能和他們修好，對我們將來會有很大的幫助。」

劉裕深切感受到王弘的誠意，只聽他說話的語氣，便知他完全投向自己這一方。要這樣一位身分崇高的高門公子視自己這布衣爲領袖，絕非易事。

王弘續道：「我安排劉兄去見的五個人，是郗僧施、諸葛長民、朱齡石、毛修之和檀道濟。他們都與我有很深的交情，朱齡石更是自幼與我相識，此人文才武藝，均不在我之下，是個人才。檀道濟則精善兵法，只是不獲朝廷所用，難以一展所長。他們五人都有一個共同點，就是對司馬氏王朝非常不滿，對安公和玄帥則推崇備至。」

坦白說，在現時的處境下，劉裕根本沒興趣去會見這群公子哥兒，純是看在王弘的情分上，更不願對王弘的熱心潑冷水罷了！根本不想深究他們其實是怎樣的一個人。點頭道：「一切由王兄拿主意好了，何時與他們見面呢？」

王弘道：「見面的地點是千千小姐雨枰台對面的淮月樓，屆時要委屈劉兄扮作我的隨從。這樣的清議聚會每晚都舉行，在建康是最平常不過的事，沒有人會生疑的。」

劉裕笑道：「你怎麼說就怎麼辦吧，我信任王兄的安排是最恰當的。」心中不由泛起當日到雨枰台見紀千千的動人情景，淮月樓高聳對岸，樓起五層，宏偉壯觀。如果能在頂層欣賞秦淮河的風月，的確是賞心樂事，只恨自己根本早失去這種情懷。

王弘的聲音傳入他耳中道：「這幾天臨近出征，當官的大有大忙，小有小忙，大家都忙得不可開交。所以我定下於大軍出發後的晚上，舉行聚會。」

劉裕點頭答應，心中想的卻是待會與任青媞的約會，那是昨夜約好的。現在殺死乾歸的希望，已完全寄託在這善變難測的美女身上。

黃河被拋在後方遠處，燕飛心中忽然又浮起安玉晴那令他永難忘懷神秘美麗的眼睛。奇怪！爲何這兩天會不住想起她呢？此時奇異的心靈感應已消失無跡，心湖一片平靜，無憂無喜，整個人如融入天地造化裏，與腳下的大地和頭上的青天混爲一體，偏是這個不該有任何雜念的時刻，安玉晴的眸子浮現心湖。難道心靈的奇異感應竟是與她有關？細想又覺得沒有道理，他並非第一天認識她，以前也沒有發生過這方面的事。不過他也不敢完全排除這個可能性，或許是因自己「進步了」，以前不可能的事現在變爲可能，誰敢肯定呢？

他全速朝淮水的方向掠去，在移上中天的秋陽灑射裏，他心中湧起一個古怪的念頭。他之所以能和紀千千建立心靈的聯繫，是因爲他們之間的熱戀，強烈的愛火築起了一道能超越任何距離、貫通一切阻隔的心靈橋樑。這是可以理解的。假設這幾天心靈的奇異現象，是因安玉晴而起，那是否代表他們之間，亦存在著近似他與紀千千之間的互相愛戀呢？燕飛爲這個想法感到驚詫。自第一次在邊荒遇到安玉晴，無可否認的她便在他心底裏留下深刻的印象，令他禁不住思念她，渴望再見到她，更回味與她相處時的每一刻。在建康烏衣巷謝家的會面，令他與她的關係得到進一步的發展。當時他的心神全被她獨特的思想、談吐和氣質吸引。她的每個神情都是那麼動人，與她在一起時，他恨不得能把時間留住。最迷人的是她予人那種若即若離的感覺。就像不食人間煙火的女神，紆尊降貴的到人間來與他這個凡夫俗子說話。她的一顰一笑，總能觸動他的心弦。而她的遽然離開，也令當時的他感到若有所失，心中迷惘。不過亦在那天晚上，他遇上紀千千，安玉晴的位置迅速被紀千千取代。可是他不會騙自己，他對安玉晴確曾生出愛慕之意。但對安玉晴的仰慕已是過去了的事，他現在的心全被紀千千佔據，再容納不下其他事物。

情況眞的是這樣嗎？爲何自己現在偏偏不斷地想起她呢？究竟發生了甚麼事？就在這刻，他心中浮現另一個圖像，在美麗的山區裏，有一片黝黑的焦土，中心處是個深廣達數十丈的大坑穴。白雲山區的天穴。忽然間，他感應到令他心靈出現異動的來源，是來自天穴的位置。接著天穴的圖像被安玉晴神秘的眸神代替。就在此刻，他醒悟到安玉晴正在天穴附近。他完全不明白爲何會有這種奇異的感應，但卻清楚自己必須先趕往天穴。不拋開一切去見這位俏佳人，他是不會安心的。雖然不可能因她而移情，但除男女之愛外，他肯爲她做任何事。

劉裕頭戴竹笠、划著快艇，進入茫茫煙雨中的燕雀湖。今早起來，明明仍是天色碧藍，秋風送爽，忽然雲堆不知從何處移來，絲絲細雨就這麼漫空灑下，遠近的景物模糊起來，令人分不清楚是雨還是霧，平添了劉裕心中的愁緒。他心中不住浮現那晚私會謝鍾秀的情景，那種把她擁在懷裏的感覺；那種犯禁的感覺，令他勾起對淡眞最確切的回憶，就像命運在重演。他對自己坦白，當她動人的肉體在懷裏抽搐顫抖的一刻，他忘掉了一切，包括淡眞在內。恐怕沒有其他的美女，例如江文清、朔千黛又或任青媞可予他同樣的震撼。只有謝鍾秀，可以令他擁著她時，生出似擁著淡眞的銷魂感受。在那一刻，她眞的代替了淡眞。

唉！這會是他永遠埋藏於心底的秘密，不會告訴任何人。他向屠奉三和宋悲風宣明不會對謝鍾秀有任何野心，是他必須說的話。作爲領袖須爲大局著想，不能被個人的私慾左右，更不該爲兒女私情誤了大事，何況謝鍾秀是絕對碰不得的誘餌。他劉裕所處的位置，令他只能說當時處境該說的話，做最該做的事，否則追隨他的人會因而離棄他。生命充滿了惆悵和無奈，在一個不公平的社會，更會受到不公平的對待。儘管未來他成了南方之主，仍難以在短時間內打破成規，因爲在向上硬闖的過程裏，他要爭取高門世族的支持，也因此須保護他們的利益。風聲飄響，一道人影從岸上掠至，躍往小艇的中央。扮作小夥子，戴上麻草織成的帽子的任青媞，出現眼前。在茫茫的雨絲薄霧裏，她像變成天地的核心，吸引了他所有注意力。

任青媞送他一個羞澀中帶著甜蜜情意的笑容，分外迷人。香唇輕吐道：「劉裕！你好嗎？」

劉裕感到心弦似被她的無形纖手輕撥了一下，想起美麗便是她最厲害的武器，不由心中暗嘆。道：「我好還是不好，就要看小姐你了。」

任青媞微嗔道：「只聽你這兩句話，便知道你仍然在懷疑青媞的誠意。」

劉裕苦笑道：「由第一天我遇上你，你便一邊獻媚一邊動刀子，你說我可以毫無戒心的信任你嗎？」

任青媞道：「你可以懷疑青媞，那青媞是否也可以懷疑你劉裕呢？」

劉裕愕然道：「你懷疑我甚麼呢？」

任青媞漫不經意的聳聳肩道：「甚麼都懷疑，例如你是否只是在利用人家，根本不把我當作夥伴；又或我是你另一個須除去的對象，乾歸遭殃後便輪到青媞。你的腦袋轉甚麼念頭，人家怎曉得呢？」

劉裕想起昨夜屠奉三說要殺她的話，心忖她的懷疑並非沒有根據的，只不過不是自己的念頭。同時想到任青媞現在是利用本身能起的作用，逼他作出承諾。嘆道：「我豈是這種人呢？你想殺我倒是不爭的事實，只是我福大命大罷了！你憑甚麼來責怪我？」

任青媞瞟他一眼，低頭淺笑道：「你懷疑我，我懷疑你，在沒有信任的基礎下，好事也會變成壞事。幸好這事也有解決的辦法，你願意考慮嗎？」

劉裕訝道：「這種事也有解決的辦法嗎？除非能把各自的心掏出來讓對方看。」

任青媞兩邊玉頰同時被紅暈佔據，螓首垂得更低了，輕輕道：「我的解決辦法，差不多就是這樣了。」

配合她充滿挑逗性的神態，若劉裕還不明白就是大呆子。劉裕更明白這或可能是她對自己最後一次的通牒，知會他如仍不肯和她合體交歡，她將會懷疑他的「誠意」。任青媞看得很準，像劉裕這種人，是會對把處女之軀獻予他的女人負責任的。反過來說，如果劉裕堅持拒絕她獻身，當然代表他不肯接納她。

在這要命的時刻，在這不得不依賴她的時刻，他可以說「不」嗎？那他就沒法殺死乾歸，他就有可能輸掉這場仗。他愈來愈明白到，領袖之不易為。任何事情都要以大局為考量，個人的好惡是完全次要的。從一開始在他心中，他便認定她是徹頭徹尾的妖女，偏是這妖女對他有極強烈的吸引力，所以明知她可能是南方最狡猾、最心狠手辣的妖女，他仍不肯眞的傷害她。但他實在不喜歡那種感覺，像是被她玩弄於股掌之間。

劉裕淡淡道：「現在是辦正事的時候，我們絕不能橫生枝節，事情愈簡單愈好。明白嗎？一切待殺了乾歸和盧循再說吧！」

任青媞仰起花容，喜孜孜的道：「好吧！讓我先研究如何殺乾歸，你細心的想想，是否有破綻落入乾歸手中呢？」

劉裕沉吟片刻，搖頭道：「我想不到有甚麼地方出了問題，爲何你會有這個想法？」與她說話要步步爲營，絕不可沒有戒心的向她透露己方的情況，否則如她小姐忽然改變心意，掉轉槍頭，站在乾歸的一方來謀算自己，便糟糕至極。此時小艇來到湖水中央的區域，岸上的景物消失在迷濛的水霧裏，他們宛如置身於無垠的空間裏。

任青媞道：「我看人是不會看錯的，能觀人於微，昨夜我去見乾歸，向他透露盧循在琅琊王府大門外行刺司馬元顯，及後你又從王府後院溜出來，然後到歸善寺去。這些都該是他亟需的珍貴情報，可是他卻似不大放在心上，還要我千萬別打草驚蛇，但又不肯透露他有甚麼手段。他這種反應，只有一個解釋，就是如何對付你他已胸有成竹，想出了好計策。」

劉裕皺眉思索道：「我剛移到另一秘處藏身，如果他的計策是針對我仍在歸善寺而設，他會非常失望。」他故意說出改了藏身的地方，是爲試探任青媞，看她會不會追問新的藏身處。

任青媞道：「我是不會看錯乾歸的，你肯定是在某一方面出了問題，被他掌握到破綻。你現在回去好好的想想，看問題出自那一方面。只要你能掌握到破綻所在，便可以從而推測出乾歸行刺的計畫，再反過來對付他。你不用對我說出來，由現在起我也不會再找你，以避嫌疑。千萬別忽視我的警告，這或許是你殺乾歸唯一的機會，錯過了便永不再回，也白費了我一番苦心。人家要走了！記得你剛才曾答應過人家的事！」

劉裕回到青溪小築，司馬元顯正與屠奉三在客廳興致勃勃的談話，就像知心好友在聊天，從神態語調絕看不出他們之間錯綜複雜的關係。

司馬元顯見劉裕回來，欣然道：「我從屠兄身上學到很多東西，原來只是偵察敵人，可以有這麼多層出不窮的手法。」

劉裕故示親密，席地坐到司馬元顯的一邊，笑道：「知己知彼、百戰不殆。知敵正是勝利的關鍵。」

司馬元顯深有感觸的道：「不瞞兩位，那晚我和你們在江上被『隱龍』追逐，是我畢生難忘的事。以前我從來沒有遇過如此驚險的情況。你們也清楚的，我到哪裏去都是前呼後擁，敢開罪我的數不出多少個來。但那晚卻是與敵人正面交鋒，敵我兩方鬥智鬥力，稍一不慎，便要舟覆人亡。而你們談笑用兵、臨危不亂的態度，更對我有很大的啓發，到今天我仍很回味當時的情況。」

劉裕心忖如論驚險，該是他被燕飛從艦上強行擄走驚險多了，不過看來司馬元顯並不把此事放在心上，又或索性忘掉算了。問道：「我們在這個地方，保密的工夫做得足夠嗎？」屠奉三雙目露出注意的神色，顯然掌握到劉裕並非隨口問問。

司馬元顯微一錯愕，然後道：「此事由爹親自安排，知情者不到十個人，都是在忠誠上無可置疑的。」

劉裕道：「那就不該是公子你這一方出問題。」

屠奉三向他使個眼色，道：「究竟是怎麼回事？」

劉裕明白他眼神的含意，是教他不要隱瞞司馬元顯，由於還須與司馬道子父子長期合作，以誠相待該是最高明的策略，否則如果被司馬元顯發覺他們處處瞞他，良好的關係會轉趨惡劣。

司馬元顯也道：「是啊，劉兄為何會忽然擔心這地方呢？是否出了甚麼問題？」

劉裕道：「此事說來話長，現在我們談論的事，公子只可以讓琅琊王和陳公公知道，總言之愈少人知道愈好。」

司馬元顯興奮起來，忙不迭點頭道：「這個當然，我會分輕重的。」

劉裕向屠奉三道：「任青媞警告我們，乾歸在對付我一事上，一副勝券在握的模樣，當是已擬定好全盤計畫，所以該是我們在某一方面被乾歸掌握到致命的破綻。」屠奉三露出震驚的神色，皺眉不語。

司馬元顯一呆道：「任青媞？你怎會和她往來的？」

劉裕點頭道：「正是她。那天我離開王府後，給她跟在後方追到歸善寺去，這才有央公子另找藏身之所的事。」

司馬元顯一頭霧水的道：「我不明白，她和乾歸不是一夥的嗎？」

劉裕當然不會向他剖白和任青媞糾纏不清的關係，道：「我和她算是老相識，時敵時友。此女心狠手辣，誰都不知她心中想甚麼。不過有一點是肯定的，她所做的一切都是從己身的利益著眼。現在她和乾歸因爭寵而互相排擠，所以她說的話該是可信的，因她要借我們的手除去乾歸。」說罷心中一陣不舒服，在某一程度上，他已出賣了任青媞，幸好此事並非完全沒有補救的辦法，只要在司馬元顯身上下點工夫。又道：「我曾立誓答應她，不會把她暗中幫我們的事洩漏出去，公子是自己人，我當然不會隱瞞。這就叫江湖規矩，請公子幫忙，否則我劉裕便成了棄信背諾的人。」

司馬元顯露出感動的神色，伸手拍拍劉裕肩頭，道：「劉兄眞的當我是朋友，我就連爹也瞞著，且答應永不說出這件事。」

屠奉三欣然道：「由這一刻起，我們都是兄弟了。」又皺眉道：「我們究竟在哪方面給乾歸抓著把柄呢？」

司馬元顯道：「除了你們三人之外，還有誰曉得這地方呢？」

劉裕道：「只有王弘了。」

司馬元顯道：「王弘絕不是這種人，何況他爹對桓玄深惡痛絕。會不會是他被人在後跟蹤而不察覺，直跟到這裏來。」

屠奉三道：「這可能性微乎其微。且知道又如何？我們豈是那麼容易被收拾的。要殺劉兄，必須在某一完全沒有戒心的環境攻其無備，方有成功的可能。」

司馬元顯向劉裕道：「劉兄要小心任青媞那妖女，說不定她忽然又說有甚麼要緊的情報，要你去見她，事實上卻是個陷阱。她現在虛言恫嚇，只爲取得你的信任。」

劉裕苦笑道：「我倒希望是如此，但她卻說不會再與我聯絡，教我好自爲之。」司馬元顯錯愕無語。

屠奉三雙目射出銳利的神色，看著劉裕沉聲道：「我這邊，也眞想不出任何問題，你呢？例如有甚麼事是你尚未告訴我的？」劉裕思索起來。

司馬元顯仍不服氣，道：「你們眞的信任任青媞嗎？」

屠奉三正容道：「我比任何人更明白在桓玄手下任事的情況，乾歸和任青媞互相猜疑是合理的。他們是同類的人，只要有機會，肯定會除去對方，這叫先發制人者勝。」
劉裕全身一震。兩人齊往他瞧去。司馬元顯喜道：「想到了！」
劉裕點頭，緩緩道：「該是想到了，仍是與王弘有關。」
司馬元顯不同意的道：「我認識王弘這個人，他絕不會出賣朋友，何況劉兄曾是他的救命恩人。」
屠奉三道：「該不是直接與他有關係，而是他被人利用了。」
劉裕道：「正是如此。今早他來找我，說他有幾個知交好友想與我一聚，約好了在征南軍出發的那一晚，在淮月樓見面。」
司馬元顯露出不悅神色。屠奉三愕然道：「爲何你會答應這種不必要的應酬呢？」
劉裕當然明白司馬元顯的心態，亦知要如何安撫他。道：「王弘與我的關係，建康沒有人不知道，想找我，王弘可說是唯一的途徑。乾歸便是看準此點，透過與桓玄有秘密聯繫的人，此人又與王弘有交情，向王弘套問，便可以布局殺我。」轉向司馬元顯道：「王弘並不清楚我真正的情況，只知公子已接納了我們，大家齊爲朝廷效命，根本不會想及其他問題。能約我去和他的朋友見面，他也大有面子。」
司馬元顯緊繃著的面容舒展開來，點頭道：「這類聚會在建康是最普通不過的事，人人都想親耳聽劉兄說出殺焦烈武的經過。」
屠奉三沉聲道：「你去見的人中，肯定有一個是暗中與桓玄勾結的人。」
司馬元顯緊張的問道：「是哪些人呢？」
劉裕把名字道出來，然後和屠奉三看著司馬元顯，等聽他的意見。對這五個人，司馬元顯當然比他們清楚多了。

司馬元顯苦思片刻，嘆道：「五個人我都認識，眞想不出誰有問題。要說最令人懷疑的人，我會指出毛修之，他是巴蜀大家族毛璩的後人，不過毛璩已被親桓玄的另一大族譙家連根拔起，毛修之該與桓玄有深仇才對。眞令人頭痛。」接著道：「就由我去監視這五個人，只要眞有人與乾歸暗中勾結，定瞞不過我。」

屠奉三微笑道：「千萬不要如此，現在我們最要緊是不動聲色，要連王弘也瞞著，來個將計就計，這或許是殺乾歸的唯一機會。」

司馬元顯道：「如果我們走錯門路……」

屠奉三從容道：「還記得那晚郝長亨向我們撒網嗎？成敗就是那麼決定了，郝長亨逮不著我們，注定要給我們擄人離開。現在的情況亦是如此，我們只能信任自己的看法，如果輸了，只好怪自己犯錯或運氣太背。」又道：「這次反刺殺的行動由我負責，我會研究每一種可能性，設計出完善的策略，務要教乾歸在自以爲勝券在握之際，落入死亡陷阱中。」

燕飛奔上山頂，忽然立定，原來已到了山崖邊緣，恰好看到三十多里外邊荒集落日的美景。無涯無際安詳肅穆的寧靜瀰漫著整個遼闊的空間，紅日像一艘遠航的樓船逐漸被地平線呑沒，潁水變成耀人眼目的一道光帶，蜿蜒橫過大地。渡過黃河後，他晝夜不停地連趕兩天路，終於回到邊荒集，可是爲了安玉晴，他現在要過門不入，到明天才會回邊荒集去。

夜窩子的燈光逐漸亮起來，古鐘樓更是燈火輝煌，有如荒蕪大地上指路的明燈。燕飛可以想像其中熱鬧的情況。區區一集之地，每天有多少事在發生和進行著，其中又有多少影響到天下的盛衰？燕飛感到眼前的邊荒集和他榮辱與共，再分割不開來。邊荒集經姚興和慕容垂一番努力下，防禦力大幅增強，不過以之抵抗精善攻堅、縱橫北方，由慕容垂率領的無敵雄師，顯然力有未足。如何保衛邊荒集，確煞費思量。如果有劉裕在，他便不用擔心，可是劉裕肯定仍在南方掙扎求存，無法分身。燕飛離開高崖，朝天穴的方向出發。

青溪小築主廳。劉裕與剛回來的宋悲風對話。宋悲風道：「果如我們所料，司馬道子親向二少爺提親，卻被二少爺推在大小姐身上，司馬道子只能暫時作罷。」

劉裕道：「以司馬道子的霸道作風，竟不立即去見大小姐嗎？」

宋悲風道：「或許他是作賊心虛，因害死了大小姐的骨肉至親，故不敢面對大小姐。對大小姐他是有一份敬畏的，據聞他私下對左右的人說，見到大小姐有點像見到安公，你說他敢在這樣的情況下去見大小姐嗎？」

劉裕整個人輕鬆起來，如釋重負，道：「孫小姐曉得此事嗎？」

宋悲風道：「是我親自把這消息告訴她的。我是心軟了，不願見到她悒鬱寡歡的模樣。她聽後非常歡喜，還問我是否你想出來的妙計。」

劉裕問道：「你如何答她呢？」

宋悲風道：「我只好含糊其詞，說是我們想出來的。你眞的不該再見孫小姐，她對你的確有好感。她告訴我，見到你時便想起她爹，可知你在她眼中如何英武不凡。」

劉裕苦笑道：「明白了！」

此時屠奉三回來了，坐下喝了兩口熱茶後，道：「米鋪已撤走了所有明崗暗哨，照我猜盧循該是收到風聲，故另覓藏身之所。」

劉裕頭痛的道：「盧循始終是個難測的變數，可以在任何時間忽然出現，打亂我們的布局，甚至影響我們殺乾歸的行動。」

宋悲風道：「最怕他收到了明晚淮月樓聚會的消息，那就糟糕了。」

屠奉三道：「這個可能性微乎其微，除非乾歸和盧循暗中勾搭，盧循才有可能曉得這麼秘密的事。但盧循根本沒有可能接觸到乾歸，兼且有任妖女這個障礙，所以該是不可能的。」

劉裕點頭道：「理該如此！」

屠奉三道：「這幾天我一直在思索，想到每一個能令我們致敗的可能性。其中一個可能性是與陳公公有關係。」

劉裕和宋悲風同時色變，齊失聲道：「陳公公？」

屠奉三道：「我仍是處在懷疑階段，也許是我多疑，盧循那天於琅琊王府大門外偷襲你們，該不會是湊巧碰上那麼簡單。」

劉裕一震道：「你是指陳公公向盧循暗通消息。」

宋悲風倒抽一口涼氣，道：「希望不是如此吧！若是如此，我們這一方將沒有隱秘可言。」

屠奉三道：「我的懷疑並不是沒有道理的，表面看，盧循那次刺殺行動是針對司馬道子或司馬元顯，但其實卻沒有道理。孫恩現在最顧忌的人，首推我們劉爺，然後是劉牢之或桓玄，肯定不是司馬道子父子。我們來想想吧！殺了司馬道子對天師軍有甚麼好處，司馬氏王朝肯定大權旁落，劉牢之因而坐大，甚至控制朝政，這對天師軍有甚麼好處呢？」

劉裕道：「我最初的想法，是他正在琅琊王府門外探查，聽到我和司馬元顯在車廂內對話，所以把握機會，驟下殺手。」

屠奉三道：「這個可能性不大，除非盧循能靠近你們的馬車。即使盧循練成黃天大法，要竊聽在奔行的馬車廂中低聲的對話，仍是沒有可能的。」

宋悲風的臉色變得很難看，沉聲道：「如此說，盧循是收到確切的消息，故埋伏在琅琊王府門外，一心行刺小裕。」

屠奉三道：「這個解釋最合乎情理。這幾天我派人日夜不停地在米鋪附近監視，卻沒有發現盧循的蹤影，到昨晚更撤走了米鋪所有暗哨，顯然是盧循早收到風聲，但為了不那麼惹人起疑，所以多待了兩天才撤離。」

宋悲風道：「如果陳公公是孫恩的人，怎會坐看菇千秋敗亡呢？」

屠春三道：「陳公公是不得不讓菇千秋犧牲的，因為菇千秋再沒有利用的價值。」

劉裕道：「如果陳公公確與孫恩有關係，我們還有何軍機秘密可言？」

屠奉三道：「我對陳公公的懷疑，並非始於今天。他隨口便指出盧循練成了黃天大法，顯然對此事早有所知，足令我心中起疑。依年紀和武功論，陳公公如與孫恩有關係，便該屬同輩師兄弟那類關係。至於他如何變成太監，恐怕司馬道子才清楚。」

劉裕道：「我該不該直接和司馬道子說呢？」

屠奉三道：「這是最好的辦法，卻也是最愚蠢的做法。因為你要說服司馬道子，首先要費唇舌解釋，為何你會是盧循要刺殺的頭號目標。例如盧循對你用兵如神生出顧忌，又例如你隱為南方軍民心中的眞命天子諸如此類，且這次是由你親口道出，你說司馬道子會怎樣想？」

宋悲風道：「不然有何辦法呢？我們還要借助他對付乾歸。」

屠奉三道：「我們先要弄清楚，盧循是否想殺乾歸呢？」

劉裕道：「這個當然，如果盧循能先殺乾歸後殺我，可算是滿載而歸，且天師軍立即威勢大振，軍心鼓舞。」

屠奉三道：「所以我們可依計而行，在殺死乾歸之前，該不會出岔子，問題只會發生在幹掉乾歸之後，說不定我們可以有機會對付盧循，來個一石二鳥。」

劉裕道：「你認為乾歸會在何處向我下手呢？」

屠奉三道：「進行刺殺的最佳地方，莫過於在水裏，如能在酒宴進行間向你下毒，更是十拿九穩。乾歸的女人既精善用毒，他也不該差到哪裏去，手下中亦應有譙家的用毒高手。至於令王弘的船迅速下沉，則是懂點江湖門道的人都可輕易辦到的事。所以如果你沒有提防的心，這次乾歸的行動肯定會成功。這叫有心算無心，現在當然是另一回事。」

宋悲風道：「盧循會在何處發難呢？」

屠奉三苦笑道：「當然也是在水裏，在那敵我難分的情況下，誰準備充足，誰便能佔上風。當我們成功幹掉乾歸，力戰後身疲力竭之時，盧循在陳公公配合下忽然施襲，恐怕只有像燕飛那般的高手才有希望生存，我們三個都不行。」

宋悲風道：「這是假設陳公公眞的是天師軍在司馬王府的臥底。」

屠奉三道：「這個可能性很大。這是我一向行事的作風，絕不會疏忽任何致敗的因素。」

劉裕道：「我們有能力同時辦妥這兩件事嗎？」

屠奉三道：「那就要看司馬元顯的實力，但如何說服他連他爹和陳公公都瞞著，並不容易。」司馬道子已曉得明晚淮月樓的約會，並認同這是乾歸精心布置的一個陷阱，故下令司馬元顯全力助他們。

宋悲風道：「事情愈搞愈大，不通知王弘，事後他會認爲我們不夠朋友。」

屠奉三對劉裕道：「你怎麼看？」

劉裕知他把責任推到自己身上，更明白他認爲可以犧牲王弘的心態，可是他自己卻不是這種人。嘆道：「在那樣的情況下，如果茫不知情，他的家將肯定死傷慘重，王弘也可能小命不保。看來還是先向他打個招呼，最好是把他的家將換上我們的人，我的心會好過點。」

屠奉三笑道：「一切遵照劉爺的吩咐。這次最好除我們三人外，其他全用上司馬元顯的人，這是最聰明的做法。」

劉裕點頭同意，道：「司馬元顯該快到了，這會是反刺殺行動前最後一個有關的密議。」

晶瑩的星辰在漆黑的天宇上閃爍著動人的光芒，天穴靜靜躺在環繞群山的懷抱裏，似沉睡了過去，再不願理會人世間的事。它代表著一個驚天動地的秘密，代表著那秘密遺留下來不可磨滅的痕跡。安玉晴靜立在天穴的邊緣處，當燕飛出現在天穴另一邊，她立即生出警覺，朝他望來，即使遠隔十多丈，又是在黑夜裏，燕飛仍看到她神秘美眸閃亮的異芒。他清楚感到安玉晴不同了，但又沒法具體掌握到她在甚麼地方變了。或許是她把以前的特質都深化了，變得更神秘；更超脫，更恬靜；更獨特。究竟她身上發生了甚麼事？爲何她可以令自己對她生出感應。

幾下呼吸間，燕飛來到她身旁。安玉晴的美目仍凝視著天穴，從燕飛的角度看去，她俏臉的輪廓如靈秀山川般起伏，亦只有大自然的妙手，才能雕琢出如此驚心動魄的美麗線條。老天爺眞不公平，爲何對一些人如此厚愛呢？她的美麗有別於紀千千，但同樣動人，如果紀千千是天上的艷陽，她便是深谷上的皎月。她的確不同了，臉肌變得晶瑩剔透，眼神更是深邃難測。以燕飛的靈應，一時亦無法掌握她的深淺。究竟發生了甚麼事？

安玉晴道：「你來了！」

燕飛道：「你一直在召喚我？」

安玉晴淡淡道：「我在這裏已徘徊了三天三夜，不時想起你。大白天時不住有人到這裏來觀光，我只好躲起來。但我知道你正趕來此處，所以一直在等你。」

燕飛聽著她動人的聲音，不知是否受她影響，心靈一片祥和，在柔風的吹拂下，生出即使如此站到天地的盡頭，也不會有絲毫沉悶的感覺。道：「在姑娘身上該發生了很奇妙的事。」

安玉晴玉容靜如止水，輕柔的道：「你想知道？讓我告訴你吧！那晚這裏發生震動整個邊荒的大爆炸，令臥佛寺化爲飛灰，只留下眼前這個大坑穴，我便曉得發生了極不尋常的事。於是匆匆趕回家去，向家父報告此事。」

燕飛道：「我明白姑娘當時的心情。」

安玉晴道：「當時我是又驚又喜，同時心中生出一股沒法道出來的情緒，你眞的明白嗎？」

燕飛道：「我眞的明白。」

安玉晴道：「你該清楚家父是怎樣的一個人，他一直沉迷丹道，終日顧著採藥煉丹，埋首爐鼎之術，雖贏得丹王之名，卻連妻女也不顧了，到最後出岔子，練壞了腦袋，如不是你出手相救，他還不知糊塗到何時？」

燕飛道：「現在他和你娘和好如初了嗎？」

安玉晴仍沒有朝他望上半眼，用神的盯著天穴，徐徐道：「不但重修舊好，還比以前更恩愛，我眞的很感激你。」

燕飛目光投往天穴，微笑道：「你爹是否放棄了煉丹呢？」

安玉晴道：「恰恰相反，他返家不久，便開爐煉製他認爲是最終極的『洞極丹』，娘這次不但沒有生氣，還幫他打點煉丹的諸般瑣事，或許是要爲他完成這最後的心願。你知道『洞極』這兩個字的眞正涵義嗎？說的就是仙門洞開，飛升而去。」

燕飛道：「如此說，如果令尊能煉成此丹，服食後便可成道成仙了。你娘怎會容許他這麼做，他又忍心拋下你娘嗎？」

安玉晴道：「哪有這般容易？娘根本不信，恐怕爹亦是半信半疑。不過爹已是煉丹成痴，不試恐怕寢食難安。」

燕飛是第一個不相信，不論服下甚麼仙丹靈藥，最佳的效果頂多是變化體質和改變精神狀態，與能否破空而去不會有直接的關係。否則尼惠暉的爹、安世清的師傅就不用抱憾而終了。

安玉晴續道：「我到家時，爹剛煉成『洞極丹』，還沐浴更衣，齋戒三天，準備服食。」

燕飛道：「他不怕再出亂子嗎？」

安玉晴道：「這次他是信心十足，自信已糾正了以前過寒致生水毒的情況。娘也相信此丹雖不能令他成仙成道，但該可強身健體，延年益壽，所以沒有說過半句話。」燕飛想起「丹劫」便猶有餘悸，一時說不出話來。

安玉晴終往他望去，兩人眼神接觸，燕飛心神劇震。這美女的眼神明顯不同了，秘不可測的感覺有增無減，最引人入勝是內中超乎一切世俗的安寧平和，似若兩泓無底的深潭，獨立於人世的紛擾之外。她唇角逸出一絲笑意，柔聲道：「我把就我所知有關天穴的前因後果，告訴我爹，你道他有甚麼反應，說了甚麼話呢？」

燕飛道：「若我是他，會大吃一驚。」

安玉晴搖頭道：「他的反應比你想的要強烈多了。他聽後整個人躍上丹房之頂，再跳下來放聲哭道：『我的娘！原來是眞的。』」

燕飛啞然笑道：「這是第一次聽姑娘說粗話，感覺非常新鮮，我明白姑娘的苦心，不重述這句話，肯定不夠傳神。他娘的！難道令尊一直不相信三珮合一的確可以打開仙門嗎？」

安玉晴平靜的道：「他不但對三珮合一能否開啓仙門半信半疑，甚至對是否能成仙成道，亦抱懷疑的態度。當他告訴我是因三珮合一，方會有天穴的異象，我也是半信半疑。但現在燕兄如此說，那不單三珮確已合一，且和燕兄直接有關，對嗎？」

燕飛道：「確是如此，我亦沒有打算在此事上對姑娘隱瞞。」

安玉晴甜甜淺笑，道：「謝謝你。」接著目光重投天穴，從容道：「爹把自己關在丹房沉思整夜，到天明時才找娘進去說話，然後再喚我進去，決定讓我服下『洞極丹』，還說仙緣只有一個，做父母的當然要把最好的東西留給我這個女兒。以前不知道是否眞有仙界存在，吉凶難卜，才不敢起這個念頭，現在一切都不同了。」

燕飛聽得頭皮發麻，難怪安玉晴有這麼大的變化，原來是服食了丹王安世清窮畢生心血所精製出來的終極靈丹。

〈卷十〉

第九章◆破碎虛空

第九章 破碎虛空

燕飛和安玉晴並肩坐在丘坡處，下方便是天穴。聽罷燕飛說出三珮合一的經過，安玉晴道：「仙門是否出現了？」

燕飛道：「我的確感應到一個奇異的空間，當時我的直覺是如投身到那空間裏，會到達另一個世界去，內中包含了無限的天地。」除尼惠暉外，他尚是首次向人透露這驚人的秘密，頓感輕鬆了不少，似減輕了精神上的負擔，因爲這個秘密不但壓得他透不過氣來，還害他不住向朋友說謊。

安玉晴神情平靜無波的道：「空間裏的空間，這就是《戰神圖錄》最後一著的『破碎虛空』了。」

燕飛愕然道：「『破碎虛空』？招名改得眞好。《戰神圖錄》是甚麼東西來的？」

安玉晴道：「《太平洞極經》記載了很多廣成子的由來事蹟，其中一篇關於天、地、心三珮，說廣成子進入一個叫『戰神殿』的地方，把天、地、心三珮帶到人世來，將它們贈予黃帝，接著便不知所蹤，有人說他已白日飛升，有人說他重回『戰神殿』去。『破碎虛空』是由廣成子說出來，指這是《戰神圖錄》最後的一招。就是那麼多。」

燕飛道：「《太平洞極經》不是早失傳了嗎？」

安玉晴悠然神往的道：「《太平洞極經》是在我師公手上失傳，當他讀通全經，便將它一把火燒掉，然後窮十年的時間，憑其從《太平洞極經》煉成的以精神感應三珮的秘法，尋獲三珮。此後選擇道山，還收了九個道僮，開爐煉丹，爲三珮合一用功。師公是自漢代張天師後，第一個讀通《太平洞極經》的人，此經也使他躋身無可爭議的道門第一人，就像沒有人敢懷疑你燕飛是邊荒第一高手。」

燕飛大感寫意，並不全因有美爲伴，當然這是其中一個原因，伴著她，就像伴著人世間最美好的事物之一，不一定要牽涉到男女之愛。更重要的是他找到傾訴的對象，安玉晴現在是孫恩之外，最有資格與他談論仙門的人。道：「令師公竟有九個徒弟？我印象中似乎沒那麼多。」

安玉晴道：「其中兩個被逐出門牆。大師兄就是孫恩，我爹排第二，接著是江凌虛，師兄弟中亦以他們三人成就最高，但我爹卻最得師公鍾愛。」

燕飛忍不住問道：「你師公煉成了『洞極丹』嗎？」

安玉晴淡淡道：「這是師公晚年心灰意冷的一個原因，他始終沒法解決丹毒的問題。那時師公認爲，如果能煉成『洞極丹』，與『丹劫』一起服食，或有足夠能力把三珮合一，可惜始終沒法達成心願，致含恨而終。」

燕飛道：「你服下『洞極丹』後，有甚麼特別的感覺？」

安玉晴朝他望去，輕輕道：「你說呢？」

燕飛沒法移開目光的打量她。安玉晴的確不同了，氣質變得更神秘靈秀，宛如在深山窮谷中淌流至純至淨的清洌泉水，愈看愈是動人。「洞極丹」令她更似不食人間煙火的仙子，超然於俗世所有貪嗔癡的七情六欲之外，圓滿自足，不假外求。現在世上唯一能使她動心的，或許只有仙門吧！

燕飛道：「姑娘變了很多，但我卻找不到言語去形容姑娘的變化。」

安玉晴淺笑道：「你在胡謅，我甚麼都沒有改變，只是嘴饞了，肚子餓時比以前更想大吃一頓。我已五天未進半粒米了！」

燕飛欣然道：「是我糊塗，這麼晚了，竟不懂得問姑娘有沒有吃過東西。相約不如偶遇，便讓燕某人作個小東道，請姑娘到不夜天的夜窩子，吃一頓痛快的。」

安玉晴抿嘴笑道：「你不怕你的荒人兄弟誤會你移情別戀，有了新的情人嗎？」

燕飛大感尷尬，但感到她沒有絲毫妒忌之意，只是促狹戲弄他，苦笑道：「你對我的情況相當清楚。」

安玉晴從容道：「燕飛和紀千千的戀情天下皆知，我雖不愛理世事，此事想不知道也不行。說起紀千千，令我聯想到慕容垂，順帶告訴你一個消息，就當是報答你坦誠告訴我有關三珮合一開啓仙門的秘密。」

燕飛訝道：「甚麼消息竟是與慕容垂有關呢？」

安玉晴道：「你聽過秘族嗎？」

燕飛遽然一震，道：「請姑娘繼續說下去。」

安玉晴用神看他，道：「從這極少出現在你身上的震駭，秘族該與你有瓜葛。」

燕飛嘆道：「可以這麼說，姑娘請說下去吧！」

安玉晴道：「秘族是以大漠爲家北塞最神秘的民族，人數不多，從來不超過一千人，這是因爲沙漠生存條件惡劣，要有很堅強的生命力，才能活下來。其武功獨闢蹊徑，在沙漠裏來去如風，對敵時他們是最可怕的戰士，遇有節日慶典時則狂歌達旦，比你們荒人更活潑狂野。這是一個充滿悲觀色彩的奇異民族，嚮往死亡，認爲生命只是一個過程，短暫而沒有意義。」

燕飛愕然道：「姑娘怎會對秘族有如此深入的認識？」

安玉晴淡淡道：「因爲我娘正是秘族的人。」

燕飛失聲道：「甚麼？」

安玉晴道：「我娘是我爹到大漠找尋墨玄石時認識的，我娘是當時秘族最出色的美女，武功高強，與我爹一見鍾情，不顧族人反對，與我爹私奔到中原來。」

燕飛心忖難怪安玉晴有一雙這麼與眾不同的眼睛，原來繼承了秘族美女的傳統。她的話激起了他心湖裏的浪濤，感到命運好像總愛作弄他。

安玉晴續道：「當年秘族和柔然結成聯盟，對抗苻堅，令苻堅震怒，派出王猛率軍進擊兩族。柔然族逃往極北，秘族潛返大漠。本來以王猛之能，亦難以奈何回到大漠的秘族，只恨有秘族的人受不住王猛利誘，兼且貪生怕死，背叛了秘族，害秘族之主萬俟弩拿慘被王猛生擒，押返長安囚禁，秘族遂派人到長安來營救，在慕容垂暗中大力幫忙下，萬俟弩拿成功越柙逃返大漠，並對慕容垂許下諾言，只要將來慕容垂有禍，必全力出手相助。現在便是秘族向慕容垂報大恩的時候了。你的臉色爲何變得如此難看？」

燕飛苦笑道：「此事一言難盡，我的腦筋此刻有點糊塗。你娘不是已脫離秘族嗎？爲何卻可以知道秘族的情況？」

安玉晴道：「萬俟弩拿之女叫萬俟明瑤，塞北的人都稱她作秘女。萬俟其實是鮮卑族中一個姓氏，秘族亦是鮮卑族其中一個支流，所以慕容垂肯冒開罪苻堅之險助萬俟弩拿脫險。在我服仙丹之時，秘女到我家來見我娘，請我娘出手相助以報慕容垂的大恩，卻被我娘拒絕了，說自己不再是秘族的人。我想到慕容垂請秘族幫忙，該是爲對付你們荒人和你的族人，所以知會你一聲。」

燕飛仰望夜空，心中百感交集。萬俟明瑤，唉！

安玉晴柔聲道：「你認識秘女明瑤嗎？我娘說她不論武功、才智，均遠在乃父之上，我娘也感自愧不如。這番話令我非常震驚，能被我娘看上的人，天下間沒有多少個。孫恩一直不敢來向我爹強討心珮，很大的原因是怕我娘和我爹聯手。」

燕飛嘆道：「我是認識她的。」

安玉晴饒有興趣的道：「給我猜中了，她是否眞的長得很美麗？我娘說她的美麗有如神蹟，是驚心動魄的。她比之紀千千如何呢？」

燕飛頹然道：「她的確非常出眾，不過卻很難如此去比較，每個人都有其獨特的地方，在我心中，姑娘的美麗便不在她之下，各有各的氣質。」

安玉晴欣然道：「我還是首次聽人說我的外貌，但表面的美麗在我來說並不算甚麼。好了！我們暫時分手好嗎？」

燕飛愕然道：「不是說好到夜窩子去嗎？」

安玉晴善解人意的道：「你還有心情嗎？你剛才不厭其詳地解釋三珮合一的情況，其中微妙處，令我想到很多東西，需要時間仔細回味，也想獨自冷靜一下。」燕飛欲語無言。

安玉晴緩緩起立，微笑道：「假若有一天你悟通這最後一著的『破碎虛空』，你會怎麼辦呢？現在不用告訴我答案，下次見到我時再說吧。」說畢飄然去了。

燕飛呆坐在那裏，心中忽然強烈地思念紀千千。

建康。載著謝琰的三十多艘戰船，駛離建康的大碼頭區，民眾夾河歡送，爲他們打氣，希望他們能凱旋而回，解除正威脅建康有燎原之勢的禍亂。今早舉行出師大典，由皇帝司馬德宗主持誓師儀式，陸路大軍立即上路，直指太湖西北岸的義興，謝琰則另率一軍，裝載輜重糧食，乘船沿長江入運河，開往正與敵城吳郡遙遙對峙的無錫。劉牢之早於兩天前離開，到丹徒與他的水師船隊會合，今天亦會向出海口出發，沿東岸南下，進攻的目標是海鹽，好與謝琰互相呼應。屠奉三、宋悲風和劉裕夾雜在送別的民眾裏，感受著民眾對南征平亂軍的渴望、期待和對天師軍深切的威脅和恐懼。

屠奉三湊到劉裕耳邊道：「誰能擊退天師軍，民眾便會支持誰，不理他是否高門名士，又或寒門布衣。在平時權貴可把民眾當作賤奴般肆意踐踏，但在戰爭裏，民眾的支持會直接影響成敗。平日不多做點惜孤念寡的工夫，等到有事想妄求民眾擁護，一定是費日損功。」

劉裕此時心想的卻是任青媞。今晚如能成功幹掉乾歸，他該如何對待她呢？最好的解決方法當然是殺死她，但他卻自知下不了手。可是如依她的方式以佔有她來表示自己眞正的接納她，他又感猶豫，怕與她更糾纏不清，損害自己的威信。矛盾至極點。聽到屠奉三這番話，只好點頭應是，說不出話來。

宋悲風在另一邊興奮的道：「建康已久未出現眼前萬人空巷的場面，上一次是淝水捷報傳來，安公乘馬車到皇宮報喜，民眾全擁到御道兩旁，夾街歡呼。」

劉裕可以想像當時的情景，想到有一天如果自己能令建康的民眾如斯歡喜若狂，此生可無憾矣。想到激動處，登時熱血沸騰起來，把任青媞拋諸腦後。

此時有人擠到三人身邊來，向屠奉三說話，劉、宋兩人認得是屠奉三的手下，都沒有在意。手下退走後，屠奉三向劉裕道：「邊荒有人來了！」劉裕和宋悲風會意，隨屠奉三離開。

片刻後他們抵達大碼頭區著名的千里馬行，這是孔老大在建康開的店，專賣胡馬，現在已成了與邊荒通訊的站頭，更是他們在建康的情報中心。三人直入內進，一個手下迎上來道：「他在後院。」

屠奉三道：「帶路！」在引路下，三人經過有近三十匹馬兒的馬廄，穿過一個大天井，來到廣闊的後院，左右各有一個放草料的倉庫，正中的一座建築物，是店夥的住宿之處。另有手下拉開大門，讓三人入內。廳子裏本有一人坐著，見三人進來，連忙肅立。此人坐著時不覺有何特別，但猛然起立，自然而然有一股氣勢，兼之他身材高大滿臉英氣，三人驟眼瞧去，都留下深刻的印象。

屠奉三淡淡道：「蒯恩？」

蒯恩兩眼一紅，似欲哭出來，又連忙忍著淚，施禮道：「正是鄙人。」

屠奉三負手而立，道：「本人便是屠奉三，侯先生要你向我傳甚麼話呢？」

蒯恩目光投往劉裕和宋悲風。屠奉三介紹道：「這位是劉裕，不用找說你該知道他是誰。」宋悲風對屠奉三招呼蒯恩的冷漠態度，生出不忍之心，道：「我是宋悲風，大家都是自己人，說話不用避忌。」

劉裕喝道：「其他人退下去。」跟來的手下連忙退出廳外，順手關門。三人站在靠門的一邊，蒯恩則站在另一邊，氣氛古怪。

蒯恩嘆道：「屠爺是否懷疑我呢？」說話時，目光卻不住打量劉裕，顯然對他最是好奇。

屠奉三冷然道：「在江陵我只信任一個侯亮生，若換了你是我，忽然有人遠赴邊荒來找我，說是為侯亮生傳達一句遺言，你道我會怎麼想呢？」

蒯恩沒有絲毫受辱的神態，身子仍是挺得筆直，雙目再沒有淚光，閃閃有神的道：「我說完侯爺要我傳達的話後，會立即離開。」

劉裕微笑道：「如此蒯兄弟將辜負了侯先生的一番苦心。」

蒯恩愕然道：「你們不是懷疑我是桓玄派來的奸細嗎？」

屠奉三傲然道：「想騙我們，豈有這般容易，以侯兄的才智，如果眞是他託你來傳話，那句話定可釋我們之疑。豈是桓玄此子可以想出來。」

宋悲風道：「說吧！」

蒯恩露出感動的神色，道：「屠爺眞是侯爺的知己。請容我在說出來之前，先交代那天的情況。」接著把那天早上發生的事詳細道出，最後道：「侯爺把我喚到馬車旁，要我立即逃往邊荒集，說……」

屠奉三打岔道：「侯兄當時神態如何？」

蒯恩答道：「他語氣雖然緊張，但神態仍然冷靜，沒有驚懼。」

劉裕嘆道：「他必有自盡的手段。」

屠奉三仰望屋樑，雙目殺機大盛，道：「桓玄呵！你和我的樑子愈結愈深了。」然後向蒯恩道：「說吧！」

蒯恩沉聲道：「侯爺要我告訴屠爺你，害他的人是任妖女。」屠奉三和劉裕早猜到此話，聞言仍禁不住心頭劇震。

屠奉三冷靜如常，目光回到蒯恩身上，道：「蒯恩你以後有甚麼打算？」

蒯恩道：「我只想知道任妖女是誰。」

屠奉三向劉裕使個眼色，要他說話。劉裕道：「蒯恩你可知侯先生為何要你不遠千里的到邊荒去向屠爺傳話呢？」

蒯恩露出錯愕神色，道：「劉爺先前說我會辜負侯爺的一番苦心，現在又這麼說，但我真的不明白。」

屠奉三道：「你不明白，只是你沒有深思這個問題，因為你直至此刻，心中只有一個念頭，就是完成侯兄要你傳達這句話的遺命。事實上這句話不用你傳達我們也可以猜得到，而侯兄偏要你來傳話，是要為你安排將來，不致浪費了你這個可造之才。」

蒯恩一震道：「侯爺……」

劉裕喝道：「不要哭，這並不是流淚的時候。你現在可以自由離開，也可以留在這裏和我們一起，全憑你自己抉擇。」

屠奉三接口道：「留下來並不是只為殺任妖女為侯兄報仇那麼簡單，你甚至要拋開仇恨，繼承侯兄的遺志，為助劉爺創立不世功業而奮鬥。我們為的並非個人榮辱，而是為了天下萬民的福祉。如果你沒有這樣的大志，現在可立即離開。」

蒯恩「噗」的一聲跪倒地上，誠心誠意的道：「蒯恩願永遠追隨劉爺，生死成敗在所不計。」

邊荒集。古鐘樓議堂。慕容戰、拓跋儀、呼雷方、費二撇、姬別、程蒼古、江文清、姚猛、陰奇和奉召列席的高彥、龐義、方鴻生、劉穆之、王鎮惡均已到達，各居其位。反而身為召集人兼主持的卓狂生仍未出現，另一個遲到的是紅子春。議堂內鬧烘烘之時，卓狂生終於到了，剛跨過門檻，他便仰天大笑三聲，令人人側目，也因而停止說話，目光集中到他身上去。

費二撇笑道：「又在發甚麼瘋了！」

卓狂生欣然道：「你說得對，我的確在發瘋，是歡喜得瘋了的那種瘋，因為我自邊荒遊開始一直期待的人，終於出現了。」眾人聽得一頭霧水，不知他在說甚麼。

姚猛抓頭：「老卓你在期待誰呢？難道是你失散了十八年的妻子？」他的話登時引起哄堂大笑，只有劉穆之和王鎮惡兩人沒法投入他們輕鬆的情緒裏，因為他們的列席是具有爭議性的，大部分成員都反對讓他們列席，尚須卓狂生為他們爭取。可以這麼說，他們在邊荒集的未來，將決定於這次臨時的會議上。

卓狂生朝首席走過去，笑罵道：「去你姚猛的娘。」又肅容道：「我鄭重地在此公告，昨夜我終於遇上一個參加邊荒遊的人，到邊荒集來既不是為了天穴，更不是為夜窩子的嫖、賭、飲、吹，而是專誠為了聽我卓狂生說書而來的。現在你們明白為何我期待他了。」

眾人笑得更厲害了。卓狂生到主位坐下，面向眾人，一臉自我陶醉的神色，還扮了個興奮如狂的鬼臉。忽然眾人目光轉往入口處，紅子春赫然出現，站在門口，手上舉著一封似信函的東西，還輕輕搖晃，好引人注目似的，神態寫意輕鬆，令人感到他心情極佳。

慕容戰道：「人齊了！終於可以開會了。老紅我們已沒有責怪你遲到，你還不快滾進來。」

紅子春以有點像舞步的腳法走進來，微笑道：「高彥！叫聲爹來聽聽。」

姬別和紅子春交情最深，立即助陣，模仿出高彥的神氣聲調，陰陽怪氣的接下去，道：「咦！我有甚麼把柄落到這個死奸商手裏呢？」

眾人均是老江湖，終察覺到紅子春手上的信函，絕不尋常，且是與高彥有關的。高彥死命盯著紅子春搖晃著的信函，沉聲道：「那封信是否寄給我的呢？」

紅子春來到議堂中央，以苦口婆心的神情向高彥道：「我兒你乖點好嗎？」眾人再忍不住，爆起哄堂笑聲。連劉穆之和王鎮惡也忍俊不住，終於投入了荒人議會的獨特氣氛裏去。

高彥不敢發火，漲紅了臉道：「算我怕了你，那封信是誰寄來的？」

紅子春道：「你在問爹嗎？」眾皆大笑，議堂內再沒有半點嚴肅的味道。

卓狂生大喝道：「肅靜！」笑聲漸止。

卓狂生道：「老紅你不要賣關子了，我和高彥總算兄弟一場，不忍見他受辱。好啦！高小子，你就大大方方叫聲爹吧！」眾人本以爲他是仗義出手幫高小子的忙，豈知最後一句完全露出狐狸尾巴，竟是與紅子春、姬別互相爲謀。再爆哄笑聲。

江文清喘著氣笑道：「不要作弄高彥了，這封信是誰送來的？」

紅子春欣然道：「是我在兩湖的老朋友老聶派人送來的。」

高彥怪叫一聲，離椅而起，一個觔斗落在紅子春身前。紅子春把信收到身後，道：「想搶嗎？」

高彥滿臉喜色，躬身道：「父親大人在上，請受小兒高彥一拜。」眾人此時才轟起喝采聲。曉得有小白雁的最新消息了。

龐義大笑道：「高小子當你是他死去的爹！」

紅子春毫不介懷，笑道：「此爹豈同彼爹，不過爲懲治你這忤逆不孝兒，老卓接著啦！」一抖手，信函脫手朝卓狂生飛去，高彥飛身伸手想來個攔途截劫，卻差少許才成功，眼睜睜瞧著信函落入卓狂生手上。

卓狂生喝道：「不准動！待老子看過再說，因為老子是最有資格看這信的人。」

高彥苦著臉孔站在他前方，紅子春則回到他的席位去。眾人目光全落在卓狂生手上的信函去，屏息靜氣地瞧著他把信從函內抽出來，展開閱看。

卓狂生面無表情的看完，忽然起身移到後方的大窗旁，把手上的信高舉過頭揮動著。高彥搶到他身旁去，焦急地道：「你想幹甚麼瘋事？」

窗外數以萬計的目光，從廣場往卓狂生投去。為表示對議會的支持，顯示荒人的團結，所有荒人都暫時拋開手上的工作，自發地聚到廣場來，以示對議會的支持。卓狂生不理高彥，向下面的荒人群眾大喝道：「我有一件事宣布，小白雁正在來此途中，我們要好好的款待她，竭盡地主之誼，千萬不要讓她大小姐有不滿意的地方。」廣場上立即發出轟然狂呼、喝采、鼓掌的巨響，直沖霄漢。

接著卓狂生把信塞到高彥手上，自行回到席位，神氣的道：「都說我的招數要得，看！現在終於開花結果了，我的天書也可以繼續寫下去。」

「我的娘！」高彥一個觔斗回到議堂中央，另一個觔斗回到位子裏，然後振臂大嚷道：「娘呵！我成功了！」接著把信塞給身旁的姚猛，道：「大家傳著看。」

姚猛大急道：「我不識字啊！誰幫我讀出來。」話猶未已，早給方鴻生劈手搶走信件，展信看起來。議堂充滿歡樂的氣氛，人人為高彥高興雀躍。

卓狂生大笑道：「今天的會議有個非常好的開始。哈！該談正事了！」

議堂肅靜起來，信則繼續傳閱。卓狂生道：「首先是劉穆之和王鎮惡列席的問題，有人反對嗎？」

紅子春笑道：「今天大家都非常開心，故不願因有爭論鬧得面紅耳赤。我提議由請他們列席者提出理由，然後大家舉手決定。」

卓狂生欣然道：「那就只好由我說吧！我之所以邀請劉先生和王兄列席，首先是認爲他們沒有可疑之處，我相信議會成員裏大多同意我這個看法。」

姬別點頭道：「我是今天才認識他們兩位，經卓館主說明他們的出身來歷後，亦同意他們該不是敵方派來混入我們的奸細，如果敵人的安排巧妙至此，我也只好寫個『服』字。」

高彥道：「他們絕不會是敵人的臥底，因爲他們都是有智慧的人，所謂良禽擇木而棲，現在我們邊荒集的運勢如日中天，又出現天穴吉兆，劉爺則在南方嶄露頭角，不來歸附我們，難道去投效豺狼之性的桓玄、禍國殃民的司馬道子、不忠不義的劉牢之嗎？我相信他們。」

卓狂生攤手道：「這方面該不用舉手表決吧？」

江文清道：「我是支持他們列席的，道理很簡單，因爲他們都是不可多得的人才，各有所長。劉先生長於政治經濟，他費了兩天兩夜擬出來振興邊荒集的大計，正是我們欠缺的，因爲我們沒有他鳥瞰式的廣闊視野。而且我們各有各的業務，像高小子雖想出『邊荒遊』，但他的精神卻給小白雁佔據了，哪還有空閒去用心打理『邊荒遊』，所以我們需要一個人全心全意總理整個邊荒集在軍事、經濟和民生上的發展，而劉先生正是我們不二之選。」

姬別鼓掌道：「我被大小姐說服了。」

紅子春喝道：「我則是被劉先生那份計畫書說服了，最難得是照顧到各方面的利益，又不會影響邊荒集原有的特色。」

卓狂生欣然向劉穆之道：「先生的心願達成啦！由今天開始，你已擁有在議會列席的資格。」

眾人鼓掌喝采的歡迎聲中，劉穆之起立道：「今天劉某眞的非常感動，也徹底改變了我對荒人的印象。在這裏就像在一個胡漢雜處的大家庭，每一個人都拋開私利，盡心盡力爲邊荒集的未來而奮鬥，而這正是能令我們成功的因素，可以繼續創造奇蹟。」在眾人又一陣喝采聲中，劉穆之含笑坐下，只是這番剖白之言，已使他確立了在議會中的地位。

各人目光落到王鎭惡身上，後者有點不習慣的出現帶些兒尷尬的神情。呼雷方道：「老卓硬逼我去向王兄尋根究柢，我只好和王兄摸著酒杯底談了整晚，王兄爲王猛的親孫這件事該沒有疑問，因爲我曾從姚興那裏聽過他的名字，姚興還要我留意王兄有沒有避到邊荒集來，見之立殺無赦。可以這麼說，當日長安城破，姚萇第一個想殺的是苻堅，第二個便輪到王兄，爲的是怕苻堅再次重用他，由此可見王兄的厲害。想不到他竟遠避南方，現在又回來了。」

陰奇道：「王兄爲何無緣參加淝水之戰呢？」

王鎭惡臉色一沉，道：「自爺爺過世，家父遇刺身亡，慕容垂和姚萇一直千方百計的排擠我，令我無事可爲，淝水之戰豈會有我的份兒？」

卓狂生笑道：「王兄自幼便隨爺爺學藝，盡得王猛武功兵法的眞傳，八歲隨爺爺出征，十六歲已獨當一面，打了第一場勝仗。最精采是他熟悉慕容垂的戰法，如果慕容垂來犯，王兄可以是另一個劉爺。」

陰奇皺眉道：「劉裕與我們的關係與王兄有很大的分別，且我們的荒人兄弟大多不認識王兄，貿然把王兄擺在這麼一個重要的位置上，恐難服眾。」

拓跋儀接口道：「王兄如果當我們的軍師，陰爺的疑慮可以迎刃而解。」眾皆大訝，因爲若追源溯流，拓跋儀的拓跋族該與一手覆滅代國的王猛有深仇才對，故不明白爲何拓跋儀反爲王鎮惡說話。

卓狂生哈哈笑道：「想不到吧！讓我告訴你們原因吧。是我請王兄擬想出慕容垂攻打邊荒集的策略，再請慕容當家和拓跋當家連手接招，王兄究竟是龍是蛇，在這樣的情況下，立即現出眞身。大家明白嗎？」議堂內一時靜至落針可聞，外面的廣場亦是一片靜穆。

高彥打破沉默道：「這叫虎祖無犬孫。我可以保證王兄是正人君子，是個有大志的人。」

卓狂生歡喜的道：「還有人反對王兄列席議會嗎？」

姬別舉手道：「通過！」

眾人尙未來得及發出歡迎的采聲，外面忽然歡聲雷動。眾皆愕然。「燕飛回來了！燕飛回來了！」整個議堂騷動起來，人人爭先恐後擁往歡呼聲傳來的那邊窗戶，朝廣場看下去。只見人群潮水般分開來，燕飛背著蝶戀花，正以其瀟脫好看的步伐，含笑接受群眾的呼叫，從容自若的直抵鐘樓下，往他們望上來。

拓跋儀第一個大喝道：「大家靜一點，否則怎聽得到我們邊荒第一高手燕飛說的話。」歡叫聲潮水般退去，偌大的古鐘場不聞一聲，只有興奮的呼吸聲此起彼落。

拓跋儀狂喝道：「是否我們贏了！」

燕飛道：「慕容寶率八萬精兵來攻我們，駐軍五原，無法得逞，更被我們施巧計逼得倉卒撤退，我軍追殺千里，燕軍於參合陂慘遭滅頂之禍，慕容寶僅以身免。」廣場上先是靜得連呼吸聲也停止了，接著爆出驚天動地的狂呼，像洪水般淹沒了整個廣場。拓跋儀湧出熱淚，拓跋族終於復興有望。

燕飛進入鐘樓，高彥、姚猛兩個好事者慌忙下迎，擁著他步入議堂，接受各人再次的歡叫和祝賀，氣氛熱烈至極點。此時外面的廣場吵聲喧天，沒有人能控制自己的情緒。

卓狂生道：「我們定要好好慶祝。」

燕飛目光落到劉穆之和王鎮惡身上，江文清連忙爲他們兩人引見燕飛，簡略說出他們在這裏的來龍去脈。燕飛道：「大家坐下再說。」

重新坐好後，燕飛道：「這次我不等收復平城和雁門便趕回來，是有緊急的事告訴各位。」

高彥道：「不用那麼急呵！小白雁和我的婚禮尚要過幾天才舉行。」眾皆大笑，氣氛攀上熾熱的高峰。

卓狂生道：「不要插科打諢，能令我們燕爺震驚的，肯定是大事。」

燕飛正容道：「如我所料無誤，慕容垂將會在短期內來攻打邊荒集。」

眾人的目光均向劉穆之投去，並沒有出現燕飛意料中的震驚。卓狂生鼓掌道：「我沒有看錯人吧！劉先生正是那種能運籌帷幄，決勝於千里之外的智士。」然後向燕飛道：「這次召開鐘樓會議，有一半原因是劉先生預測慕容垂會來進攻邊荒集，現在給你證實了。」

燕飛用神打量了劉穆之兩眼，問道：「另一半原因呢？」

江文清道：「劉裕需要我們派人到南方助他對抗天師軍，你回來就好了！可以爲邊荒集作主。」

燕飛聽得呆在席位處，終於體會到慕容垂難以分身之苦。

拓跋珪和長孫嵩、叔孫普洛、崔宏、長孫道生四名大將，登上平城的牆頭，極目四望，人人均感此城得來不易。果如他們所料，慕容寶逃返長城後，慕容詳自知不敵，立即棄城撤返中山，拱手讓出平城、雁門兩大重鎮。拓跋族大軍抵達，城民開門迎接，令他們不費吹灰之力的佔領此城。當日下午，張袞和許謙另率一軍，前往接收雁門。

拓跋珪忽然仰天長笑，滿懷豪情壯氣，欣然道：「現在是否立國稱帝的好時機呢？請眾卿給我一點意見。」

長孫嵩道：「這次大破燕軍，盡顯我族不世戰功，名震天下，以後還有誰敢小覷我族？漢人有謂必也正名乎，名不正則言不順，所以我認為如能於此時立國，將更添我們的威勢，令塞北諸部，齊來歸附。」叔孫普洛和長孫道生均齊聲附和，表示贊成。只有崔宏默然不語。

拓跋珪訝道：「崔卿是否另有見地？」

崔宏道：「立國稱帝，是勢在必行。不過稱帝並非只是換個國號名號那麼簡單，且是一條不可以回頭的路。所以我們必須審其利弊，看看稱帝是否最有利於我們的事。」由於他說得婉轉，且肯定立國稱帝是勢在必行，問題只在時機的掌握上，所以長孫嵩等都不覺得被冒犯，反而想聽他進一步解釋其中關鍵和微妙之處。

拓跋珪首先興趣盎然的問道：「以我們現在的聲勢，是否稱帝立國只是一個形式的問題，難道在實質上竟有分別嗎？」

崔宏從容道：「請容臣下直接坦白的問一個問題，如果慕容垂盡起精兵，以雷霆萬鈞之勢，直撲平城，我們該怎麼辦呢？」

拓跋珪嘆道：「這幾晚我每次躺在羊皮氈上，想的都是這個問題。唉！如果不用想這方面的事，我會睡得安樂多了。」拓跋珪的經常性失眠，是軍內諸將人盡皆知的事。

拓跋珪續道：「崔卿有甚麼好提議呢？」

崔宏道：「我沒有好的提議，但卻曉得我們只有一個選擇，仍是對付慕容寶的方法，先避其鋒銳，再籌謀反擊。既然我們預知此一情況，故所有策略均要環繞這重心來設計，也由此判斷應不應立即稱帝。」拓跋珪目光投往中山的方向，沉吟思索。

叔孫普洛眼中射出憂懼的神色，沉聲道：「慕容垂善用奇兵，恐怕到他兵臨城下，我們才會知道。除非我們放棄平城，否則重施對付慕容寶的故技，恐怕反令我們疏於防守，進退失據。」

拓跋珪冷然道：「這個反不用擔心，慕容垂的奇兵之術，將對我起不了作用。」他想起的當然是燕飛和紀千千間神妙的感應，更怕被手下尋根究柢，忙接下去道：「好了！假如我們決定避免與慕容垂正面硬撼，於是否稱帝又有何關連呢？」

崔宏道：「假如我們在北方的敵手，只剩下慕容垂一人，則是否稱帝對大局將沒有任何影響。但目前情況顯非如此，北方正陷於群雄割據的局面，假設族主於此時稱帝，忽然慕容垂大軍來攻，我們卻來個逃之夭夭，還有甚麼新朝的帝王氣派？」

拓跋珪動容道：「崔卿言之有理。像我們以前當馬賊時東逃西竄，沒有人敢說我們半句話，還要讚一句了不起，因為這正是馬賊的生存方式。如果我立國稱帝，又以平城為都，卻一下子連帝都也失掉，成何體統呢？哈！給崔卿一言驚醒我這個夢中人。」

崔宏謙虛的道：「如張袞和許謙兩位大人在，他們也會提出同樣的忠告，皆因我們漢人對稱帝一事特別小心。」

長孫嵩顯然很欣賞他這番自謙的話，問道：「那麼族主何時稱帝最恰當呢？」

崔宏正容道：「當然是在擊敗慕容垂之後，如此我族強勢立成，震懾天下，順我者生，逆我者亡，北方形勢立即清楚分明。」

拓跋珪嘆道：「好一句順我者生，逆我者亡。」

與崔宏最友善的長孫道生讚道：「聽得崔兄這番話後，令我茅塞頓開。如此我們將不用花氣力在平城和雁門的防衛上，只須集中人力物力重建盛樂。」

此時有近衛來向拓跋珪打報告，顯然有機密緊急的事，否則豈敢於此時騷擾拓跋珪。眾人識趣的散往兩旁。拓跋珪聽罷雙目閃閃生輝，先命近衛退下，然後召各人回到他身邊，輕鬆的道：「楚美人已起出佛藏，送返盛樂，只是黃金已裝滿十二車，其他法器珍寶無數。我們該如何利用這筆財富呢？」

崔宏是唯一不曉得楚美人是誰的人，待要詢問，卻被長孫道生輕拍阻止，以眼神告訴他待會再向他說明。

叔孫普洛道：「重建盛樂在在需財，這筆龐大的財富是最及時的賀禮，老天的恩賜。」

拓跋珪道：「若只是重建盛樂，便太大材小用了。我要透過這筆錢財，使邊荒集振興起來。以前的邊荒集，是我們賣馬賺錢的好地方。馬當然要繼續賣下去，但我們這回更要透過南方大規模地買進我們欠缺的物資，尤其是戰船、兵器、米糧和布帛。此且爲一石二鳥之計，邊荒集愈強盛，對慕容垂的威脅愈大，只要慕容垂不像他兒子般愚蠢，便該曉得不先對付邊荒集，便全力來討伐我，會是最嚴重的錯失。」

長孫嵩色變道：「萬一荒人守不住邊荒集呢？」

拓跋珪長笑道：「荒人可以幫助我們，我們當然也可以幫助他們。有我的兄弟燕飛在，誰能擊敗他呢？就算是慕容垂也不行。」

劉裕進入餃子鋪，到坐在一角的屠奉三身旁坐下，道：「任青媞回江陵去了。」他盡量不表露出內心如釋重負的輕鬆感受，以免被精明的屠奉三察覺。

屠奉三道：「這是置身事外最聰明的做法，也表示在她心中，最重要是不讓桓玄對她起疑，至於你劉爺如何對她，只是次要的事。」

劉裕明白屠奉三是繞個圈子來提醒他，不要和任青媞糾纏不清，因爲絕對不會有好結果的。而他說的話更非故意中傷任青媞，事實上他也有同樣的想法。如乾歸在建康被殺，只要任青媞仍在建康，又毫髮無損，以桓玄的性格，定會起疑心。

屠奉三道：「她是何時離開的？」

劉裕道：「從她留下暗記的指示，前天她已走了。」

屠奉三狠狠道：「好一個狡猾的妖女。」

劉裕明白屠奉三對侯亮生的感情，更清楚屠奉三絕不會放過任青媞。任青媞這般忽然離開，也是只有劉裕和她之間才明白的一種表態，就是她終於選擇了桓玄。或許是她曉得劉裕最終亦不會接納她，故不想在劉裕身上浪費時間。想到任青媞放棄了他，雖免去他天大的一個煩惱，也不由心中一片迷惘。

屠奉三道：「不要再想她，現在是我們不得不讓她借刀殺人，又坐享其成。亮生去了，乾歸如又飲恨建康，桓玄左右再沒有高明的謀士，任青媞便可無限地擴展她對桓玄的影響力。自古以來，枕邊語從來都是最具殺傷力的。」

劉裕點頭表示同意，心中卻一陣不舒服，問道：「你試過蒯恩了嗎？他的功夫如何？」

屠奉三道：「蒯恩肯定是個人才，兵法得亮生眞傳，武功主要糅集兩湖名家之長，再別出機杼。照我判斷，儘管我全力出手，要殺他仍要費一番工夫，且不免要作點犧牲始辦得到。」

劉裕動容道：「這就非常不錯了！」

屠奉三道：「多了蒯恩這個高手助陣，令我對今夜的行動更有把握。」

劉裕道：「今晚如果我們能殺死乾歸，將可取得司馬道子的信任，而我們對付孫恩的行動，便可以全面展開。」

屠奉三道：「我們一方面令司馬道子更看重我們，卻也更引起他們對我們的顧忌和戒心，如果情況許可，我們應讓司馬元顯親手幹掉乾歸，那不但可以贏得司馬元顯更大的好感，且可以安司馬道子的心。」接著欣然笑道：「血當然是由下面的人去流，功勞則由上面的人去接收，當司馬元顯感到自己不是跟班而是大頭領，我們和他們父子的關係會大幅改善過來。」

劉裕讚道：「有道理！」

屠奉三沉吟半晌，道：「我希望劉爺你能重用蒯恩。」

劉裕對屠奉三的認識愈深，愈覺得他外表看似心狠手辣，事實上卻是個重感情的人。屠奉三特別說出這句話，正代表他對侯亮生的心意。

劉裕道：「這個是必然的。不過他經驗尙淺，屠兄要好好栽培他。」

屠奉三起立道：「是去會司馬元顯的時候了。」兩人付賬去了。

拓跋儀一頭霧水的隨燕飛來到觀遠台上，訝道：「你提議暫時休會，這麼的與我到這裏說私話，不怕別人心中不舒服嗎？」

燕飛憑欄下望，見在廣場上的荒人仍未散去，人海般包圍著鐘樓，個個翹首朝他張望。大喝道：「會議仍要舉行一段時間，現在該是你們去慶祝狂歡的時候，而不是在這裏呆等。去吧！好好的開心一下，會議完畢後我們立即加入你們。」眾人齊聲歡呼，依言散去。在他們心中，燕飛不但是兩次收復邊荒集的大功臣，更是邊荒集的中流砥柱，穩定整個邊荒的天神。

燕飛轉過身來，面向拓跋儀笑道：「我們荒人間已建立起互信的關係，沒有人會懷疑另一個人。剛才我提議休會一刻鐘，那劉穆之立即露出會心的神情，可知此人才智之高，足可以看破我們的意圖。」

拓跋儀一呆道：「我卻不知道你要搞甚麼。看來我的才智是比不上他。」

燕飛道：「你不是比不上他，只是當局者迷。在現時的情況下，我必須立即趕往建康去，只是爲謝道韞療傷，已是義不容辭，何況孫恩擺明向我發出戰書，此戰更是避無可避。」

拓跋儀道：「大家兄弟，有甚麼事直接說出來吧！」

燕飛道：「一方是慕容垂，另一方是桓玄和聶天還，我們荒人要應付的始終是兩邊戰線的戰爭。今天會議最重要的事，是推出總攬軍政的主帥。而眼前最有資格當主帥的，就是慕容戰和你。」

拓跋儀恍然道：「原來是爲了這件事，於我個人來說，讓慕容戰當主帥完全沒有問題，只是怕族主怪我。」

燕飛道：「這場大仗牽涉到我族的立國，我當然明白小珪的性情。在一般的情況下，誰當主帥不是問題，可是如出現我族的立國和邊荒集本身利益相背的處境，你當主帥將會很爲難。所以我認爲讓慕容戰當主帥最適合，小珪要怪便來怪我好了。」

拓跋儀點頭道：「你想得很周詳，而事實確是如此，族主說的話我也不能不聽，如令我們的荒人兄弟感覺邊荒集成了我族的附庸，將犯了荒人的大忌。」

燕飛道：「你同意了！」

拓跋儀肯定的應道：「同意。」

燕飛道：「會議之後，你立即向小珪發出飛鴿傳書，告訴他防範秘族的刺客和探子，因爲秘族已投效慕容垂，將傾全族之力爲他辦事。」

拓跋儀色變道：「竟有此事？秘族不是一向不理沙漠外的事嗎？」

燕飛道：「此事容後再向你詳細解釋，我們絕不能對秘族掉以輕心，慕容寶這次主要輸在情報上，未能知己知彼。慕容垂正因看到這個弱點，所以請秘族援助。一旦我暗敵明的情況被扭轉過來，我們肯定要吃敗仗。坦白說，天下人都曉得與慕容垂在戰場上正面交鋒是最愚蠢的事，所以我們絕不能讓慕容垂得到這個機會。小珪如是，我們荒人也如是。」

拓跋儀擔心的道：「可是秘族一向在大漠和草原上來去如風，神出鬼沒，可說是防不勝防，恐怕自此以後，我方的一舉一動，都落在慕容垂掌握中。」

燕飛心中浮現紀千千的花容，道：「我們邊荒集的情況也是這樣，不過各施各法，只要我們清楚情況，便可以想出應付之法。」

拓跋儀苦笑道：「原來我們仍是處於劣勢。」

燕飛目光投往潁水，道：「一天慕容垂未死，一天千千仍在他的手上，我們都處於劣勢。」

拓跋儀道：「自淝水之戰後，邊荒集從沒有安樂的日子過。」

燕飛微笑道：「聽你的語氣，似乎把自己當作荒人了。」

拓跋儀點頭道：「有時我眞的希望自己變成沒有家族、沒有任何牽掛的荒人，在邊荒集過一天算一天。對要終日過著左防右防、提心吊膽的生活，當甚麼公侯將相，已感意興索然。」

燕飛訝道：「想不到會由你口中說出這番話來，看來你是給小珪嚇怕了。不過小珪本質上仍是一個對朋友兄弟有義的人，過一陣子便沒事了。我們都該諒解他。」

拓跋儀道：「人是會變的，尤其是當上皇帝的人，我眞怕族主也不例外。」

燕飛道：「你也變了，變得再不像以前那個天不怕地不怕的拓跋儀，滿懷感觸的樣子。」

拓跋儀低聲道：「我的確變了，因爲我戀上一個漢族的女子。」

燕飛大喜道：「竟有此事？那我該恭喜你才對！她在哪裏？可否讓我見她？」

拓跋儀深切感受到燕飛對他的關心，欣然道：「當然可以，她更是目前在邊荒集最想見你的人之一，且她還是間接因你而參加邊荒遊到邊荒集來。現在她打算留在邊荒集，我正頭痛如何找些適合她的小生意讓她寄託精神，因爲我是沒可能整天陪著她的。」

燕飛搭著他肩頭，朝鐘樓走去，笑道：「邊荒集眞是個尋夢的好地方，最不可能的事也可以在這裏發生，一刻前你可能對這人間世沒有半點希望，一刻後你可能已擁有了一切。不要再想小珪了，他和我們是完全不同的另一類人。而一天你尚未重歸本族，你就是一個荒人，好好享受作荒人的滋味吧！」

拓跋儀笑道：「忽然間我便變成和你是同一類人，可惜同人不同命，你不知我多麼羨慕你。」

燕飛語重心長的道：「沒有人能預知未來的變化，荒人的情況尤其如此。只要我燕飛有一口氣在，定會爲你的夢想出力。」笑語聲中，兩人返回議堂去了。

劉裕和屠奉三回到青溪小築，司馬元顯已先他們一步到達，等得不耐煩。見兩人回來，神色興奮的道：「你們到哪裏去了？現在是申時頭了！」

屠奉三道：「我們去看任妖女留下的暗記，她昨天已返荊州。依照江湖規矩，如今夜我們能成功殺死乾歸，我們必須對她也有出力一事守口如瓶，即使她將來變成敵人，仍該在此事上爲她保守秘密。」

司馬元顯欣然道：「這個我明白，一切依江湖規矩辦事。」

劉裕心中感激，更明白屠奉三是借此向他表明，與任青媞的恩恩怨怨就此告一段落，以後大家再沒有虧欠，各走各的路。三人席地圍坐，司馬元顯從懷內取出一卷圖軸，打開讓兩人觀看，正是淮月樓一帶的鳥瞰圖，以青綠顏料傅彩著色，非常精緻，該區的秦淮河河段，更是鉅細靡遺。

屠奉三道：「這是一流的畫工。」

司馬元顯道：「我爹親自爲我挑選了三百人，其中一百人精通水性，備有在水底作戰的利器工具。這批人任我們調度，屆時只會聽我發出的訊號指令。」然後奇道：「我到現在仍不明白，爲何劉兄昨晚數次向我強調此點呢？」

屠奉三道：「道理很簡單，因爲除了公子外，我們不信任其他人。」

司馬元顯愕然道：「難道聽你們的指令也有問題嗎？」

劉裕道：「這叫集中指揮權於一帥之手，可以想像如敵人選擇在秦淮河進行刺殺，形勢肯定混亂至極點，若有多個指揮中心，我們的人將無所適從。最怕有人自作主張，便會破壞我們整盤的作戰計畫。」

屠奉三道：「到時我仍會和公子形影不離，助公子指揮大局。」

司馬元顯興奮起來，道：「明白了！」

兩人當然不能說出此著是針對陳公公而來，否則會嚇壞司馬元顯。

劉裕道：「有沒有採取隔離之法呢？」

司馬元顯不迭點頭道：「這個我怎敢疏忽？老實告訴你們，我還因此得到我爹的讚賞，說我做事愈來愈謹慎了。這支三百人組成的精銳部隊，正在我府內隔離候命，只要一聲令下，即可以迅速到達建康城內任何指定的地點去，最妙的是沒有人曉得去幹甚麼。」稍頓續道：「不過我仍是想不通，這些都是你們想出來的手段，爲何卻要我全攬上身？甚至不可向爹洩露情況。嘿！你們不是連我爹都懷疑吧？」

屠奉三道：「這就叫江湖手法，連至親也不可以洩漏秘密，盡量把出錯的可能性減至最低。」

司馬元顯聽到「江湖手法」四個字，立即釋疑。露出恍然神色，點頭道：「原來如此，我這方面的經驗太淺了，須好好向你們學習。」然後道：「一切都依你們的方法去辦了，現在該如何展開行動呢？」又道：「唉！剛才我爹問起我行動的情況，我不知道多麼尷尬，只好把劉兄向我說過的話照搬出來應付，說要因應形勢變化，到最後一刻才定出行事的方式。哈！眞想不到，我爹竟然非常受落，沒有責怪我糊塗。嘿！我眞的感到有點糊裏糊塗的，現在我的心還很亂。」

劉裕和屠奉三露出會心的微笑，他們是故意營造出這樣的形勢，如果那陳公公眞的是天師軍的奸細，便沒法先一步掌握他們最後決定的計畫。爲了殺死乾歸，他們兩人絞盡了腦汁，施展出渾身解數。

屠奉三道：「只要今晚我們能做到三件事，乾歸肯定沒命返回荊州。」

司馬元顯道：「哪三件事？」

屠奉三從容道：「第一件事是誘敵。」

司馬元顯大訝道：「誘敵？還有甚麼好誘敵的？敵人不是早中計了嗎？」

屠奉三道：「公子勿要怪我無禮直言，兵家其中一個大忌，就是低估敵人。從我們多方面蒐集回來的情報，得知乾歸是個精於刺殺之道的專家，兼得巴蜀譙家的全力支持，希望借桓玄向東發展，個渾水摸魚。這次隨乾歸來的雖然只是區區五十人，卻無一不是高手，如果不是武功高強，便是另有專長，例如搜集情報、刺探偷竊、火器毒藥、易容改裝，甚至江湖上的旁門左道，可說是人才濟濟。」

劉裕接口道：「公子這七、八天來，肯定出動所有人手去探聽乾歸一方的情況，但公子有摸著對方半點蹤影嗎？由此便可窺見乾歸的高明。」

司馬元顯當是被他說中，點頭道：「情況確是如此。」

屠奉三道：「對方唯一可尋之跡，就是奉桓玄之命來刺殺劉兄，不到黃河不死心。所以我們才能憑任妖女說的幾句話，推測到今晚淮月樓之會，是個精心設計的陷阱。由於乾歸是主動出擊，又有充足的準備時間，兼之不乏人手，所以他可以謀無遺謂地計算每一個可能性，避免任何錯失，更會想及可能被我們看破他的陰謀，而擬定好進退之策。我敢說一句，如沒有非常手段，即使乾歸刺殺失敗，仍可以安然脫身。」

司馬元顯興致盎然的道：「今晚的行動愈來愈刺激有趣了，我們究竟有甚麼非常手段？」

屠奉三道：「乾歸是不會躲在船上不做任何事的。為了知敵，他會布下一個監察網，對與劉兄有關係的人，一天十二個時辰的展開嚴密監視。例如公子、王弘和謝家。每一個新的情報，都會立即傳給乾歸，再由他歸納分析，作出判斷。」

司馬元顯道：「我每次出門，都非常小心，尤其到這裏來，更是做足工夫。」

劉裕道：「如對方有精於追蹤跟監的高手，是很難瞞過他們的，青溪小築該已被識破，有個假設是他們只大約曉得在這一個區域，尚未能肯定確切的位置。」

司馬元顯愕然道：「為何不早點提醒我呢？」

屠奉三微笑道：「這正是誘敵之計的一個重要部分。」

司馬元顯恍然道：「原來如此。」

劉裕道：「乾歸只有一個刺殺我的機會，所以除非他認為是萬無一失，否則絕不會行動。我們的誘敵之計，就是要乾歸誤以為今晚的行動十拿九穩，毫無疑心的進行。」

司馬元顯困惑的道：「如果對方確實有一個嚴密的監察網，我們的人手調動，如何瞞過他呢？」

屠奉三道：「這方面待會再說。先談誘敵方面。方法很簡單，就是要令敵人感到『一切如常』，例如宋悲風照常到謝家去探大小姐，公子則進宮辦事諸如此類，當乾歸收到這些信息後，便可以作出判斷，以為劉兄並沒有察覺今晚的約會是個陷阱，那誘敵的計策便成功了。」

司馬元顯道：「我只是假裝入宮，對嗎？」

屠奉三知道他迷失了，再沒法保持自信，變得更依賴他們。事實上他是對司馬元顯用了點手段，既令司馬元顯大致掌握整個行動，也使他感到無法駕馭如此複雜微妙的部署，免得他因急於表現而影響成敗。這次臨機制勝絕不容有失，錯過了機會將不會再有，在這樣的情況下，他只信任一個人，就是自己。這並不表示他不信任劉裕的能力，但因劉裕要以身作餌，指揮的重責已落在他肩上。屠奉三笑道：「這個當然！今晚還要仰賴公子指揮全局，至於細節安排，待我們把全盤策略交代出來，請公子考慮，如公子認爲可行，我們才依計而行。」

司馬元顯大感受落，欣然道：「第一步的誘敵我已弄清楚了，第二步又如何呢？」

屠奉三道：「誘敵是否成功，會有跡象可尋。當乾歸認爲沒有可疑，可以進行刺殺，就會傾巢而出，將所有人力物力投入行動中，到達預先擬定的攻擊位置。這時他會撤去整個監視網，好集中全力以求一戰功成。事實上監察網亦失去了作用，因爲消息再不能像先前般傳達。所以只要我們對他的監察網進行反監視，我們可以確切掌握乾歸有沒有中計，更曉得於何時展開行動而不會打草驚蛇。」

司馬元顯聽得頭都大起來，道：「前一部分我明白，但如何可以對敵人的監察網進行反監視呢？」

劉裕道：「這方面由我們負責，屠兄這幾天做了很多工夫，由隨他來的一流反偵察好手負責，他們亦變成獨立於我們行動部隊外的奇兵，敵人該完全不曉得他們的存在。」

屠奉三冷哼道：「表面看來是敵暗我明，實際上卻恰好相反。乾歸該仍未曉得我來了，所以注定他要飲恨建康。」

劉裕生出奇異的感覺，這場在建康進行得如火如荼的暗鬥，不單是與桓玄的一場角力，且是與桓玄正面交鋒前的前哨戰。乾歸於桓玄陣營裏的功用位置，等於以前爲桓玄辦事的屠奉三，誰勝誰負，將證明究竟是新不如舊，抑或舊不勝新。

屠奉三的話大添司馬元顯的信心，哪還會計較瞞著他去進行對敵人的反監視。大喜道：「原來表面看來如此簡單的一個行動，內中竟有這麼多學問，難怪你們說若沒有非常手段，將沒法殺死乾歸。」

屠奉三道：「換了琅琊王在處理此事，他也懂得用這種種手段。」

司馬元顯見他稱讚老爹，更感受用，點頭道：「對！我爹對付敵人的手段也非常高明。這次他肯放手讓我去做，正是要我向兩位好好學習。兵書我讀過很多，但如何活學活用，尚要從行動中去實習。」兩人都生出異樣的感覺，司馬元顯不時向他們透露類似的心聲，表示他對他們愈來愈推心置腹，失去戒心，有點大家都是江湖義氣兄弟的味道。

司馬元顯搓手興奮的道：「第一步終於弄通了，下一步又如何呢？」

屠奉三集中心神，沉聲道：「誘敵成功之後是知敵，此為兵法中的兵法，知己知彼，百戰不殆。」

司馬元顯道：「是否當敵人進入攻擊位置後，我們派出探子去掌握對方的情況呢？」

屠奉三道：「在一般對戰的情況下，這是最直截了當的方法，但在這場暗戰裏卻派不上用場，動輒功虧一簣。當乾歸和他的人進入攻擊的位置，他們的警覺性會提至最高，附近的任何風吹草動，均難瞞過他們的耳目。如果我們還派人到處搜尋他們的蹤影，只等於明告敵人我們曉得他們的計畫。」

司馬元顯愈聽愈感興奮和刺激，虛心問道：「那如何可以知敵呢？」

屠奉三手掌按住攤在三人之間的圖卷，從容道：「要做一個成功的刺客，不但要有本領、有視死如歸的決心，還要清楚掌握行刺目標的行蹤，擬定最佳的行事位置、把握最適當的時機。我們並不知道敵人會於何時何處下手，卻清楚己方的情況。可以這麼說，主動權是操在我們手上，敵人則是被我們牽著鼻子走。例如劉兄何時離開淮月樓，於戒嚴令實施的前或後，將會直接影響敵人的部署。」

劉裕向司馬元顯笑道：「有沒有聽夫子教學的感覺，這一課叫刺殺課，這方面我也是外行，所以聽得津津有味。」

司馬元顯欣然道：「哈！的確有這樣的感覺。」

兩人既要司馬元顯與他們衷誠合作，但又怕傷害他的自尊心，不能以高高在上的姿態向他發出指令，所以須不時照拂他的情緒，令他覺得自己是主事者，而不是任人擺佈。而事實上沒有司馬元顯的支持，縱然他們有孔明之智、張良之計，亦沒法付諸實行。

屠奉三繼續道：「敵人究竟會在淮月樓之會前下手，還是之後下手，是我們必須作出判斷的，公子有甚麼意見呢？」

司馬元顯似欲衝口而說「沒有意見」，但顯然不願在兩人面前表現得這般窩囊，沉吟片刻後，道：「我真的從沒有想過對方會在到淮月樓途中發動攻擊，或許是因為你們說過對方會用毒，而這只能在淮月樓聚會時施展。」

屠奉三道：「公子一語中的。實情確是如此，首先是只有當劉兄在淮月樓現身，乾歸才可以確定劉兄的位置，否則如果劉兄並不是隨王弘的船到淮月樓去，豈非誤中副車嗎？」

司馬元顯見自己終於有點「表現」，眼睛都亮了起來，點頭道：「確是如此！確是如此。」他並不是愚笨之徒，可是比起屠奉三和劉裕，是有一段距離的。

屠奉三道：「其次是用毒的問題。首先是有沒有這樣的需要？因為萬一一個不好被識破，不單會禍及聚會的內奸，還會敗露整個陰謀。」兩人同時盯著司馬元顯，待他發表意見。

司馬元顯這次信心增加了，皺眉思忖片刻，道：「我認為用毒是必須的，首先是對方既有用毒的高手在，自然可以想出施毒的萬全之策，其次是在夜晚的秦淮河上，不論對方用上那種手段，要殺像智勇兼備如劉裕者，機會仍是非常渺茫，否則劉兄早死了好幾次了。哈！我說得對嗎？」

屠奉三和劉裕一齊動容，司馬元顯這番分析非常老到，盡顯他美玉的本質。屠奉三道：「好！我們就這麼斷定敵人會用毒。現在輪到下一個知敵的問題，就是敵人會選在淮月樓下手，還是返回烏衣巷時在船上才動手呢？」

司馬元顯奮然道：「聚會在淮月樓頂層臨河的北廂舉行，參加聚會者人人有家將高手隨行、在廂房外把守，突襲是不可能的，那更不是刺殺的理想環境，除非乾歸的人能化身入房伺候的婢女。這當然是不可能的。」

劉裕道：「又解決了一個問題，敵人將於我離開淮月樓時行動。現在另一個問題來了，如果我不乘便船隨王弘離開，而是獨自一人走陸路回家，情況又如何呢？」

司馬元顯一震道：「我明白了，這就是你們的計畫，牽著敵人的鼻子走，誘他們踏進我們布下的天羅地網去。」

屠奉三道：「這正是最精采的地方，如果任由乾歸襲船，我方死傷難免。而且在河水裏，要從眾多敵人裏分辨誰是乾歸，會是一道難題，所以我們要捨易取難。更可慮的是我方大批人在刺殺區域調動，怎可能瞞過埋伏在那裏的乾歸。所以唯一殺乾歸之法，是把他誘進陷阱裏去。」

司馬元顯疑惑的道：「劉兄從水路來，卻從陸路離開，會不會令敵人起疑？」

屠奉三道：「關鍵是劉兄有沒有著了道兒——中了毒。對方有種非常厲害的慢性劇毒，要行功至某一階段才會毒發，不過這種毒須直接以毒針一類的工具，注入目標人物體內才會生效，當然難以在聚會那種情況下施展。但我們仍可以假設對方會用類似的慢性毒，只能在某一段時間內生效，就像一些下三濫愛用的蒙汗藥。所以劉兄如果被對方成功下了毒，換作任何人都不會錯過這機會，乾歸也不例外。這險他是不得不冒的。」

司馬元顯深吸一口氣道：「第三步是甚麼呢？」

屠奉三淡然道：「第三步就是殺敵，我們剛才說過的話，在乾歸授首前絕不可以告訴任何人，包括你我最信任的人。」

燕飛看著雖只是豎立起主要支柱，但已具雛形的第一樓，雙目閃閃生輝的道：「只要能與千千坐在你的平台上，品嘗雪澗香的滋味，我燕飛便不會讓慕容垂干擾你的重生。」

站在一旁的高彥道：「龐義這傢伙並不準備建平台，他怕你的鋒頭蓋過了他的第一樓。」

燕飛失聲道：「甚麼？」

龐義一把卡著高彥的後頸，大怒道：「休要聽他胡言亂語，故意來離間我們的情誼，怎可能有這回事？」

卓狂生哈哈笑道：「這叫打完齋不要和尚，因爲小白雁來了，再不需要老燕你，所以有機會便來耍你了！」

高彥舉手道：「投降！請恕我年少無知，身世又悽慘，一歲……」

龐義放開手，道：「藏酒窖已回復舊觀，下次你回邊荒集，該可拿兩罈給你應急。」

燕飛單手提起紅子春義贈給他的雪澗香，舉在眼前，吻了一下，然後放到肩上去，灑然笑道：「送君千里，終須一別。我們便在這裏分手，有人要我爲他傳話嗎？」

呼雷方、慕容戰、拓跋儀、程蒼古、高彥、紅子春、姬別、費二撇、姚猛、方鴻生、陰奇一眾人等的目光，不約而同地朝江文清望去，後者立即霞飛玉頰，道：「望著我幹甚麼？」

一個扮作女聲的嗓子，陰陽怪氣地接下去道：「你們不知道人家的芳心很亂嗎？一時間哪想得到要燕飛傳甚麼話呢？而且那些話怎可以當眾說出來？燕飛你眞是混蛋。」

江文清大嗔道：「高彥！」眾人都苦忍著笑。

卓狂生啞然笑道：「又是高彥你這小子，是否因小白雁來了，故患上亢奮症？」

慕容戰嘆道：「高小子你這叫處處樹敵，小心小白雁來後，沒有人肯爲你掩飾你以前的風流史。」

紅子春道：「剛才應叫他多翻幾百個觔斗，看他是否仍有氣力四處惹是生非。」

燕飛含笑往江文清瞧去，笑道：「對付高彥這小子其實易如反掌，只要把他的老相好全喚來，集體當著小白雁向他算風流賬，保證可以壞他的好事。」

江文清故作考慮的神態，點頭道：「這是個整治他的好辦法，讓我想想。」

高彥投降道：「是我不對，請大小姐大人有大量，原諒我年幼無知，一歲……」

江文清淡淡道：「閉嘴！」登時打斷他的話。

慕容戰道：「燕飛你放心去吧！荒人團結起來的力量，定會出乎慕容垂意料之外，我們會竭盡全力應付眼前的危機。」

卓狂生道：「這次我們是抱著與邊荒集共存亡的決心與敵周旋，戰場將是整個邊荒，我們會令慕容垂泥足深陷，進退兩難。」

拓跋儀笑道：「我們該多謝姚興，他留下來的箭樓土坑和大批防守器械，大幅增強了邊荒集的防禦力量，邊荒集再沒那麼容易攻破。」

請劉爺萬事小心，好好保重，這樣自然可以好好活著。哈……」

江文清大發嬌嗔道：「古叔你……」

眾人狂笑聲中，燕飛扛著酒罈子，一聲「記得了」，欣然朝東門掠去，迅似輕煙，轉眼消失在東門外。

劉裕盤膝坐在榻子上，全力行氣運功。這幾天來他和屠奉三、宋悲風天尚未亮便起來練武，和這兩個不可多得的對手練刀，令他對新近領悟的創新刀法，更是融會貫通，發展出充滿個人風格的武道。劉裕自己也感到懷疑，如果不是處身於這種危機四伏的局勢裏，自己會不會這般苦苦修行。他頗有點當年祖逖聞雞起舞的感覺，並體會到當時祖逖的心情。祖逖最後失敗了，他劉裕的命運又如何呢？甚麼眞命天子，只是無稽之談，他從來都不信這一套。

屠奉三推門而入，道：「是時候了。」

劉裕訝道：「這麼快便兩個時辰，眞令人難以相信。」

屠奉三坐到床沿，仔細打量他，道：「我曾來看過你兩次，照我的觀測，你體內的眞氣，已到了練武者夢寐以求『氣隨意動，法隨心轉』的大家境界，小飛的免死金牌眞的了不起。」

劉裕道：「桓玄的『斷玉寒』，是否眞如傳言般厲害呢？」

屠奉三道：「桓玄無可置疑是練武的天才，而我是最有資格說這句話的人，因爲我自幼便和他一起習武。不過他卻有個缺點，就是太多嗜好，這是一般高門子弟的流習，否則他的成就將不止於此。現在他有沒有改變，就非我所能知了。」

劉裕道：「就你所知的他來說，你有把握殺他嗎？」

屠奉三道：「很難說。該是五五之數。這還是因我實戰的經驗遠多於他。」

劉裕一震道：「如此確實不可小覷桓玄。」

屠奉三嘆道：「侯亮生的不幸，令我心裏很難過，我認識他的時間很短，接觸的機會不多，但和他卻非常投緣。他的離世更大大打亂了我對付桓玄的計畫。」

劉裕感受到他心中的悲痛。屠奉三目光投往窗外，道：「我本有一道對付桓玄的撒手鐧，就是找出桓玄弒兄的罪證。不要以爲此著沒有用處，主要看要將出來的時機拿捏得是否準確。試想當桓玄攻陷建康，而我們則佔領廣陵諸鎮，與他相持不下時，忽然爆出這個大醜聞，對他的損害是無法想像的，不但會令建康的高門大族鄙棄他，且會從根本動搖荊州軍的軍心，甚至動搖桓家內部對他的支持。」

劉裕道：「這事仍有辦法想嗎？」

屠奉三道：「暫時我們無從入手，只好再等時機。」

劉裕離床穿衣，道：「現在我先去找王弘，然後一起由水路到淮月樓去，其他一切要靠老哥你了。」

屠奉三道：「一切已準備就緒。我會親自監察河面的情況，爲了能在刺殺你之後迅速離開建康，乾歸的座駕舟會停在秦淮河入大江的水口附近，如此便不再是無跡可尋了。」

劉裕道：「不要忘記乾歸不止有一條船。」

屠奉三笑道：「但載他逃走的，肯定是性能最佳的船，怎瞞得過我？」

劉裕道：「我們如何安置陳公公？」

屠奉三欣然道：「如果能先一步找到乾歸的座駕舟，便要陳公公率人於適當時候先佔領此船，那時縱然乾歸能僥倖脫身，也有陳公公等著伺候他。」

劉裕嘆道：「陳公公會是個令我們頭痛的難題，一個不好，會使司馬道子誤會我們在離間他們。」

屠奉三道：「我們對陳公公的懷疑，或許只是捕風捉影。」接著站起來道：「只要過了今晚之後，我們就該可以弄清楚了。」

邊荒傳說〈卷十〉終

新人間叢書153

邊荒傳說〈卷十〉

作　者—黃　易
副總編輯—葉美瑤
編　輯—邱淑鈴
美術設計—翁翁・不倒翁視覺創意
執行企畫—黃千芳
校　對—余淑宜、陳錦生、黃易
董事長—孫思照
發行人
總經理—趙政岷
出版者—時報文化出版企業股份有限公司
10803台北市和平西路三段二四〇號三樓
發行專線—（〇二）二三〇六—六八四二
讀者服務專線—〇八〇〇—二三一—七〇五・（〇二）二三〇四—七一〇三
讀者服務傳眞—（〇二）二三〇四—六八五八
郵撥—一九三四四七二四時報文化出版公司
信箱—台北郵政七九～九九信箱
時報悅讀網—http://www.readingtimes.com.tw
電子郵件信箱—liter@readingtimes.com.tw
法律顧問—理律法律事務所陳長文律師、李念祖律師
印　刷—盈昌印刷有限公司
初版一刷—二〇〇七年三月五日
初版四刷—二〇一三年七月十二日
定　價—新台幣三〇〇元
⊙行政院新聞局局版北市業字第八〇號

ISBN 978-957-13-4608-3
Printed in Taiwan

國家圖書館出版品預行編目資料

邊荒傳說〈卷十〉／黃易著. --初版. --臺北市：時報文化, 2007〔民96〕
冊；　公分. --（新人間叢書；153）

ISBN 978-957-13-4608-3（卷10；平裝）

857.9　　95025861

編號：AK0152	**書名：邊荒傳說** 卷十
姓名：	**性別：**________ 1.男　2.女
出生日期：　　年　　月　　日	e-mail：

________ **學歷：**1.小學　2.國中　3.高中　4.大專　5.研究所（含以上）

________ **職業：**1.學生　2.公務（含軍警）　3.家管　4.服務　5.金融
6.製造　7.資訊　8.大眾傳播　9.自由業　10.農漁牧
11.退休　12.其他

地址：________縣（市）________鄉鎮區________村________里
________鄰________路（街）____段____巷____弄____號____樓
郵遞區號 ________________

（下列資料請以數字填在每題前之空格處）

________ **您從哪裡得知本書／**
1.書店　2.報紙廣告　3.報紙專欄　4.雜誌廣告　5.親友介紹
6.DM廣告傳單　7.其他 ______

________ **您希望我們爲您出版哪一類的作品／**
1.長篇小說　2.中、短篇小說　3.詩　4.戲劇　5.其他 ______

您對本書的意見／
________ 內　容／1.滿意　2.尚可　3.應改進
________ 編　輯／1.滿意　2.尚可　3.應改進
________ 封面設計／1.滿意　2.尚可　3.應改進
________ 校　對／1.滿意　2.尚可　3.應改進
________ 翻　譯／1.滿意　2.尚可　3.應改進
________ 定　價／1.偏低　2.適中　3.偏高

您的建議／

____

____

____

請沿虛線撕下，後對折裝訂寄回，謝謝

請沿虛線摺下裝訂，謝謝！

廣告回信
台北郵局登記證
台北廣字第2218號

時報出版
CHINA TIMES PUBLISHING COMPANY
尊重智慧與創意的文化事業

地址：10803台北市和平西路三段240號3樓
讀者服務專線：0800-231-705・(02)2304-7103
讀者服務傳真：(02)2304-6858
郵撥：19344724 時報文化出版公司

請寄回這張服務卡（免貼郵票），您可以——
●隨時收到最新消息。
●參加專為您設計的各項回饋優惠活動。

新人間

新感覺・新人間・文學的新版圖

寄回本卡，掌握新人間系列的最新訊息

姬別接口道：「何況我們還多了劉先生和王猛的孫子。哈……」

費二撇道：「是時候了！我們保持最緊密的聯繫。」

江文清道：「告訴他們……嘿！你這小子，又在擠眉弄眼……」

高彥故意苦著臉道：「我因患了亢奮症，所以沒法控制臉上的肌肉。哈……」眾人忍不住轟然大笑。

卓狂生道：「這一段該怎麼寫呢？明明是令人傷感的離別，小飛且要去和孫恩三度決戰，偏是人人患了開心症。」

燕飛道：「因為我們對將來充滿希望，且深信荒人是不會被擊倒的。好了！大小姐有甚麼話要我向『他們』說呢？」說到「他們」兩字，竟加重了語氣。

江文清的俏臉再次漲紅，令她更是艷光四射，狼狽地狠盯燕飛一眼。會說話的眼睛似在罵燕飛和高彥是蛇鼠一窩，都不是好人。

姬別笑道：「大小姐其實並沒有甚麼特別的話要你傳達，只是希望他們萬事小心，好好保重，最要緊是活著回來見她。」到最後一句話，終於露相，和眾人連成一氣。這次誰都想不到連姬別也忍不住加入調侃江文清的行列，哪忍得住笑，愛搞事的高彥和姚猛笑得淚水都流出來，非常辛苦。眾人間瀰漫著長期同生共死、榮辱與共建立起來的眞摯感情，沖淡了離愁別緒。

江文清哪招架得來，又氣又好笑道：「我不說了。」

程蒼古解圍道：「文清想說的確是正事，傾小飛告訴劉爺，二十艘雙頭船正於鳳凰湖的秘密基地全力建造中，可於半年內投入戰場，而我們會從大江幫和振荊會中挑選二千人，分批潛入建康。最後則是